缠一腔痴情之古玩

解一出奇案之珠玉

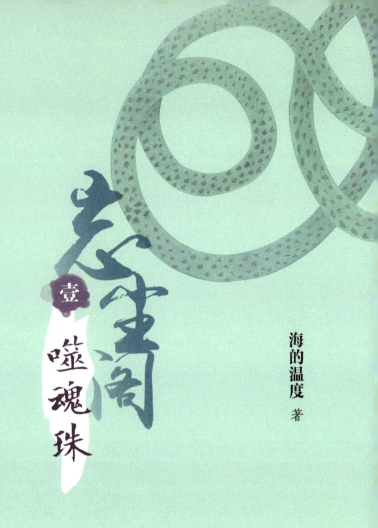

慈生阁

壹

噬魂珠

海的温度

著

◆

引
子

（一）

秋高气爽，层林尽染，洛阳城外邙岭红叶似火，景色迷人。

猎户刘铿却顾不得周围的美景，他正发足了力追赶一只肥美的大兔子。及至午时，一人一兔越跑越远，眼见兔子已经跑得乏力，扑腾腾钻入前面一片黑松林中不见了。

刘铿迟疑了下。前面便是邙岭有名的"迷魂谷"。迷魂谷位于邙岭两道山梁之间，山谷狭长，终年浓雾不散，长满了毫无辨识度的黑松树，便是经验最为丰富的猎人来了这里也总是迷路，有的甚至困上多日走不出去，因此周围猎户谈之色变，打猎都绕着走。

刘铿到底年轻少壮，见此时天高云淡，阳光明媚，心里不信邪，略一踌躇，跟着钻了进去。

没追几步，便见兔子正窝在一块大石后喘气，一见刘铿追来，吓得猛然一跳，往山谷深处逃去。

刘铿越追越勇，早已忘了留意周围的方位。兔子被追得走投无路，竟然将脑袋扎在一处荒草丛中，露出个短尾巴不住摇摆。

刘铿大喜，丢掉棍子扑了过去。不料草丛忽然塌陷，刘铿抱着兔子骨碌碌滚了下去。

刘铿摔得头晕眼花，愣怔了一会儿，见里面隐隐有光线，不由好奇，爬起身来往里面走去。

　　拐过狭窄的石峰，前面豁然开朗，原来是一处天然的洞穴，有三间上房大小，顶部竟然还有阳光射入，刚好形成五条光柱。而光柱围绕的中间，摆放着一个巨大的红漆厚木棺材。

　　邙岭背山面河，地势开阔，土层深厚，历来被认为是死后长眠的理想之地，民间素有"生在苏杭，死葬北邙"之说，多有厚葬之古墓，因此刘铿乍然在此处看到棺椁，心惊之余还有些窃喜。

　　再一留心，果然，棺椁旁边摆着一些陪葬的器具和珠宝。特别是棺椁前，有几对又圆又大的珠子，晶莹剔透，发出幽幽的绿光。

　　刘铿虽然觉得红色棺材有些诡异，但见这么一颗珠子，便足够自己一生衣食无忧，不由动了心思，丢下兔子，嘴里念叨道："不知道您的名字，打扰了……小的决不贪心……"慢慢靠近棺椁，伸手去取最大的那颗珠子。

　　谁知那只兔子竟然没逃走，比刘铿更快，猛蹿上来，一口吞了珠子。刘铿急道："你个畜生，还跟我争？"一脚将兔子踢到一边。

　　兔子的灰色皮毛忽然变成了红色，痛苦地翻滚了几下，瞬间皮毛化尽，只剩下一具骨架，并随之化为齑粉。它吞下的那颗珠子，完好无缺地滚了出来，刘铿仔细一看，却非什么宝贝，而是一颗死人的眼珠子！

　　刘铿吓得一身冷汗，拔脚欲逃，却发现双脚被牢牢抓住，低头一看，不知何时，双脚连同脚下的地面已经变成了同棺木一样的红色。而且红色如同苔藓菌丝一样正在往上蔓延，很快行之小腿。

　　情急之下，刘铿倒也头脑清醒，拔出随身携带的匕首，用尽全力朝脚下地面乱划一通。被斩之处，冒出一股股腥臭的血水，发红的腿脚瞬间变黑，像是被烧焦了一般，这才随之发出强烈刺痛。

　　刘铿忍住剧痛，拔脚而出，转身往后逃去，迎面看到两个青面獠牙的鬼脸面具，接着一股浓郁的香味袭来，浑身一麻，仰面倒下。

　　无数红色菌丝源源不断地从棺木上探出，将刘铿裹得像个虫茧，在意识即将丧失的那一刻，刘铿听到两人的说话声：

　　"怎么会有人闯进来？那条血脉异常的小蛇，找到了没有？"

　　"还没有……"

　　"发动一切关系，一定要找到他。"

　　五条光柱合一，照在茧子一样的刘铿身上。一盏茶工夫，刘铿的身体渐渐瘪了下去，地面恢复正常。

只是棺木前头，又多了一对晶莹剔透的珠子。

<h2 align="center">（二）</h2>

闭门鼓敲过，华灯渐熄，喧闹的城市慢慢陷入沉寂。

云来客栈最为偏僻的客房迎来了今年的第一位客人公蛎。他躺在一张简陋的竹席上，在黑暗中悠然自得地摇晃着二郎腿，支着耳朵听着墙外的动静。

这间客房隔壁便是前朝巨富石崇的金谷园，不过已经破败多年，虽依稀可看出当年的奢华，但早已风光不再。公蛎住在这里，自然不是为了欣赏金谷园的夜色，而是因为他无意发现的一个秘密：隔壁园子深处里竟然隐藏着一个民间教坊，两个性格暴躁的肥硕中年女人带着十二个年方二八的妙龄女子在此习练舞蹈器乐。

金谷园废弃多年，花草绿篱疯长，树木密不透风，周边居民竟然无一察觉。也只有公蛎，凭借非同常人的嗅觉和听力，察觉到这个秘密。

当然，公蛎是一条小水蛇。为了一窥少女香闺，他露出了原形——身长不足一丈，蛇头碧青，橄榄色的身体上布满均匀细腻的鳞片，在黑暗中发出幽幽的微光。

公蛎倒没什么坏心，不过是无所事事加上年少好色而已。试想，有机会偷窥下女孩儿的饮食起居，每晚嗅着女孩儿特有的体香、听着她们的娇笑声入眠，实为人生一大乐事，自然无人能抵挡诱惑。

今晚也是如此。万籁俱寂之时，公蛎探出舌尖，分辨着空气中的脂粉香味。十二个女孩儿每人都有不同的气味，有的浓郁，有的清冽，有的像花香，有的是果香；有一个总是满身的汗味，不知道是不是多日没洗澡了；还有一个有些狐臭，公蛎最不喜欢……

正在一个个探寻，并想象自己左拥右抱的香艳情景，公蛎突然发现女孩儿少了一个。公蛎最喜欢的那个，有着丁香花一样味道的女孩儿，今晚似乎不在。

在洛水"洞府"的石壁上，有一株野生的丁香，每年初夏，便开出一串串淡紫色的花朵，香气四溢。及至仲夏，尚未枯萎的花瓣儿随风落在水面和堤岸上，犹如铺上一层花毡。公蛎常常衔起那些带着芬芳的花瓣，将原本简陋污浊的洞府装饰得诗情画意，或在午后的树荫下，吐着泡泡追逐水草间的那一抹紫色，简单而快乐。

公蛎曾几次午夜潜入金谷园偷窥，但他生性胆小，视力又差，只敢远远观望，始终没看清她的模样。但是公蛎心中认定，她一定温柔善良、貌若天仙，因为只要闻到她身上的味道，公蛎便觉得身心愉悦，天地澄澈，仿佛一切污浊凡俗之气荡然无存。

三更鼓敲响，公蛎将身体盘曲起来，伸长脖子去探寻丁香女孩儿的味道，却嗅不到任何气息。

遵循世人的生活规律，不得以异能投机取巧，是得道的非人混迹尘世约定俗成的规矩。可是公蛎实在忍不住了。他如今已经身无分文，过了今晚便不能住云来客栈，若就此再也见不到那群小美人儿，实在不甘心。

打定主意，公蛎溜下床，忽然传来一声娇呼，声音虽小，却十分清晰。公蛎心神一阵激荡，跃上房梁，从后墙的天窗钻了出去。

月光如水，撒在金谷园角落一处宽阔的下沉式圆形场地上。据说这里是当年石崇招待密友时的舞池，如今汉白玉铺就的地面已经斑驳风化，裂纹遍布，周围十二个雕刻精致的小型灯塔只有三个还勉强保持着原样，其余的已经成为一堆乱石。而对面的供客人观景的飞檐亭台已经塌了半边，残破的琉璃瓦微微反光，在月影下如同一个巨大怪兽的牙齿。

这是女孩儿夜间练功的地方，但今晚却空无一人。对面有一个下面架空的简易竹楼，是用来日常起居的，此时飘出些香甜滑腻的味道。公蛎不由大喜，提起全身心的力量，如同一片羽毛划过舞池冰冷的地面。

女孩儿们的低呼声越来越清晰，似乎有人在哭泣，空气中传递着一种恐惧和绝望的气息，公蛎突然感觉到一阵不安，身上的鳞片耸了起来，发出轻微的摩擦声。

身后隐藏在浓密竹林的小径突然传来一阵脚步声，公蛎连忙钻入草丛。

两人一前一后走了过来。前面一个身材清瘦的，在舞池边缘站定，看着竹房，沙哑着声音道："怎么样了？"他的脸上竟然戴了一个咧嘴大笑的昆仑奴面具，看起来很是滑稽，而且声音非常怪异，听起来像捏着嗓子说话一般。

后面高个子男子躬身道："都在。"

清瘦男子道："她们还好吧？"

高个子迟疑道："似乎觉察到了点什么，有些不安。刘妈正在安抚。"

公蛎仍没探寻到丁香花女孩儿的气息，心里巴望着两人赶紧离开。

清瘦男子凝望了片刻，从怀里掏出一个纸包递给高个子："尽快处理，免得发生变故。"一个小东西被不小心带了出来，骨碌碌滚进草丛，落在公蛎的脚边。

原来是一颗精致的红色珍珠，有拇指大小。公蛎一眼便断定这颗血珠品质上乘，价值不菲，遂一口叼了来，据为己有。

两人四下寻找。清瘦男子见草丛浓密，摆手道："算了，明天再找。快到子时三刻了，你们手脚要麻利点。"

高个子笑道："您放心，保证万无一失。"恭送清瘦男子走了，转身去轻叩竹楼的房门。

公蛎很讨厌他身上浓重的松香气味，屏住呼吸跟在他身后，潜入房角草丛中。

房门开了，一个浓妆艳抹的高壮妇人探出头来，朝周围看了看，满面焦急地俯在男子耳边说了句什么，一把拉他进去，随即关上了房门，差点夹到公蛎的脑袋。

公蛎绕到房屋后面，挤进墙面的缝隙里，勉强可以看到里面的情景，身体却留在外面。

屋里的景象果然香艳，十一个女孩儿并排躺在小床上，一动不动，好像已经睡着。皆是一袭薄若蝉翼的红色贴身舞衣，露出圆滚滚的肩头和手臂，丰腴的身体玲珑有致，煞是喜人，倒是那些未经刷漆的柏木床板，白森森的甚是煞风景。

公蛎的眼神掠过一排高耸的胸脯，早忘记了那个丁香女孩。男子清点了一番，皱眉道："少了一个？"妇人拍着最里面那个空着的柏木小床，恨恨道："放心，她走不远，已派人找去了。"

男子盯着墙面挂着的沙漏，烦躁道："算了，先打理好这些再说。"

沙漏上端的沙子终于一粒不剩。男子从怀里掏出一个纸包，将里面的粉末缓缓抖在蜡烛的火焰上，爆出一些亮晶晶的火星。两人忙掩住口鼻，

公蛎正陶醉地嗅着女孩儿的香味，看着离自己最近的那个带着点婴儿肥的女孩儿，一只白嫩的小手垂落下来，手腕上系着一条金丝线，上面挂着一个小铃铛，肤若凝脂，指如柔荑，恨不得舌头伸过去舔一舔。

正意淫着，突然间嗅到一股奇异的香味，顿时浑身酥软，心神俱醉，极是舒服，不由得迷糊起来。

也不知过了多久，公蛎醒了过来，将嘴角长长的涎水吸回肚子里，才想起今晚的正事儿：专门来看美人儿，怎么就睡着了呢。

桌上的蜡烛即将燃尽，只剩下一点点的灯头歪在蜡油中，眼看便要熄灭。白色

小床仍是一个挨着一个，上面盖着大红的被子，但极其安静，连女孩儿们的呼吸声也听不到。

公蛎的鼻子似乎有些失灵，什么味道也嗅不到。本想撤了，却见那男子和妇人已经不在，对面的门大开着，公蛎一阵心痒，飞快挣出缝隙，恢复人身，从大门走了进去。

既然恢复了人形，这灯光总是要的，虽然公蛎觉得没有灯光看得更清楚。

公蛎拿出抽屉的蜡烛趁着没灭的灯头点上，房间里顿时亮了起来。

他蹑手蹑脚走到那个位于角落、有些婴儿肥的女孩儿床前。

鲜红的被子连头带脸地蒙着，只在被头露出一头青丝。公蛎激动得心怦怦直跳，小声念叨道："好妹子，你别生气，我决不亵渎了你，我只是想看看你睡着的样子……"一边慢慢揭开了被子。

被子下，竟然是一具穿着红色舞衣的完整骨架，但是颅骨被打碎，留下许多骨头碎片。

公蛎几乎不敢相信自己的眼睛，吓得慌忙盖上，夺门而出。走到门口，又觉得蹊跷，回身战战兢兢将其他被子也揭开了看。

十一个小床，全是女子骸骨，骸骨上还裹着红色的舞衣，颅骨要么是碎的，要么有一个拳头大的洞，像是用什么工具砸的。

公蛎几乎傻了，愣怔了半晌，又去揭开第一个看到的那具——骸骨的左手手腕上，一条精心编织的金丝线系着一个小铃铛，原本葱段般的手指变成了森森指骨，平静地放在腿骨旁边。

公蛎忘了自己身为人形，"嗷"一声大叫，一头朝着竹楼的缝隙钻去，撞得竹楼一阵摇晃，脑袋碰得生疼，转而恢复原形，箭一般地逃走了。

第二天开门鼓一敲，公蛎便红着一双小眼睛急匆匆结账，跌跌撞撞离开了云来客栈，再也不愿想起昨晚的情形。

壹

螭吻珮

（一）

大唐仪凤元年春，高宗同天后武则天移驾洛阳，原本繁荣的东都更加热闹起来了。

北市漕运码头，一大早便车马涌动，人流如潮。来来往往的官船客船货船，等待装货卸货的车辆，高接远送的官吏随从，不畏春寒袒胸赤膊的船工脚夫，勾勒出一副繁荣忙乱的景象。码头旁边不足一里处，便是形形色色的店铺货档，琳琅满目的商品将道路占了大半。街上或有长相各异的商人旅客步履匆匆，或有裙裾飘飞的妇孺游人悠闲自在，其间更不知道有多少的魑魅魍魉，皆融入洛阳的繁华安逸之中。

一阵繁忙过去，几艘大船慢慢驶离，码头空了些许。刚卸完货物的脚夫们相互招呼着，涌进了码头一角的茶馆，叫上两壶茶，几碟五香胡豆，等着下一拨活计的到来。

"王叔王叔，"一个年轻的脚夫朝着位子正中那个黄面男子凑了上来，嬉皮笑脸道，"你刚说了一半，那家当铺，到底怎么了？"

黄面男子嘎嘣嘎嘣嚼了半晌胡豆，才故弄玄虚道："闹鬼呢。"其他脚夫听到"闹鬼"二字，都来了兴趣，将凳子拉近了听。

黄面男子压低声音道："你们没听说？这家当铺闹鬼好久了！就前几天晚上，当铺娘子起夜，看到一只没脚的长头发吊死鬼……"众人"噢"一声发出惊叹。

黄面男子所说的当铺位于北市南侧，掌柜姓钱，经营典当生意多年，店铺虽然不大，但在北市一带小有名气。

黄面男子捻了捻唇边的几根稀疏胡须，慢条斯理道："半年前一个冬夜，乌漆麻黑，寒风怒吼，当铺已经打烊了，忽听有人敲门！朝奉开门一看……"

年轻脚夫追问道："是谁？"

黄面男子眼睛露出色眯眯的光："一个俏生生的小娘子！长得那叫一个美啊……皮肤滑腻白嫩，啧啧，和流云飞渡那个风骚的老板娘有得一拼……"

另一个年纪稍大的脚夫嘲笑道："好像你看到了似的。"

黄面男子争辩道："钱掌柜说的！钱掌柜说的会有错吗？"

年轻脚夫急道："别打岔！然后呢？"

黄面男子道："虽然打烊了，朝奉看着小娘子十分美貌，不忍心让人在外受冻，就破例让了进来。小娘子就拿出了一个乌木匣子，说孩子突生急病，想用这个当一两银子，一个月后便赎回。"

年轻脚夫疑惑道："什么匣子这么值钱？"

黄面男子正色道："这乌木匣子可不是寻常东西，据小娘子说，它可是大秦始皇帝用过的，叫做巫匣！"年轻脚夫仍不明白这个巫匣是什么东西，但被唬得不敢再问。

黄面男子继续道："那小娘子当了一两银子，走时千交代万交代，说这个匣子一定不能打开，她一个月后一定来赎。谁知道半年了也不见赎回。钱掌柜见这小匣子精致，便拿来给他婆娘做了首饰盒。谁知道这么一用，怪事就来了。"

几个人屏住了呼吸，连周围喝茶的人都被吸引得竖起了耳朵。黄面男子表情夸张道："每到半夜三更，匣子便叮叮当当地响，里面的首饰跳来跳去，一刻都不安生。再后来，每隔几天，当铺里就丢失一些贵重当物。据说朱家公子当的轩辕宝剑、刘三娘的血珍珠、一个南蛮客商的白玉双龙挂件等，都莫名其妙消失了！"

另外一个貌似略微知情的矮胖子忍不住了，插嘴道："这还不算完，前几天晚上，钱家娘子起夜，竟然发现门廊上吊着一具女尸！舌头这么长，头发乌黑，脸儿惨白惨白的……"

"啊？"、"哼！"两个不同的声音从茶馆的两侧发出，发出惊愕叫声的是一个是吊儿郎当的少年，发出冷冷哼声的却是一位青年男子。

众人听得津津有味，都不曾留意，倒是那两人不约而同相互打量了一下。少年身形偏瘦，相貌普通，但一双眼睛又黑又亮，带着几分痞气，而对面男子却剑眉星目，五官清朗，一袭宝蓝夏绸窄袖胡服，腰间简单佩戴了一块造型古怪的螭吻珮，身形挺拔伟岸，加上眉间的冷峻意味，甚是英气逼人。

少年摸了摸自己的脸，不再听那几个脚夫闲聊，端了自己桌上的茶杯茶壶，坐在了男子对面，厚着脸皮道："相隔山水间，相逢便是缘。敢问公子尊姓大名？"

男子冷冷地看了他一眼，转头看向窗外。少年的眼睛笑得眯成了一条缝："在下姓龙，名公蛎。公子您怎么称呼？"

男子将腰刀抱放在胸前，冷冷道："姓毕名岸。"眉峰微蹙，眼神凌厉，更显丰神隽朗。公蛎一眼不眨地盯着男子的脸，满目艳羡。

毕岸冷哼了一声，拍了十文钱在桌面上，甩袖便走。公蛎伸手去拉他的手腕，嬉笑道："公子请留步。咱哥俩聊聊嘛。"毕岸反应极快，反手扣住了公蛎的脖子，眼中精光凸显。

公蛎打了一个寒噤，身体软了下去，磕巴道："毕公子……毕公子……"说着头部突然扁了下去，嘴巴朝脸颊裂开，并向前突出，分叉的舌头一吞一吐发出咝咝的响声，竟然变成了蛇头。

幸亏其他茶客早已被闹鬼事件吸引，无人顾及此处。毕岸唯恐吓到人，便松开了手。一晃之间，公蛎恢复了原样，身体如同弹簧一般弹了开去，犹自惊魂未定。

毕岸冷冷道："你好自为之。"

公蛎揉着脖子嘟囔道："至于么？长得俊而已……"

毕岸一言不发，欺身上前，道："道行不足，就该好好待在洛水里。"擦身而过之际，又微微偏头，冷然道："既然来了世间便要遵从世间的规矩。下次若再被我发现你妄图擅自依附在他人身上，莫怪我替天行道。"说罢大踏步走了。

公蛎愣了片刻，龇牙咧嘴对着他的背影暗自咒骂了一通，垂头丧气地出了茶馆。

（二）

一阵清风，隐约传来河水拍打船舷的声音。那一瞬间，公蛎几乎就想一个猛子扎入洛水，安安逸逸地躲在河岸那处阴凉的洞穴里。

不错，公蛎作为一条得道的小水蛇，在洛阳城众多的魑魅魍魉、生灵异兽中，他的道行只够勉强变幻个人形，可以混迹于凡人之中不被发现。

公蛎一向自诩天资聪慧，若是肯用功，再过个十年百年，修成个俊美男身并非难事，可是难便难在这"用功"二字。洛水旁边便是繁花似锦的洛阳城，如此花花世界，若只能见天儿修行打坐，念经修炼，那还不如死了算了。所以当他的修为可

以化作人形，便毫不犹豫潜入了洛阳。

公蛎对凡人的生活了解得并不深，但他自信可以在人类生活中游刃有余。世人虽形形色色，但大体贪财胆小、善良谨慎，同公蛎一样有心无胆、碌碌无为的多得是。其中最为复杂的当属女人，美艳动人，喜怒无常，你永远猜不透她们想什么。

不过公蛎对这些并无兴趣，他来洛阳是为了吃喝玩乐，而不是为了探究人性。但他有分寸，知道对街上那些仆妇拥泵的女人，或者结伴而行的良家妇女，哪怕她长得比母猪还丑，你坚决不能动一点淫心，至少不能言语举止上表露出轻薄之意，否则你很快就会成为众矢之的，比那些小偷还要招人憎恨；但对于那些烟花柳巷里的姑娘们，则可以随意调笑，而且那些香喷喷的姑娘们完全是女人中的另类，不用你去猜她的心思，她会十分善解人意地迎合你的意思——但是有个条件，要么你腰缠万贯，要么你貌比潘安。

可惜这两点公蛎都还不够。

前方一处小水洼，公蛎停住脚步，看着水中的影子又叹起了气。水镜中，普普通通一张脸，鼻子不够笔挺，牙齿不够整齐，嘴形也不够完美，离公蛎心中渴望的形象实在远了些。

如何才能不用辛苦修行而容貌俊美呢？公蛎思来想去，打算走个捷径，当然，这个捷径可不是道家法术中的那些阴毒的偏门左道——那些法术见效虽快，但自身损伤也大，而且一旦上路，便无法回头。一条只想安逸度日的小水蛇，吃不得苦狠不下心，能想出的捷径只有一个：附身。

莫要误会，公蛎的所谓附身可不同于那些贪财心狠的"出马仙"，附在常人身上装神弄鬼的，声称能够断阴阳、治百病，借机敛财并享受人间烟火。公蛎只想找个年轻英俊的肉身一用，好享受下周围女子艳羡的目光而已。

当然，最主要是去逛青楼。上次公蛎去了暗香馆，本想点离痕姑娘作陪，哪知道老鸨一见他长相平平，又无诗文才情，连连摇头，称给再多的钱离痕姑娘也不会见的。六颗又大又圆的上等珍珠，只在暗香馆里喝了半日的香茶，郁闷得公蛎差一点想要恢复原形潜入离痕姑娘的闺房一睹芳容。

公蛎想起刚才那个叫毕岸的男子，心中腾起一股嫉妒之火。刚才他见毕岸相貌堂堂，举止风雅，不由动了心思，本想利用些微的法术依附在他身上，借他肉身一用，不料竟然被毕岸一眼看穿，一把抓住了他的七寸，差一点就要在光天化日之下显出原形。

看来人间也有高人呐。

老天爷实在太不公平了！他一个凡人，长那么英俊有何用？还不如给了自己，在洛阳城中迷倒众生，成就洛阳水族的一段风流佳话，该有多好？

长得好也罢了，那毕岸服饰打扮一看就是家境不错的，光是腰间那块螭吻珮，都抵得上公蛎半月的生计了——既然他家里条件不错，再买一块玉佩也一定没问题。

这么一想，公蛎心里的罪恶感稍微减轻了些，伸出右手托至眼前。

原来刚才公蛎情急之时，顺手抓到毕岸的螭吻珮，一把扯了过来。这块玉佩用上等青玉雕刻而成，质地细腻，温润如脂，一条威武的螭龙首尾相连，线条流畅，且螭龙身上无一点杂色，唯有眼睛部位如血滴一般殷红，非镶非嵌，自然别致，给这条猛张着大口的螭龙平添了几分灵动。

公蛎爱不释手，毫不犹豫将玉佩系在腰间，但想了又想，终究是做贼心虚，将其取下当做一件玉坠子贴身挂在了脖子上。

（三）

惠风和畅，百事俱兴，东都洛阳南市附近德胜大街游人如织，是城中最为繁荣昌盛之处。

忽然有人大声叫道："各位乡亲父老，在下有理了！"闻声张望，只见街心空地，一胖一瘦两个少年飞快扯去短衫，赤裸着上身，先在地上打了几个滚儿，又翻了几个前空翻。迅速拉开了一个场子。

午休后懒散的闲人正愁没有热闹看，一看有卖艺的，顿时围了过来，但见瘦子身上肋骨绷起，胖子腰间赘肉抖动，看上去有种莫名的喜感，众人很快将德胜大街围了个水泄不通。

瘦子正是公蛎。只见他眉开眼笑，唱了个喏，口齿伶俐地讲了起来："小子今年二十三，行走江湖刚半天，初来乍到不知礼，叫声大叔您莫嫌。"他迈着小碎步，一边朝周围团团作揖，一边朝呆立在一旁、只会抖动赘肉的胖子使眼色。

有人起哄："别说废话，有什么绝活拿出来看看呀！"

公蛎诌笑道："大叔大婶您莫急，想看绝活很容易。洛阳城中风光好，你先听我唠一唠。小子来此非为他，皆因洛阳名天下。您看这：杜康酒，牡丹花，涧水的

鱼儿邙岭的瓜；谪仙楼，轩辕家，胡儿酒肆胡姬花；太常寺，清风苑，梨园美人儿如烟霞；洛水流云显贵气，宫阙琉璃映繁华……"

看这小子张口就来，围观者有人鼓起掌来，大声叫好。公蛎喜笑颜开，更加卖力将洛阳城中的好吃的、好玩的、好看的，说了一个遍，插科打诨，俚语俗话，句句朗朗上口。已有半大孩童跟着默记，好回去跟同伴们炫耀。

终于有人想起卖艺的初衷了，叫道："哎哎，别光说这个，绝活呢？"

公蛎不情愿地住了口，笑道："就来就来，看好了啊！"朝胖子一点头，整了整腰带，深吸一口气，扎了个马步。

旁边肚皮早已抖得酸痛的胖子终于回过神来，走到公蛎跟前，傻里傻气地重复了一遍："看好了啊。"双手抱住公蛎的脑袋猛力一扭。

只听咔嚓一声，公蛎的脑袋被转了整整一圈。胖子仍不松手，继续扭动，只听公蛎的脖子咔咔直响，竟然连被扭了多圈，歪向一侧，眼睛也翻了起来。

周围安静了片刻，突然不知谁带着哭腔喊了一声"杀人了！"围观者顿时乱作一团，哭喊的、尖叫的、逃跑的、报官的，瞬间工夫，围观的人作鸟兽散，连街道两边的商铺都关了门，只剩下几个胆大的，稀稀拉拉远远看着。

胖子本来面带得色，一见人都散了，忙大声吆喝："别走别走啊，还没给钱呢。"众人一听，逃得更快了，连刚才几个大胆的人也兔子似的逃了。

胖子无奈，回头见公蛎的脑袋还垂在一边，朝他脸上一拍，傻乎乎道："人走光啦。"

眼前一花，公蛎的脑袋旋转了几圈，飞快地回到原位。他活动了几下脖子，一看周围的情形，气急败坏道："你这个笨蛋，我跟你说了，让你扭之前先说清楚，就说我们表演'乾坤十三扭'，不论多重的伤，只要用了我们的筋骨九天回转丸，就能恢复如常……"

胖子嘟囔道："我肚皮都酸啦……再说你也没说呀。"

公蛎跳起来用一个盛满药丸的荷包在胖子的脑袋上拍打："你还敢犟嘴！你还敢犟嘴！"胖子任他打骂，也不还手，看黑色的药丸骨碌碌滚了一地，忙追着捡："别浪费了，留着我吃。"顺便将地上仅有的几个铜板也捡起来，喜滋滋地捧给公蛎。

公蛎气得"扑"一声吐出一口浓痰来，对准旁边那家吓得关门的商铺门前的柱基吐去。

准头还是偏了一点点，浓痰落在柱基一侧一个老丈的鞋帮上。

这位老丈肥头大耳、锦衣华服，看样子像个行商之人。他本正笑眯眯地看着两人表演，冷不丁被公蛎啐了一口痰，微微皱了皱眉，将被污的鞋子朝着柱子蹭了一蹭，背着手走了过来。

公蛎装作无意，忙笑着迎上去，道："这位老丈，天仓饱满，面相和善，一看就是有福之人，不过身体六脉不合，恐有痛风或肌肉痉挛之症。我这里专售筋骨九天回转丸，用二十一种名贵药材炮制，祖传秘方，老丈要不要来一粒试试？"

胖头在后面小声道："哪有二十一种……"

公蛎朝他脚面踩了一脚，脸却仍对着老丈，满脸堆笑取出一颗药丸，递给老丈，殷勤道："五文钱一颗，五颗见效，无效我分文不取！"

老丈拈起一颗嗅了嗅，道："真的么？"

公蛎将胸脯拍得咚咚响："当然！我堂堂男子汉，一言九鼎，决不骗人！"

老丈在荷包中摸索了片刻，点出二十五文，道："我买五颗。"

公蛎大喜，忙又倒出两颗给他，道："一颗药丸痛风消，两颗身体无烦恼，五颗赛过活神仙，九颗从此乐逍遥……要不老丈再来四颗，巩固一下？"胖头在一旁，佩服得直咂嘴巴。

老丈嘿嘿笑道："这位小哥，口齿还真不错。得了，再来四颗。"又取了二十文钱出来，正要递给公蛎，却一拍脑袋，惋惜道："啊呀，不行，神算说了，我今年流年不利，务必要在今日去请一块上等玉佩戴着，才能消灾避祸。可不能将钱花光了。"

公蛎也不知道他说的是哪位神算，笑道："我这药丸物美价廉，哪里会影响您买玉佩……"却见老丈盯着自己的脖子，眼里露出羡慕的光。

原来那块螭吻珮不知何时露在衣衫外面，在阳光照射下流光溢彩，温润异常。

公蛎一把捂住，将其塞进了衣领。老丈仍然眼巴巴地瞧着，迟疑了下，小声道："这位小哥，你那块玉佩，卖不卖？老丈我一眼就相中你这块了！"未等公蛎说话，解下腰里沉甸甸的荷包，一把塞进他手里，道："一百两鸿通柜坊的飞钱，还有七八两散碎银子，怎么样？"

公蛎打开荷包一看，顿时大喜。见那老丈手上还戴着好几个金的玉的戒指，便拉出那块螭吻珮摩挲着，装出一脸不舍的表情，心里却盘算着如何编一个动人的故事，比如过世的祖辈传下来的或者早逝的心上人临终赠送什么的，好再套一些财物来。

老丈早已耐不得了，央求道："你先取下来，给我好好瞧瞧。"

公蛎应着，伸手去结脖子上的结，却感觉到对面剑一般的目光射来，让人好不自在，抬头一看，却是毕岸。

毕岸抱胸站在对面树下，冷冷地看着公蛎。公蛎手一抖，松开了螭吻珮，转过身含含糊糊对老丈道："我家传的玉佩……不能轻易示人……"

胖头傻呵呵地吸着下嘴唇，惊奇道："老大，你什么时候还有家传的玉佩，我从来没见你戴过啊？"

公蛎只盼着毕岸赶紧离开，他好跟老丈做这笔交易，瞪了胖头一眼道："我爷爷传给我的，你管得着吗？"

这句话本是敷衍胖头的，谁知那老丈听了，失望摇了摇头，捻着胡子叹道："算了算了，君子不夺人所爱。"拿过公蛎手中的荷包，头也不回地走了。

公蛎急得跺脚，欲要叫他回来，又想起毕岸，回头一看，毕岸已经走至胖头跟前，正在挑拣所谓的"筋骨九天回转丸"。

公蛎唯恐他找自己算账，忙蹲下身来，装作捡地下的铜板，心里打定主意，若是他来询问，便打死也不承认。不过偷眼一看，他腰间已经换了另一块质地优良的玉佩，虎头龙身，线条流畅，看起来同螭吻珮出自一个工匠之手。

毕岸拈起一颗药丸嗅了嗅，慢条斯理道："山楂五成，三七三成，还有两成是炒熟的豆面。"

公蛎不敢吱声，胖头却学着公蛎的样子，十分殷勤地夸赞道："公子鼻子真灵，就这么一闻就把我们的配方闻出来啦。你要不要来几丸尝一尝？味道很不错呢。"

公蛎卖力地抠着落入青砖缝里的一文钱，心里却恨不得扑过去将胖头的嘴巴给缝上。毕岸瞄了公蛎一眼，冷冷一哼，大步流星甩袖而去，身形十分潇洒。

公蛎这才直起身，盯着毕岸伟岸的身影满脸艳羡之色，不住吞咽口水。

胖子啃着手指甲，傻笑道："嘻嘻，老大喜欢男人。"

公蛎见老丈已经走得不见，不禁失望，将铜板甩在胖子的脸上，正色道："胡说什么呢，老子可是个堂堂正正男子汉，从不搞那些龙阳之好。"

胖头抠着鼻孔道："那你为什么脸红，低着头不敢看他？还对着他的背影流口水？"

公蛎哑然失笑，伸手去撕他的胖脸："哟，你不傻嘛，懂的还挺多的。"

胖头抖抖肚子，得意地道："我可是什么都知道。"

公蛎又想起容貌一事，有些闷闷不乐。从怀里摸出一面小铜镜，对着镜子东照西照，细心地把一撮耷拉下来的头发抿上去，问道："胖头，你老实说，我和刚才那人比，谁更俊？"

胖头也将脑袋凑过来，对着镜子做出一个自以为最甜美的笑脸，小声道："当然是那男子……"公蛎飞快收了镜子，气急败坏道："我怎么了？男人家，长得好有什么用？有才华才是真的呢！像我这样，又聪明又能干，又懂风情，这才叫气质好呢！"

胖头无辜地瞪着一双小眼睛："人家气质更好……"

公蛎扑上去对着胖头又踢又打："你还学会犟嘴了是吧？"

（四）

夕阳西下，落日的余辉洒在洛水水面上，映得整个水面犹如一块闪光的银缎。

胖头正狼吞虎咽地啃着手里的烧饼，公蛎半坐半卧在河畔的草丛里，百无聊赖地丢着石子儿，一下一下地去打桐树上刚结的桐铃儿。

天色渐暗，晚霞只剩下远处的一抹残红。公蛎一手摩挲着螭吻珮，突然道："胖头，你有什么打算？"

胖头将最后一口烧饼塞进嘴巴，含糊道："先游个泳，然后睡觉。"

公蛎将石子儿朝胖头丢去："我说的是将来！将来！"

胖头满意地打了个饱嗝，伸展四肢躺在草地上："赚点钱，先去找妹妹，再讨个老婆，生一堆娃儿。"

胖头真名叫什么，连他自己也说不清楚，刚进城那会儿，公蛎手头还有些闲钱，有一日刚吃完饭又忍不住买了只轩辕楼的烧鸡，只啃了鸡腿便吃不下了，走到南市见一个胖子蹲在地上晒太阳，就丢了过去，胖子也不嫌弃，一来二去，两人便认识了。

胖头父母早亡，唯一的妹妹也在幼年时送了人，家徒四壁，只有一身蛮力，以在市场里给人搬运装卸度日。他脑子不大灵光，以公蛎的话说，是个"只长肥膘不长心眼"的货，一根筋，不知怎么就认定了公蛎，死活跟着他混，任他打骂都不走，偏偏饭量又大得惊人，害得公蛎平白无故多养了一个饭桶，所以才导致了如今的严重拮据。

公蛎鄙夷地哼了一声："没出息。"

胖头一个鲤鱼打挺站了起来，摆出一个武打的架势，肚皮的赘肉一颤一颤："除暴安良，行侠仗义！"

公蛎嗤之以鼻，从怀里拿出小铜镜，对着镜子做出各种冷峻魅惑的表情："知道潘安掷果盈车的典故吗？"

胖头摇摇头。公蛎拖长声音吟诵道："安仁至美，妙龄随车，吾之终生所求也！"

胖头哪里听得懂这些拽文掉袋的话，怔怔的毫无反应。公蛎故作深沉，一字一顿道："我的梦想，是媲美潘安！"

胖头将地上掉的烧饼屑捡起丢进嘴巴里："不能糟蹋粮食——潘安是谁啊？"

公蛎道："天下第一美男子！"

胖头哦了一声，傻傻地道："像今天见的那个一样？"

公蛎满心嫉妒，道："不，比那个还要美，美到男的女的见了都喜欢。"

胖头皱眉想了一会儿，估计很难想象这个"男女都喜欢"的美到底是个什么样子，茫然道："没见过。"

公蛎忍不住长吁短叹起来。胖头忙安慰道："其实老大，你长得也不错，比我好看多了。"

公蛎心情舒坦了些，不屑道："呸，同你比……"

胖头啃着手指甲，溜溜地看着公蛎的脸，小声道："不过要赶上那个潘什么安，估计比较难。"

公蛎气急，给了胖头一拳："咦，你个死胖子，一身肥膘，还敢嫌弃我难看？"

胖头抖了抖自己肥硕的肚子，嘟囔道："胖是一阵子，丑是一辈子。再说了，父母生我是这样，我就得这样，我对自己长相又没有不满，我也不想长得超过那个什么安。"

公蛎揪住胖头的前襟："你再说一遍？"

胖头的肥脸上显出讨好的表情："老大我们明天怎么办？"

公蛎顿时泄了气，烦躁道："明天再说！坑蒙拐骗，吃喝嫖赌，什么都行！"

若是不用考虑其他，每日里混个肚子溜圆，四处闲逛，这种生活也算惬意。可是正如胖头偶尔摸着锃亮的脑门故作深沉时所讲，"人生不如意十之八九"，除了公蛎对容貌的强烈渴望，如今面临的最为重要的问题是：住宿。

公蛎本来不愿意同胖头走得太近，说实话，他不怎么瞧得起胖头。但是胖头对他却是掏心掏肺，非要拖着他住自己家里，说可以省下一大笔住店的钱。

胖头家是两间土坯房，前些日的一场暴雨，将其中一间的房顶冲塌，只剩下一间，门梁子又坏了。

那个大门早朽掉了半边，形同虚设，可是没了门，总觉得这不像是一个家。因此胖头每天回去，一看到门梁子便唉声叹气，后悔今天不该多吃一个烧饼，又少存了几文修房子的钱，那张苦瓜脸，公蛎看着就烦。

今日也同样，还未走到巷子口，胖头的脸已经皱得像个蔫了的倭瓜。公蛎哄他道："这事我惦记着呢，等赚了大钱……"心里暗自嘀咕，要不要找个当铺当掉这块螭吻珮或者卖掉那颗捡来的血珍珠，应付一段时日。

胖头忽然欣喜若狂，猛朝公蛎拍了一掌："老大你真好！"

公蛎抬头一看，原来门梁子已经修好了，不仅门梁子焕然一新，下面还换了两个新门槛，朽掉的半边门也被换上了新门板。

胖头兴奋地将门推开关上，关上又推开："这个匠人的手艺不错，一点声音都没有。"

公蛎瞠目道："我没请匠人来。谁会这么好心？"

胖头只顾高兴，根本没听公蛎的话，吊在门梁上打起了秋千。

不过修房子的事情解决了，公蛎也很开心，连连提醒胖头："快下来！你那个体重，小心把新修好的门梁再给掰下来！"

天色不早，两人折腾了一天，简单洗漱，倒头便睡。

但公蛎睡得极不踏实，心绪不宁，烦躁多梦，连一向鼾声震天的胖头，也辗转反侧，胡乱盘腾，好几次差点将公蛎踹下床来。

午夜时分，公蛎终于沉沉睡去，却做了噩梦。

七个带着鬼脸面具的白衣人，顺着门梁子一跃而下，绕着公蛎和胖头跳起了舞。公蛎先还饶有兴趣地看着，但随着白衣人的舞蹈越来越急，犹如一个白色铁桶一般将两个人围得水泄不通，渐渐感觉呼吸紧迫，身体僵直。

公蛎张嘴欲叫，却说不出话来，依稀看到胖头眼睛睁得溜圆，嘴巴微张，一脸傻相。

公蛎清楚地感觉到是在做梦，却无法醒过来。

胖头翻起了白眼。正当公蛎几乎要昏厥过去的时候，白衣人停了下来，公蛎心头一松，大口大口地喘气，但四肢仍被紧紧压住，动弹不得。

带头的白衣人俯身凑近公蛎。他戴着厚厚的面具，看不到脸上的表情，但公蛎分明觉得他在诡笑。

他慢慢伸出手来。公蛎惊恐地发现，他的手是红色的，裸露出来的皮肤上长着血红色的苔藓，中间夹杂着毛发一样的菌丝微微抖动，依稀可看到下面发黑的皮肉，恶心而恐怖。

公蛎的心一阵阵收缩，忙闭上眼睛给自己打气：这是做梦，很快就醒了。但是看到白衣人又黑又长的指甲朝自己胸口插来，还是两眼一翻晕了过去。

直到第二日日上三竿，公蛎才醒了过来，一看胖头，四脚八叉躺在地上睡得正香。

公蛎头昏脑胀，踹了一脚胖头："喂，太阳照到屁股了！"

胖头一骨碌爬起来，愣了片刻，朝自己胳膊上狠狠掐了一把，这才拍着胸脯道："昨晚吓死我了，从小到大，我还是第一次鬼压床！"

公蛎哼哼道："定是昨天太累了。我也做噩梦了。"

胖头呆坐了一会儿，忽然伸手道："老大，给我看看你祖传的玉佩。我昨晚梦到上面的龙会喷火呢"

公蛎将他的手打开，道："胡说！"

胖头模拟着抓人的动作，道："昨晚鬼压床，我看到那个领头的白鬼用血手抓你，长着这么长的黑指甲……还没碰到你，玉佩上的龙眼睛一下子就亮了，呼，喷出一团白光，然后白鬼就着火了，其他那几个白小鬼，就吓得都跳上门梁子飘走啦……"

胖头连比划带说，详细描述了一遍。他的所谓鬼压床，同公蛎的噩梦一模一样，不过多了公蛎晕过去之后的情景。

温润细腻的螭吻珮，握在手里很是舒服。公蛎心中一动，觉得这种感觉好生熟悉，好像它就是自己的东西一般。

胖头又是害怕又是兴奋，颠三倒四道："嘿嘿，昨晚太刺激了。我翻着白眼装死，骗过了那些鬼……玉佩上的无角龙喷火，把白鬼点着啦，不过火一点都不热……我猛扑过去，一下子把他压死了，哈哈……今晚他们要是再来，我就捉一只，看看鬼在白天是什么样子……"

公蛎的脸色变了。

胖头刚睡过的地面上，压着半个白纸人和一些燃烧过的灰烬。

——这块螭吻珮，看来同自己有缘，还是留着吧。倒是那颗血珍珠，要好好盘算一下，如何带来更大收益。

血珍珠

（一）

这日辰时，天气极好。南市码头，新到的货物装卸完毕，三三两两的搬运脚夫四散着坐在岸边的空地或车杆上休息。

忽然传来一阵打斗哭叫之声，一个衣着华丽的清瘦小子哭嚎着蹿出，满面血污，左臂衣袖被扯脱，鞋子也只剩了一只，口里叫着："救命啊！"在人缝中四处奔突躲避。他见路旁一辆装满货物的马车，拉过上面的篷布胡乱抹了一把脸，撅着屁股钻了进去。正候在车前辕处的外地货商张阿财，带着浓重的南方口音不满道："哎哎哎，我新换的篷布……"

话音未落，一矮一胖两个少年提着棍棒从旁边巷子中冲了出来，嘴里吆喝道："人呢，人呢？"

周围瞬间有些安静。那些常年在码头上搬运货物的脚夫都认得这二人：胖的那个诨名胖头，傻傻壮壮木呆呆的；矮的那个人称小矬子，是南市有名的小混混，年纪不过十七八岁，整日里无所事事，吃喝嫖赌、打架骗人，又爱作弄人。虽说不上什么大奸大恶，但着实难缠，整个儿泼皮无赖，官差也拿他们没个法子。

小矬子上蹿下跳，尖声叫道："你们谁看到了？刚才那个有钱人家的小子，躲哪儿了？"胖头瓮声瓮气道："对，躲哪儿了？"

众人继续干活，没有接他的话茬儿。一个年长的脚夫在码头做工多年，有些资历，忍不住高声问道："谁又惹了你们了？"

小矬子一边四处寻找，一边恶狠狠道："一个小子，赌钱输了，竟然赖账。"气恼地用木棍敲打停靠的马车，却刚好便是那少年藏身之地。旁边的张阿财眼睛溜溜地看向篷布，思量着要不要告密讨好下这两个混混。

胖头看起来一脸傻相，大声道："对，他明明有钱，手里好大一颗血珍珠……"

小矬子身手麻利，飞快扑过去朝着胖头猛推搡了一把，满脸怒色。胖头自知失言，生生将"珠"字咽了下去。

年长的脚夫未听清，反问道："什么？"但旁边的张阿财却听得一清二楚，扶着马车的手一阵收紧，拉得篷布哗啦啦响。

恰在此时，微光一闪，张阿财不由伸长了脖子。篷布的缝隙中，他分明看到，那小子细皮嫩肉的手掌心托着一颗拇指大的血红色珍珠，在昏暗中发出柔和的光晕。张阿财愣了一愣，正要细看，血珍珠却收了回去，一双滴溜溜的小眼睛透过篷布缝隙，可怜巴巴地冲着张阿财眨眼。

张阿财清了清嗓子，大声道："我刚看到一个人影跑到那边船上去了啦！"朝远处码头边停靠的几艘小船一指。

胖头和小矬子飞快朝着小船的方向跑了过去。恰好一艘大船到港，领头的脚夫招呼众人卸货，原本围着看热闹的人一哄而散，只剩下刚才的张阿财。

张阿财看着二人走远，小声道："出来吧，他们走了。"

篷布窸窸窣窣一阵响，一张干瘦的小脸探出头来，竟然是公蛎。他满脸感激道："多谢您救命之恩。"口音却同张阿财有几分相像。

张阿财偷偷看他紧握的右手，满脸堆笑道："应该的，应该的。"

公蛎吭吭哧哧地下了车。他眼窝青紫，额头肿胀，鼻子还在流血，样子极其狼狈，长相虽起不眼，但衣着打扮相当华丽：一袭蓝色华文锦长袍，领口袖口镶绣银丝流云纹滚边，虽然有几处被撕破，但做工精细、质地优良，一看就是家境富裕的。

张阿财有些心痒，忍不住道："你手里……拿的什么东西？"

公蛎跳了起来，将右手放在胸前，一脸警惕道："没什么。"一瘸一拐地走了。

张阿财嘿嘿干笑道："走好，走好。"公蛎走了十几步，自己折身回来了，蹲在张阿财面前长吁短叹，一脸哭相。

张阿财心中恼火，兀自整理车上的货物，不去理他。公蛎踌躇良久，道："您知不知道这附近哪里有当铺？"

张阿财头也不回，道："不知道！"他本是头一次来洛阳，确实不知道。

公蛎似乎没察觉到他的不悦，哭丧着脸道："这可怎么办呢。"将紧握的右手伸出又收回，迟疑不决。张阿财恼道："行开！莫挡着我干活！"

公蛎为难良久，终于下定决心，将手伸了过来："您经验足，给看看这颗血珍珠，当多少才算合适？"不等张阿财说话，带着哭腔儿道："如今我一个子儿都没有了，如何回家？回家了也要被我阿爹打死的……就剩下这么一颗祖传的珠子了……"说着捶胸顿足，涕泪横流。

张阿财本不想看，却忍不住回头。只见这颗珠子光洁圆润，发出血一样的殷红光芒，实乃人间绝品，不由得眼睛直了。

公蛎急切道："您看这个值多少钱？……我如今是走投无路了，才想当了它去，要往常……打死我也舍不得！"

张阿财以前是做小生意的，这是第一次与同乡来洛阳倒腾大生意，生性胆小却总想发大财。他曾经跟人做过一段珠宝生意，对宝物鉴定颇有些心得，见到如此宝贝，哈喇子都要流出来了，拿了珠子对着阳光映照个不停："这个值钱！值钱！……总要几百两！"

话音未落，只听那边一无所获的胖头咋咋呼呼地喝骂道："他一个外地人，身无分文能去哪儿？"小矬子远远回应道："当铺！我们去守着当铺！"

公蛎大急，劈手夺过珠子钻入车底瑟瑟发抖，道："这可怎么办？怎么办？"

张阿财的眼睛随着珠子乱转，心中艳羡异常。这次来洛阳，比起以前的生意也算是小发了一笔，但和同乡们相比，可差得远了，要是这个珠子……

胖头和小矬子跑远了，公蛎从车底钻出来，挠头了半晌，哀求道："要不……阿叔你能否……"张阿财心中一紧，不由捂住了荷包，却听他继续道："您能否帮我跑趟当铺？"

张阿财板起脸道："我没空。"公蛎哭丧着脸，道："听口音我和您老家不太远，我替我阿爹阿娘谢谢您。您帮我去趟当铺，我愿意给您五两银子做酬劳，从当价中支付。"

张阿财大喜，张嘴便想同意，想起同乡的告诫，又迟疑着摇头。两人正在推搡间，忽儿跳出一个肥头大耳的老丈来，插嘴道："我去我去！"伸手去抓公蛎手中的珠子，"你给我三两就行！"

正是那天要买公蛎螭吻珮的老丈。

老丈一副心知肚明的样子，朝公蛎一挤眼睛。

公蛎已经打定主意，螭吻珮要自己佩戴，所以装作不认识老丈，纵身往后一跳，愤愤道："我凭什么信你？你要拿了我的珠子逃了，我找谁要去？"

老丈倒也配合，双手在身上乱摸了一通，揪出一个荷包摇晃着："我把我身上的钱给你做抵押行不行？"荷包叮当作响，显然里面不少银钱。

公蛎故作戒备，扭头对已经看呆了的张阿财道："同乡阿叔，我看你是好人，不如你替我跑一趟，换了银两我给你十两跑腿费，行不行？"

老丈瞪大了眼睛："你这小郎君好固执！"眼里却流露出揶揄之色。公蛎拉过张阿财走到一边，不去理他。老丈甚是恼怒，斜眼看着张阿财，却对公蛎道："哼，小心你小子被骗，他去当铺，只怕一转眼就溜了！"

这摆明了是要配合公蛎，激将张阿财。

张阿财果然涨红了脸，跳起来叫道："我怎么会骗人？"郑重地接过珠子，交待公蛎躲好，便要去找当铺。老丈却不依，远远站着，撇嘴道："空口白牙，说得轻巧！"一边说一边漫不经心地抖着荷包。

公蛎心下疑惑万分，不知道老丈为何要帮自己骗人，但脸上却不动声色，故意显出踌躇之意。张阿财向来要面子，气恼之极，从怀里拿出一包银两来，掂量了几下，摆出一副十分大气的样子递过去："拿着！"说罢傲然看了老丈一眼，恋恋不舍地看了看荷包，一步一回头地去了。

公蛎感激涕零："多谢同乡阿叔！我在这里等您，您早去早回！"嘴里说着，看也不看老丈一眼，蹑手蹑脚钻入车下，一溜烟儿地跑了。

公蛎一边低头疾跑，一边掂量着手中的荷包，小脸笑成了一朵花儿，突然脖子一紧，被人从后面拎了起来，瞬间头晕目眩，手脚乱舞，荷包啪一声掉在了地上。

还好那人很快松开了手。公蛎瘫在地上，揉着脖子破口大骂："谁个不长眼的东西敢惹老子……"一句话未了，看到毕岸冷若冰霜的脸，顿时戛然而止。

毕岸将一个红色鹅卵石投掷在公蛎怀中，俯身去捡起地上的荷包，公蛎飞扑上去叫道："我的我的！"突然看到张阿财从木船后面躲躲闪闪地走了出来，顿时改口道："这是我同乡阿叔的！"毕岸一个轻巧转身，身姿极为潇洒地将荷包斜斜抛出，刚好落入张阿财怀中。

公蛎委委屈屈叫道："阿叔这是不信任我？荷包还你吧，我们两不相欠！"

眼见快要到手的五两银子就这样没了，张阿财心疼不已。刚才他拿了公蛎的珠子，没走多远，便被毕岸拦下，声称他上当了，这个所谓的血珍珠不过是一颗小石子，一文不值。张阿财哪里肯信，认为毕岸不过是想自己去赚取跑腿费，不过他见毕岸眼神犀利，身材伟岸，身上还带着长剑，自己身在异乡他处不敢用强，只好跟了毕岸来找公蛎。

张阿财讪讪笑着，朝公蛎连打了几个躬，又恨恨地啐了毕岸几口，抱着荷包飞快逃开。

毕岸抱着双臂，冷然看着公蛎。公蛎兀自嘴硬："我就是同他开个玩笑，跑这地儿拉个屎便回去，要你多管闲事？"猛然惊喜道："胖头来了？"趁毕岸回头之际，撒丫便跑。

公蛎本是打算"惹不起总躲得起"，没料想这个毕岸竟然诡魅一般如影随形，两人猫捉老鼠一般绕着洛阳城跑了大半日，公蛎始终不能摆脱，其间甚至想一头扎进洛水，也被毕岸扯着衣角不能得逞。

傍晚时分，公蛎终于跑不动了，俯在新中桥的栏杆上。喘着粗气道："钱已经还给那个傻子了，你到底想怎么着？"

毕岸双唇紧闭，落日的余晖在他脸上形成一个异常英俊的侧面。公蛎怒道："哑巴啊你？"

毕岸伸出手来，道："拿来。"公蛎以为他发现自己偷了螭吻珮，心突突跳了几下，但却装傻道："什么东西？"

恰巧一群身姿曼妙的女眷从桥上走过，公蛎挺了挺胸脯，摆出一个最为冷峻的表情。几个年轻女子见毕岸相貌不凡，都放慢了脚步浅笑低语，掩面偷看，却对旁边的公蛎熟视无睹。公蛎妒恨不已，高声叫道："你欺人太甚！我不活了！"高高跃起一头扎进洛水，很快便给湍急的水流淹没。

不仅周围的女子，连毕岸都吃了一惊，众人七嘴八舌地围了过来，却无人敢下水搭救。毕岸微微一笑，道："我兄弟水性甚好，同我闹着玩儿呢。大家不用担心。"说罢略一抱拳，翩然而去，留下那几个花痴女子，如被灌了迷魂汤一般呆在原地。

（二）

公蛎从不远处的水面冒出头来，在心底破口大骂。

公蛎混在洛阳已经一年，刚开始出手阔绰，很快便拮据起来。他一个静心清修的小水蛇，本来就没什么财物，不过用些平日里存的精致贝壳、珍珠之类的换些银钱。刚来洛阳什么都倍感新鲜，肆意出入青楼酒肆，很快便将家当花得所剩无几。

他原打算花完这些银钱便重新回洛水修行，可是玩得心已经散了，哪里还收得回去？不过十天半月，便觉得洛水又无趣又烦闷，还是洛阳，哪怕流浪街头看人来人往也好玩。

常人百姓提起得道的非人，总是又惊惧又羡慕，仿佛他们无所不能一般。实不知这是个极大的谬误。就以小水蛇公蛎来讲，来了洛阳，还不是要同凡夫俗子一样想办法解决温饱？公蛎先去一家小饭馆做了几天跑堂，因为偷吃客人点的菜肴被辞退了；之后去码头扛了半天货物，实在吃不了那个苦头，自己不干了；想要做生意，又没个手艺或者本钱；想要考个功名……算了，这个就不提了，公蛎虽然认定自己是读书人，但不过是吟诵几句打油诗的本事。前几日，他走投无路之时，甚至伙同那些街头无赖卖假药——堂堂一个得道的灵蛇，竟然沦落到利用身体可随意扭曲之便售卖大力丸，这要是传到洛水，岂不被其他水族笑掉大牙？

最邪乎的是，公蛎住到胖头家里，莫名其妙同胖头做了一个同样的噩梦。之后几天，只要晚上住在那间房屋里，两人便会做同样的梦，只是白衣人变成了六个，围着他们载歌载舞，没有再做出害人的举动，所以也无法验证螭吻珮到底是不是像胖头所说的具有灵气。不过公蛎并不傻，显然有人在胖头的房子里施了法术，地上的半个纸人和纸灰就是明证。所以，当公蛎看到几天下来，两个人的精神头大减，当机立断带着胖头在城中坑蒙拐骗，死活不再回胖头家里住，关于白衣人的梦果然一次也没再做过。

但公蛎总想不明白，他和胖头一无所有，也不曾与人结怨，谁会找他的晦气呢？

唯一有可能的，就是自己得罪过并偷了他螭吻珮的毕岸。但是，不知为何，公蛎心里却认定毕岸不是这种阴暗的小人——瞧瞧，这就是人长得美的效果，人们会理所当然给予更多的善意猜想。

自己要长得如毕岸一般完美，该有多好啊！

在北市混了几日，将仅有的积蓄也花了个精光，公蛎十分沮丧。

如今已经六月，艳阳高照，暑气逼人。公蛎百无聊赖，顺着滨水天街漫无目地走着，忽然脑袋肚子一起痛了起来，忙蹲下身，恰在那一瞬间，一块巴掌大的砖头从路边的屋顶飞下，擦着他的头顶落地跌成碎块，若不是正好蹲下，只怕刚好砸个脑袋开花。

所幸痛感很快消失，公蛎跳起脚来破口大骂，也不见有人应声。

真是喝口水都塞牙！正在怨天尤人，顾影自怜，忽见胖头气喘吁吁地跑来："老大，你怎么一声不响来城北了，我找了你好久。"

血珍珠未卖出，附身一事也没个着落，公蛎正心中烦闷，一看到这个傻胖子，更加不耐烦："你找我干什么？走开走开，我还有事呢。"扭身便走。

胖头对他的态度毫不在意，乐滋滋跟在后面。公蛎走了老远，回头仍见他跟着，吼道："你这人怎么像个狗皮膏药，滚！"

胖头吸了吸鼻涕，揉着肥大的肚子道："我饿了。"

一阵饭菜的香味飘来，公蛎的肚子也咕咕响了起来。他顿时恼羞成怒，"关我屁事，我是你爹啊？"

胖头眨巴着眼睛，抠着大拇指傻笑起来。公蛎耐着性子道："你跟着我也没用，我如今身无分文，没钱买东西给你吃。"

胖头根本听不出公蛎话里的逐客之意，一见他不生气了，也开心起来，大肥脸笑得像朵花儿一样，吧嗒着嘴巴："我饿了。"

公蛎恶狠狠地给了他一个爆栗，吼道："滚！"胖头捂着脑袋，小声道："我说饿了，又没说要吃东西。"

公蛎懒得理他，顺着街道漫无目的地走着。不用回头也知道，胖头仍然不远不近地跟着。

公蛎烦得要死，正想要快步甩开他，却瞬间被一阵浓郁的肉香吸引，再也拔不动脚。原来前面一家卖卤肉的铺子，热气腾腾的大铁锅里，红亮的肉块翻滚着，伙计正用一个肉叉子将烂熟的卤肉捞出来放在旁边的大盆子里。

公蛎捏了捏荷包里那颗血珍珠，还是觉得舍不得。眼珠一转，摆手叫胖头过来，示意道："想办法给我弄一块卤肉，若弄来了就跟着我。"胖头欢天喜地的表情瞬间凝滞，公蛎马上翻脸："弄不来就赶紧滚！走走走！"

胖头舔了嘴唇，从嗓子眼挤出一个字："好！"一挺胸，一运气，冲到肉盆子前抓了最大的两块扭头就跑。

这不开窍的死胖子竟然大白天的公然去抢，真是蠢到家了。公蛎低声骂着，忙找地方躲了起来。

此时将近午时，街上人来人往，人流如织，只听伙计高声叫道："抢东西了！"众人一阵骚动，临近商铺的掌柜、伙计等都拿着火棍、木条追了出来，围的围堵的堵，先还见胖头在人群中东一头西一头地乱撞，后来便只听到打骂棍棒之声了。

公蛎趁机摆脱了胖头，却又不知道做什么好，信步走到立行坊，正在想象卤肉入口即化的感觉，忽然一个鼻青脸肿满身血污的人从旁边小巷子里跳到公蛎面前，接着一个肉叉子带着呼啸声追来，准准儿地扎在了他的肩膀上。

竟然是胖头，身上油渍、血渍、泥土等，五颜六色的，肩头上那个油亮的小肉叉颤巍巍抖动着，看起来十分滑稽。公蛎退了一步，厌恶地打量着他："你没死啊？"

胖头满不在乎地抹了一把鼻血，嘿嘿笑道："给！"将一直紧握着的右手伸开，手心里，是一块被挤压变形的卤肉，脏兮兮的。

公蛎嫌弃地皱了一下眉。胖头讨好道："其他的都被打掉地上，踩没啦。就剩下这么多。"每说一句话，肩上的小肉叉子就抖动一下。

公蛎看得心焦，上去一把将肉叉拔了下来，疼得胖头一咧嘴。公蛎用肉叉敲胖头的脑袋："我要你去抢了吗？我说要你去抢了吗？大白天的，你找死呢？偷或骗，什么叫偷？你这个脑袋，就是为了看着像个人才长在脖子上的是吧？"

胖头一边歪着头躲避，一边嘿嘿傻笑。公蛎没了办法，扯下胖头的外衣，挑比较干净的地方撕下一个长布条，将他肩膀胡乱包扎了下，不耐烦道："去去，赶紧洗个脸，我还有正事。"

胖头喜笑颜开，去旁边一家店铺讨了水洗脸。公蛎板着脸在一旁等着，寻思着胖头终归是个累赘，还是要想个法子甩掉他，忽见毕岸步履匆匆，快步走过，引得街边几个女子纷纷侧目。

公蛎又心痒了。在人群中一眼能被发现，博得女子们艳羡的目光，这正是公蛎长期以来梦寐以求的目标啊。不行，附身一事，不能轻易放弃。

想到此处，公蛎朝胖头一摆手："我们俩跟着那个男的，别让他发现了，等到没人的地方，你帮我控制住他。"

"他是谁啊？"

"这你别管，反正只要我一使眼色，你就冲上去，扣住他的双手。"

（三）

公蛎跟踪毕岸足足有七天之久，转悠了大半个洛阳城，也没找到机会下手。期间全指望胖头帮人卸货讨要几个馒头，勉强填饱肚子，一圈下来，公蛎又黑又瘦，模样儿更加不起眼。

天气越来越热，公蛎烦躁之极，正寻思着要不要退而求其次，随便找一个五官端正的常人算了，却见毕岸走进了北市旁边的敦厚坊。

洛阳水源丰富，溪流纵横，无名小溪数不胜数，其中有名的两条溪流当属磁河和涧河。磁河、涧河皆从邙岭喷涌而出，水流湍急，涧河生生将河床冲刷成为一条狭窄的沟壑，如同山间深涧，故名涧河；磁河据说因源头有一块巨大的磁石而命名。两者一上一下，一东一西，在厚德坊南段相汇注入洛水，刚好将敦厚坊裹入其中。由是，敦厚坊溪水环绕，垂柳婀娜，素有"洛阳小秦淮"之称。

公蛎以前常在南市混，对这一带并不熟悉，跟着走进去一看，顿时欢喜不已。里面鱼龙混杂，三教九流什么人都有，却并无低俗之气。掩映在绿树花丛之间的红楼乐坊，临水而建的古朴老店铺，充满异域风情的胡姬酒肆，各色美食、琳琅满目的古玩玉器同露天摆卖的小吃担子共荣共生，显示出一种世俗市井独有的融洽，十分符合公蛎爱热闹的性格。

毕岸走走停停，似乎在寻找什么。及至中午，胖头拿来几个馒头两人吃了，终于等到毕岸走了路边一家高门槛的铺子。两人把心一横，将伪装的大帽子拉低，装作是买东西的游客，大摇大摆走了进去。

房间挺大，却十分阴暗，门侧一个脏兮兮的木雕屏风，摆着一个整块树根沤成的茶几，周围摆了四个圆木橛子，算是凳子。高高的木质柜台后面，安置着一排陈旧的搁架，足有十二个，将整面墙壁分成了多个格子，放着一些乱七八糟的东西，穿的用的戴的都有，大部分是空置的；十二个木架上分别写着不同的字，什么"天、地、元、黄、宇、宙、洪、荒"等，也不知道做什么用的。

但毕岸并不在里面。公蛎正在张望，一个留着山羊胡子的老伙计从柜台后面探出脑袋来："客官您当什么？先把宝贝给我看看。"

原来是一家破败当铺。

公蛎支吾道："我先看看。"

两个人站的位置，并不能看见搁架的最下层，但是公蛎却分明感觉到一团微微的红光。待到凝神细看，却只见一个寻常的墨绿色包裹，里面似乎是一件女人的衣服，散发着脂粉的香味，中间还夹杂着一丝血腥的甜味，刺激得公蛎喉咙发紧、鼻子发痒。

胖头一边将公蛎不由自主往前探出的脑袋扳过来扶正，一边傻呵呵问道："我们找个人。刚才进来的那人，长得好看的那个，哪去了？"

老伙计捋着稀疏的胡须摇摇头："没人呀。今天您是第一批客人。"看到公蛎眼睛盯着门帘后面，叫道："阿隼，倒茶！"

一个精壮男子打开帘子走了出来，端了两杯茶，看也不看公蛎他们一眼，放在桌上便走。帘子打开的一瞬间，可以看到一个简陋的院子。

胖头端起来一饮而尽，扬着茶盅道："好喝，再来一杯！"山羊胡子笑道："好喝吧？上好的云绿茶，管够。"话是这样说，也不见那个叫阿隼的出来添茶。

山羊胡子看着公蛎，十分殷勤道："公子来当什么宝贝？"

衣服上的味道仍然不住地往公蛎的鼻子里钻，鬼使神差的，他从怀里拿出了那颗硕果仅存的血珍珠："这个，您给看看，能当多少？"

山羊胡子接过血珍珠，他的小眼睛似乎突然之间长大了一圈，半边身子都撑在了柜台上，稀疏干黄的胡须抖个不停："血珍珠……血珍珠……"满脸狐疑地打量了一番公蛎，突然俯下身子从抽屉下层拿出一沓纸张，然后麻利地从柜台上跳了出来，拉过一个小砚台，抓着公蛎的右手食指蘸了点墨，朝着纸张空白处啪啪按了几个指印，笑道："好了！以后这当铺就是您的了！"

这动作一气呵成，未等反应过来，指印已经按完了。公蛎举着染黑的手指又惊又怒："你……你干什么？"

山羊胡子吹了吹墨迹，眉开眼笑："公子怎么称呼？"

胖头快嘴道："他叫公蛎。"山羊胡子讨好道："公公子。"

公蛎怒道："我姓龙！这……到底怎么回事？"

山羊胡子赔着笑脸，唠唠叨叨道："龙公子您听我说，这家当铺是您的了。瞧，地契、房契、馈赠合约，房产连同这当铺的债权债务，都归您啦。当然，不是归您一个，您只有一半的产权，剩下的一半是毕公子的……也就是说，你和毕公子共同经营这个当铺。"

公蛎的脑子转了千百次，也想不明白这个当铺的一半怎么就归了自己。胖头这次倒是反应极快，猛地给了公蛎一拳："老大，咱是掌柜的了？"接着上蹿下跳，兴奋得像一只发了疯的猴子。

公蛎捂着胸口，瞪眼看着山羊胡子。山羊胡子挠头不止，正想着如何解释，只见门帘一打，毕岸走了出来，在公蛎身旁站定，道："我们共同经营当铺，我出资，你经营，年底五五分成。”

毕岸换了家常的麻布短衫，眉眼的冷峻意味仍在，但没了以前的古板，看上去十分舒服。公蛎原本想好的偷袭，突然这么面对面反倒不知道该怎么做了，心里暗自盘算，自己和胖头跟踪毕岸多日，料想毕岸也是知道的，而且上次他一眼便看穿了他的原形——既然知道自己不怀好意，为什么他还送自己半个店铺？只怕有诈。

虽然想到要把这个已经到手的半个店铺推出去有些心疼，公蛎还是高傲地昂起了头：“我要是不同意呢？”那边胖头已经跳进柜台，贼手贼脚地翻弄搁架上的货物，听了这话猛朝公蛎挤眼睛。

毕岸看也不看他俩一眼，扭头对山羊胡子说道：“财叔，把刚才的手印涂了，合约撕毁，全部作废。我们另找合作者。阁下请便。”最后一句却是对公蛎讲的。

山羊胡子汪三财果然将刚才那一沓纸张拿了出来，蘸了墨水就往公蛎的指印上涂。公蛎一个飞扑过去抢了过来：“你还真涂啊？已经归我了，你想反悔还是怎的？”

毕岸悠闲地靠在柜台上，眉间露出一丝嘲弄的笑意：“好，那就算你同意了。”

公蛎嘴里说着：“等等，让我先看看……”将一沓纸张翻了一个遍。没错，确实是盖着河南府尹大印的房契和地契。馈赠合约里也没有什么特别的内容，无非是债权债务由两人共同承担、受赠者需以当铺利益为重云云，只是在馈赠条件里有一条，写着受赠一方“不得行邪祟之事”，有些莫名其妙。

如此天上掉馅饼的事儿，一下子将公蛎砸得晕头转向。他颠来倒去地看了半天房契地契，强忍着不像胖头那样失态，正要详细问下有关情况，只听门口一阵银铃般的笑声：

“哟，财叔，哪位是你家新掌柜？”一个风姿绰约的女子斜靠着门框，软纱裹着的身材玲珑有致，丰腴而不臃肿。芊芊玉指握着一把团扇，半遮脸庞，露出一双眉眼笑意盈盈，将屋里众人打量了一圈，眼神落在毕岸身上。

汪三财连忙往里让，口里介绍道：“这是隔壁香粉铺流云飞渡的老板娘苏媚，夫人，呃，苏媚姑娘。”

公蛎马上便留意到两点，一是汪三财说话称谓的变化，看来这个苏媚也不是什么良家妇女，不是哪个有钱人家的外室，便是身份不明的风尘女子；二是苏媚对毕岸的关注。果然还是人长得俊秀更招女人喜欢，哼！

苏媚一双美目停留在毕岸脸上，露出几分感兴趣的光来。公蛎嗅到她身上淡雅

的体香，不由心神激荡，眼睛瞬间不老实起来。

汪三财亲自倒了茶水捧上，笑道："这是我们两位掌柜，这位是龙公子，那位毕公子。"胖头也早已搬了椅子过来，还殷勤地用衣袖抹了几抹。公蛎抢身上前，朝苏媚行了个大礼，笑道："苏姑娘好，以后这生意生活还得请您多关照。"眼睛顺势朝她半露的雪白胸脯一瞟。

苏媚毫不在意公蛎色迷迷的眼光，大大方方回了一礼道："龙公子客气了，俗话说远亲不如近邻，以后我们就是一家人啦。"说着朝公蛎嫣然一笑，如异花初胎，煞是明艳动人。

但她虽面对着公蛎，一双眼睛却总是斜睨向毕岸。公蛎心里醋意大盛，恨不得扑上去将毕岸那张俊俏的脸皮揭下来贴在自己脸上。

偏偏那个毕岸神色淡然，装得跟个大人物一般，朝苏媚略一点头，表情疏离而生分，同公蛎形成鲜明对比。苏媚随意打量了下周围空落落的搁架，抿嘴笑道："两位公子怎么会接了这个店铺？"

公蛎很想抢着回答，但着实不知道该说些什么，只好看向毕岸。毕岸嘴唇紧闭，沉默了片刻方才说道："身无长物，唯有以此谋生。"

苏媚摇着团扇，吃吃笑道："毕公子不仅相貌英俊，胆识也惊人。"公蛎哪里顾上想这句话背后的含义，早已嫉妒得眼睛要冒出火来。

毕岸听了这话，深深地看了苏媚一眼，扭头走到柜台后面，去翻看上面的货物。

苏媚拖长了音调，嗔道："哦——毕公子莫非不欢迎我拜访？"

这一娇嗔，真是风情万种，公蛎的骨头都要酥了，对承接这个店铺的一点疑虑早已抛到了爪哇国，唯恐得罪了苏媚，颠儿颠儿走上前去，厚着脸皮谄笑道："苏姑娘能来，小店真是蓬荜生辉！我和毕公子是多年好友，他就是这么个面冷心热的人。姑娘可不要怪罪，你多来走动走动就知道啦，也好指点我们一二。"

毕岸眉头微微皱了一下，道："两位慢聊，在下还有他事。"甩帘而去。苏媚也不生气，咯咯娇笑不止，一时间整个房间仿佛都明亮起来了。

公蛎莫名其妙心情奇好，只顾陪着傻笑。胖头更甚，从苏媚进来至今，一句囫囵话没说出来，在一旁俯首躬腰活像一只大虾米。

苏媚笑了一阵，突然皱眉道："这个店铺位置好，可惜就是有点脏，光线也暗，我还是喜欢那种窗明几净、光线明亮的地方。"说完朝公蛎抛了个媚眼，扭着腰肢走了，头上的金丝点翠蝶纹步摇随之微微颤动，显出几分调皮来。

汪三财送至门口，见两人依然一副色中饿鬼的猥琐神态，不禁摇头苦笑，问道："龙公子，这个店铺，你要还是……"

公蛎咽了咽口水，正色道："要！谁说我不要的？如此好铺面，也就是我，头脑活络、性子随和，才能经营得起来，要是凭刚才那位，"他朝后院一努嘴，"多少客人也被他吓跑了！"大摇大摆往椅子上一坐，装腔作势道："胖头，你将店铺好好打扫一下，就按苏媚姑娘说的布置。山羊胡子，你把这个事情的来龙去脉好好给公子我讲一讲。"

汪三财搬了账本过来，不满地嘟哝道："老朽不叫山羊胡子……"

（四）

公蛎在详细了解了当铺的情况后，发烧的脑袋终于降了温。

这是一家当铺没错，地契、房契也没问题，但是当铺里的当物却是一个"大窟窿"——经清点，当铺的贵重货物丢失严重：礼部侍郎家奴刘畅偷偷来当的一件血玉虎符印章、张员外家传的一对羊脂玉瓶、胡秀才珍藏的一幅欧阳询的字，还有多件寻常人家的玉簪玉佩、金银首饰等，而且大多是一两个月便要到期的。

公蛎每看到一张丢当的底票，便骂一句娘，实在不耐烦了，叫道："你就直说吧，折算了之后，到底有多少是我的？"

汪三财的小眼睛闪了几闪，小心道："没多少……这些当物要是不尽快找回来的话，估计将房子和土地转了也不够……"

公蛎又惊又气，忍不住破口大骂："他妈的毕岸这个混蛋，这是坑老子呢！大笨蛋，蠢货，当铺经营成这样，准备吃风屙沫啊？"

毕岸冷冷的声音从后院传来："你若现在反悔了，还来得及。"

公蛎思量，自己无德无才，跟着毕岸原是觊觎他的肉身，毕岸不但不怪罪反而给自己一半产权，实在不合常理，但自己和胖头屁都没有，光腚一个，离开了这里又得四处流浪，不如混一天算一天，玩儿不转了大不了怕屁股走人，打不过毕岸，逃跑功夫公蛎还是相当自信的。

公蛎只能转为小声咒骂。汪三财结结巴巴讲了半日，终于将来龙去脉说了个大概。

原来毕岸也是刚到洛阳不久，正愁着没有谋生门路，前几日见这家当铺转让，就接手过来。他性格冷僻，对做生意之事一窍不通，只看了房契地契，根本未对当铺实际情况进行了解，便贸然入了手。无奈只好另外物色人选，不知怎么就选上了公蛎。

汪三财是这家店铺的老伙计，身兼司库司账二职。这次当铺倒闭，其他几个伙计都另谋生路去了，唯有他舍不得，还是留了下来。

公蛎顿时起疑，打量着汪三财："司库司账都你一个人做，这些个贵重当物丢失，你会不知道？不会是你监守自盗吧？"

汪三财的脸顿时皱成了一个苦瓜："老朽……天地可鉴！这里闹鬼不是一天两天了，每天都有一些东西被盗……"

公蛎一听脸儿都绿了："闹鬼？这里还闹鬼？"拉起正在卖力擦拭屏风的胖头："走走走，赶紧离开这个鬼地方。"

话音未落，只见一个眉清目秀的小丫头蹦跳着走了进来，手上托着一碟桂花糕，放在茶几上，叽叽喳喳道："财叔，我们家姑娘新作的桂花糕，说送给两位公子尝尝。"

汪三财忙介绍："这是流云飞渡的小妖姑娘。"

小妖转脸看到公蛎和胖头，歪着头上下一打量，毫不掩饰脸上的失望："就是这两位公子？"敷衍地行了一礼，对汪三财皱眉道："我们姑娘的眼光真是大不如前了！还巴巴地给我描述了半天，说其中一位公子怎么帅气、怎么英俊……"一副少年老成的口吻，且完全无视公蛎和胖头就在身边。

汪三财捻须而笑，公蛎怒目而视，胖头则一脸傻相。小妖挑衅一般，自己捻了两块桂花糕吃了，还一脸的幸灾乐祸："回去我要好好嘲笑下她的品味。"说着嫌弃地看了一眼胖头的大肚子，嘴里发出啧啧的声音，一溜烟跑了。

公蛎小声骂道："诅咒你越长越丑，满脸长满大麻子！"胖头拉拉他："我们还走不走？"

公蛎想起苏媚水蜜桃一样的面孔，还有刚才那个散发着青苹果味道的小妖，气急败坏道："不走了！老子倒要看看，是个什么样的女鬼！"

这家当铺原本叫做"钱家当铺"，在从善坊中算是老店，传到钱家长孙钱洪手里已有四十余年。但这半年多来，当铺却闹起了鬼，当物无故丢失，报官侦查也不见结果，钱家当铺因此信誉大减，原本的四个伙计走得只剩下了汪三财。最后实在难以维持，只好忍痛转让，因不忍让祖业损毁在自己手中，钱洪索性连同房屋土地一起转给了毕岸。

这家店为传统的前铺后院结构，前面临街两间铺位，后面是一个院子，三间上房、两间偏厦，与前面店铺联通的还有一个内堂、一个带阁楼的大库房。上房左侧是灶房和杂物间，房后一侧还有一口古井。院子正中种着一株一搂粗的梧桐树，可惜已经枝干叶枯，奄奄一息了。公蛎一来，当仁不让地抢占了上房东侧，西侧便留给了毕岸，胖头、汪三财和那个叫阿隼的精壮少年住了偏厦。

如今既然做了当铺的新掌柜，便要摆出个掌柜的款来。这几日里，公蛎忙忙碌碌，指挥着胖头将店铺用白灰粉刷了一遍，各种家具、柜台都擦得铮亮，门前装潢一新，折断的桅杆重新修好，又差雕工打造了一串黄杨木大铜钱高高悬在桅杆上，一个金丝彩旗幌子上绣着"当"字，甚是气派。毕岸每日里同阿隼早出晚归，对店里的事不管不问，由着公蛎折腾。公蛎呢，又是个"人来疯"，反正花的不是自己的钱，他乐得显示自己见识多广，懂得典当行业的规矩。不过三五日，当铺焕然一新，俨然新生，所有的事情处理完毕，只要选择吉时关上招牌，便算是重新开业了。

眼见第二天就要挂牌，毕岸和公蛎却在招牌上起了争执。公蛎认为做生意要喜庆点的，主张叫做"旺盛行"，毕岸则认为太俗，提议叫"无尘阁"，而汪三财认为这两个名字都不够直接，还是姓氏加当铺二字更加直观好记。

这天上午，吉时将到，两人仍然谁也不肯让步。做牌匾的匠人便建议一人一个字。公蛎大叫道："我先来！我先来！旺！旺字！"毕岸慢条斯理道："尘！"匠人急了，道："哪有做生意叫旺尘阁的？难不成赚的都是尘土？"也不同两人商量，刀起刀落，飞快刻了个"忘尘阁"上去。汪三财早已被两位新东家弄得火起，径自挂了牌匾，放了爆竹，摆上香案磕头焚香。

围观者指指点点，纷纷嘲笑这个名字不伦不类。一个卖菜的大娘嘀咕道："一个当铺，叫什么忘尘阁……"

但生米已经做成熟饭，也只好随他，"忘尘阁"就这么叫开了去。可惜刚才两人只顾在内堂争执，也没顾上在围观的人群面前露个脸儿，特别当公蛎听说有许多街坊前来道贺，苏媚还贺送了一瓶松花香露，更加觉得遗憾。

围观的人群刚刚散去，只见一个浓妆艳抹的高壮妇人走了进来。公蛎正背着手欣赏店铺的摆设，很是为自己的才干得意，见有生意来，忙上前迎接，却被她身上

浓重的劣质脂粉香味熏得透不过气来。

胖头新晋升做了跑堂，对公蛎抢他的活儿有些不满，更加殷勤领着妇人来到柜台前。妇人窸窸窣窣摸了半天，拿出一张皱巴巴的当票来："我来赎当。"

汪三财接过当票一看，脸色大变，对着公蛎连使眼色。

公蛎凑近一看，当票上写"瑕疵无光红色珍珠一枚"，顿时反应过来，"血珍珠？"

妇人笑道："正是，正是。"脸上的粉扑扑簌簌往下掉，害得公蛎的鼻子又开始痒了起来："啊——嚏！财叔你赶紧给人兑当呀。"

汪三财支吾起来："小娘子您先坐下喝杯茶……"拉过公蛎进了内堂，小眼睛为难地看着公蛎，欲言又止。

阿隼突然挑帘子走出，道："你的血珍珠呢？"

公蛎顿时明白过来：原来当初毕岸追自己不是为了玉佩，而是为了这颗血珍珠！他一把捂住了荷包："别想打我的主意！"

阿隼冷笑道："随你。不给也罢。财叔，你出去告诉那妇人，说当物丢失，愿以店铺财物折价赔偿。"

汪三财吓了一跳，紧张道："咱这当铺好不容易整顿开业，这话要放出去，不出三日就要关门打烊，彻底玩完儿！"

阿隼冷酷道："关门也罢，我家公子本来对这个也没兴趣，还是另谋出路去。"

公蛎的心思瞬间转了好几圈：毕岸家底丰厚，没了这个当铺也没什么所谓，而自己好不容易做了半个掌柜，一天没到就没影儿了，又得去街上坑蒙拐骗、风餐露宿。算了，这个血珍珠本是个意外之财，并不属于自己，还是先交出来应个急，到时另想办法，把血珍珠的本钱从毕岸手中给赚回来。

汪三财拿着血珍珠欢天喜地地去了柜台，小心递给妇人："您照一照，宝贝可好？"妇人拿起对着阳光眯起眼睛。

明亮的阳光透过窗棂落在珠子上，周围腾起一层殷红的光晕来。妇人眉开眼笑道："没错没错，就是这颗！"公蛎在一旁心疼得五官抽搐，嘀咕道："什么眼神呢，这是您的吗？"

汪三财唱叫道："当价十两，当期六个月，三分利，一共十一两三钱——"

话音未落，只见苏媚斜靠着门框，娇滴滴说道："财叔，有什么好宝贝？"

公蛎抢步上前，殷勤地作了一个揖，谄笑道："什么宝贝也比不上姑娘您……的香粉呀。"苏媚的眼光落在妇人手中的血珍珠上，眼睛一亮，又瞬间恢复正常。

公蛎暗自后悔，女人都爱珠宝，早知道拿这颗东西引诱下苏媚，说不定还能换来一夜春宵呢。

妇人警觉地看了一眼苏媚，将血珍珠小心地用软布包好放进怀里，高声叫道："销当！"飞快办完手续，快步离开。

公蛎正同苏媚寒暄，见阿隼板着一张脸又出来了，走过身边看都不看他一眼，不由来气："哎哎哎，好歹我是掌柜的，怎么连个招呼都不打了？"

阿隼回头，冷冷一瞥，一双蓝灰的眼珠子如闪电一般，公蛎竟然不由自主打了个寒噤，再也不敢多问一句。

苏媚只装作没看到，附耳悄声问道："龙公子，我听说这颗血珍珠丢了呢，您好有本事，这么快就找回来了？"

一股香暖的气息扑面而来，她顺垂的发丝蹭到了公蛎的脸颊，痒痒的，还带着一股奇异的香味。公蛎腰背僵直，傻笑道："这是我的……"

汪三财在柜台之后拈着山羊胡子猛然一阵咳嗽，连朝公蛎挤眼。公蛎突然醒悟，这算是自己店铺的秘密，要传出去，哪里还有生意可做，忙改口道："我的……鼻子灵着呢，这颗珠子本来没丢，滚到桌子底下了。"胖头在一旁点头哈腰地附和："我老大厉害着呢，别看长得一般般……"

公蛎暴怒，给了他一爆栗，推了他过一边去。胖头摸着脑袋，委屈地嘟囔："我说的实话。"

苏媚抿嘴笑道："龙公子这是内秀。"未等公蛎高兴，若无其事朝后堂张望了下，问道："毕公子呢？"

公蛎心里一阵泛酸，不忿道："毕公子出去闲逛呢，哪里顾上生意？"正思量着要如何编排些毕岸的坏话，只见那日来送桂花糕的小妖站在门口神秘兮兮地摆手，苏媚就此告辞，剩下公蛎惆怅不已。

（五）

几日下来，凭借公蛎的社交才能，很快便将周围几家摸了个烂熟：流云飞渡除了苏媚，还有两个小丫头；对面是一家酒馆，起了个附庸风雅的名字，叫做"听风酒馆"，掌柜姓柳，叫做柳大，是个鳏夫，同他身有残疾的弟弟一起打理，他为人随和，性情真挚，公蛎偶尔会去赊点酒喝，两人对着过往的女子品头论足，有几分投缘，当然柳大也对苏媚垂涎三尺，同公蛎一样有事没事去献殷勤；他家隔壁是开裁缝铺子的杨鼓夫妇，两人本本分分，却养了一个乖张叛逆的女儿，装扮怪异夸张，整日里不沾家，到处厮混；流云飞渡那边是开茶馆的李婆婆，牙尖嘴利，最爱议论东家长西家短，关于苏媚风骚、杨鼓女儿叛逆的信息都来自她的口中。街口两家，一家是开杂货店多年的王二狗夫妇，养了一个调皮得像个猴子的男孩子；另一家是新搬来的董氏夫妇，开了个浆洗铺子，两人老实木讷，一锥子扎不出个屁来，倒是他家老娘赵婆婆，一个个子矮小的老妇人，笑眯眯的十分和气，也从不多事，甚得乡邻们敬重。

但是当铺重新开张，生意甚是不景气。一连几天一个人影儿也没有。毕岸和阿隼两人外出未归，公蛎整日无所事事，十分无聊，不过衣食无忧，平时不是四处闲逛，便是站在门口看那些花枝招展的逛街女子，偶尔去流云飞渡逛逛，同苏媚搭讪几句，生活倒也惬意。胖头更是得了兴头，同汪三财对上了眼儿，每日里除了买菜做饭，便跟着财叔学习典当业务，认认真真听他讲这一行业的规矩和对当物的鉴定，甚至还附庸风雅学起了读书识字，整日里抱着秃毛笔涂涂画画，字写得如同狗爬的一般难看，引得公蛎嗤之以鼻。

转眼七八天过去，一单生意也未开张。这日傍晚，毕岸突然回来了，一看到公蛎，便直通通问道："今晚你们俩哪里也不要去，听我差遣。"

公蛎本想带着胖头去洛水摸虾，听了这话，反驳道："凭什么？"

毕岸看都不看他一眼，转向财叔："这几日生意如何？"

财叔扒拉了一阵算盘珠子，道："兑付血珍珠，赚三两，这几日花销八两，净亏空五两。尚未算丢当的和人工……要再这么下去，就得关门了。"

毕岸随随便便从怀里拿出一大锭银子，冷冷道："当铺还想不想开下去？"

公蛎一把抢了过来，眉开眼笑道："当然当然。"丢给胖头一个眼色，将钓竿等物收了起来，静候毕岸吩咐。

阿隼突然急匆匆地进来，一看毕岸在，脸上紧张的表情稍微松弛了些，简短道："找到了。今晚便可动手。"

公蛎叫道："动手？违法乱纪的事情，我可是不做的……"阿隼冷冷的眼神扫过来，公蛎的抗议戛然而止。

不知为何，他对阿隼有一种莫名的惊惧，每次一看到他蓝灰的眼睛和瘦长有力的双手，都不由自主想躲在一旁。

胖头这些天光吃不动，又肥了一圈，正巴不得有些好玩的事情做，道："好啊好啊，今晚做什么？"

毕岸慢条斯理道："我一直在找丢失的当物，这几日才算有些线索。"

阿隼接着道："血珍珠，找到了。"

公蛎兴奋道："哈哈，那我的那颗血珍珠是不是可以还给我了？"

毕岸盯着他："你的？"

公蛎想起那晚十一个女孩的骸骨，心里咯噔一下，瞬间不自在起来，嘴硬道："不是我的，还是你的不成？"

阿隼继续道："来赎当的妇人，姓刘，家住城北金谷园附近，她原是前朝宫里的教习嬷嬷，如今在私人教坊里教授宫廷礼仪。"

公蛎道："那最初来当血珍珠的，是谁？"

阿隼道："我曾问过财叔，据财叔讲，他当时在库房整理，是当时的掌柜钱洪收的当，并不记得。按照当铺规矩，见票即兑，并不同原当者绑定。所以这张当票如何落实刘氏之手，就不得而知了。"

原来那日血珍珠销当之后，阿隼便跟上了那个妇人，找到了她的住处。后多次跟踪，发现她从一个男子手里收购血珍珠。

公蛎满不在乎道："大唐并未下令不让收购血珍珠呀。"阿隼不理他，道："那个男子姓魏，擅长音律，"

毕岸将手中的茶一饮而尽，细长白皙的手指让公蛎嫉妒万分。沉默了片刻，毕岸方才说道："这些血珍珠背后，可能与女孩失踪案有关。"

公蛎跳了起来："什……什么女孩儿失踪案？"

公蛎只顾着贪吃贪玩，从不关心美女美食之外的任何事情。便是那晚捡到血珍珠，又看到那些如花似玉的女孩儿莫名死亡，也没将两者联系起来。原来这半年，洛阳城中已经发生了几起少女失踪事件。最开始是去年冬天，一个外地人报官，说其侄女在洛阳失踪，但因无凭无据，此事不了了之。今年春天，又有一个家住城郊的老汉前来报案，说他女儿任性出走，自行来洛阳找活计，据说曾有人在城东一带见过，后来跟着一个男子走了，之后再无消息。

胖头插嘴道："这好像与血珍珠没什么关系呀。"

阿隼道："在这些案子里，唯一的共同之处，就是出现过血珍珠。"他尖利的眼光盯得公蛎心里发毛。

毕岸道："第一起失踪案，最后看到那个女孩的是客栈的一个小马夫，说有个高大的中年妇人同女孩儿说笑，长相记不得了，只知道耳朵上带着两颗血珍珠，十分少见。另外一个，跟着男子走的那个，据说那个男子给了她一颗血珍珠。"

阿隼从怀里拿出一个小纸包，抖开给毕岸看："前日有一个商贩报官，称看到北市码头薛家商船底仓里，藏着几个身份不明的少女，疑有人非法贩卖人口。昨日官府派人去查，却什么也没查到。我留意了下，在舱底几个破碗中，有一些红色粉末，我怀疑是珍珠粉。"

珍珠粉可敷面、可入药，有些有钱人家将珍珠研磨碎了口服也是有的。汪三财捻了一些，先放在鼻子嗅，又尝了尝道："细滑，有些淡淡的腥味，确定是珍珠粉无疑。"

胖头学着汪三财的样子，砸吧着嘴巴道："有些血腥味。"公蛎却忌讳阿隼，不敢上前。

阿隼似乎知道他的恐惧，嘴角露出一丝轻蔑的笑。公蛎大怒，突然变脸，探出分叉的舌头，朝空气中一探，然后瞬间恢复原样，故作淡定道："血腥味，有怨气。还有一些脂粉气，哦，不对，是女人唇妆的香味，好几个……有好几个女人喝了这个东西！"

阿隼惊异地看了他一眼，敌意小了许多。毕岸伸出手指蘸了一点放入口中品鉴片刻，缓缓道："其中添加了枯骨花粉、莨菪、鸟羽玉。莨菪四成，枯骨花粉一成，鸟羽玉五成，血珍珠做引。"他的眼底露出一丝笑意，"阿隼辛苦了。"他总是一副淡然的样子，偶尔一笑眼神柔和，更觉俊美。

公蛎正在得意，一听毕岸张口便说出配料和比重，个个都是自己从未听说过的东西，心下佩服不已，再一看毕岸的样子，不由呆了，脖子往前探出，一脸痴相。毕岸微微皱眉，扭头道："阿隼你准备下，晚上带路，我们去探一探。"

（六）

亥时末，闭门鼓敲过。毕岸原意，让胖头和汪三财留守，三人出去即可，但公蛎断然拒绝，非要拉着胖头一起。毕岸、公蛎、胖头三人在阿隼的带领下悄悄摸出门去。为了避免碰上宵禁的士兵，专拣偏僻的小巷子走，先是一路向北走了好几个街区，接着转东，走了大半个时辰，才来到一处偏僻的大宅子前。

门洞漆黑，一个灯笼也未挂，两尊巨大的石狮肢体残破，在黑暗中像是两个阴沉矗立的夜叉。胖头抹了一把汗，小声道："这是哪里？"

阿隼回头一瞥，沉声道："别说话，对方人多，不要惊动了他们。"他的两只眼睛竟然如饿狼一般，发出绿油油的光。

公蛎又是心惊又是胆怯，心想这阿隼少年老成，沉默寡言，似乎身负异术，不知道是什么来历，今晚贸然答应和他们一起行动，可要小心为妙。想到此处，他偷偷拉一拉胖头，做出一个"累坏了"的表情，故意落在后头。

阿隼带路，来到前面一处荒草掩映的角门处。待公蛎和胖头磨磨蹭蹭地赶到，门前只剩下了毕岸一人。

毕岸背着手，气定神闲，仰脸望着天上的星星。公蛎正想问阿隼去哪里了，只听里面哗啦一声，角门打开，阿隼探出头来："快进来！"

原来阿隼不知何时进了里面。

二人不敢多话，跟着毕岸走进园子。园子看来荒芜良久，浓密不透风的荒草足有一人多深，将小径遮得严严实实。如今六月末，天上无月，漆黑一片，公蛎倒无所谓，胖头如同瞎子一般在里面乱摸乱撞，不时踩到公蛎的脚。又正是酷夏，只觉得蠓虫扑面，闷热之极，一会儿便满头大汗。

走过好长一段，又穿过一片竹林，前方豁然开朗，一个半亩大的池塘出现在面前。池塘对面，影影绰绰可看到一处房间，里面透出微弱的灯光来。

阿隼低声道："就在这里。那房子是竹房，架空放在水面上的，四面临水，只能从此处潜入。"

毕岸微微点头，向后看了一眼，道："胖头断后，在此守着。公蛎跟我来。"说完轻手轻脚钻入水中，朝房子游去。

公蛎有意显摆，脱了上衣朝胖头一丢，偷偷显出尾巴，身体划出一个优美的曲线，快速游动，很快超过了毕岸。

水并不深，但因为不能发出响动，只能潜行。公蛎故意展现自己良好的游泳技巧，在水中如滑翔一般，不泛起一点水花，在水里转着圈儿畅游。不料有些忘形了，折到另一侧，尾巴扫到一块石头上，碰得生疼。回头一看，是掩埋在水里的汉白玉小型灯塔，看上去有些面熟。

公蛎将身体盘起来，绕在灯塔上，尾巴探到平整的塘底，突然想起来，这不是金谷园的下沉舞池么，何时变成了池塘？

不过已经顾不上多想，看毕岸已经游到竹楼下面，公蛎忙变回人形跟上，顺着下面的竹架爬了上去。

出乎意料，房间里空无一人，一些红色舞衣散乱在白木小床上，靠近门边的竹桌上乱七八糟丢落下一些胭脂水粉、花露手帕，看起来像是匆匆离开，未来得及收拾。

没看到什么香艳场面，公蛎有些遗憾。毕岸却十分惊愕，一边倾耳细听周围的动静，一边皱眉思索。公蛎发了一会儿呆，想起上次见到的画面，心里有些犯怵，正想劝毕岸回去，却见他游到房门一侧，跨上台阶，推门走了进去。

阿隼那小子神出鬼没的，又不知去了哪里。公蛎跟着毕岸，小心翼翼地进了房。一股浓郁的女人体香扑面而来，但味道同上次的明显不同，显然不是一批人。

公蛎侧着身子站在门口，随手拿起桌子上一瓶用了一半的胭脂，放在鼻子下嗅个不停。

十二个狭窄的白色木床，十二件红色舞衣，墙壁上还挂着笛子、琵琶等乐器，怎么看，都只是一个寻常教坊。毕岸绕着走了一圈，喃喃道："奇怪，难道有人走漏了风声，他们临时更换了场地？"

公蛎将一面精致铜镜偷偷塞进自己的荷包，接口道："对啊对啊，谁会那么傻，害人总在这一个地方。我们走吧。"

毕岸马上便抓住了他话中的破绽，道："总在一个地方？这么说，他们已经不止一次这里害过人了？"

公蛎一向只求安逸，不想多事，自知失言，支吾道："我就随口这么一说……"

毕岸看了他一眼，并不追问，俯身一件件地查看小床。

这些床的造型很是奇怪，一头稍宽，一头稍窄，白森森的床沿高出床面三寸，像是个被削去上半部的棺材板儿。公蛎上次已经留意到，只是未放在心上。

毕岸拎起一件舞衣，翻看了一阵，脸色越来越阴沉，命令公蛎将烛台拿过来。

趁着灯光，毕岸小心地用镊子从床头缝隙中拨弄了一番，慢慢钳出一个颗粒状的东西来，殷红色，如同砂砾一般。

公蛎脑子突然变得灵光起来："这是……未成形的血珍珠！"

同时引起公蛎注意的，还有毕岸刚刚放下的红舞衣。刚才离得远，如今站得近了，分明嗅到一股熟悉的丁香花味道，虽然极淡，但清雅悠长，正是公蛎所魂牵梦萦的体香。

难道那个逃走的丁香花女孩儿又被抓回来了？公蛎的眼睛滴溜溜地朝竹房的四周看去，心里暗暗祈祷女孩儿这次能逃过一劫。

毕岸又找到几颗珍珠砂，用白棉纱小心地裹起来放入怀中，长出了一口气，道："我们来晚了。走吧。"

公蛎拿起舞衣，深深吸了一口气，脸上带出些许陶醉的表情，毕岸皱眉看了他一眼，两人一前一后走出房间，游到最近的岸边，准备绕回到来路上去。

一下子陷入黑暗，公蛎有些不习惯，唯有耸着鼻子来辨认路径。这是一条小竹径，石上青苔又湿又滑，依稀便是那晚捡到血珍珠的地方。

公蛎越是竭力想忘掉那晚的景象，越是在脑海里不断重复，一个走神，脚下一滑，扑在一棵枯死的竹子上，发出哗啦一阵响，毕岸低声喝道："轻点！"

公蛎大怒，跳起来叫道："你给我摔一个轻点的看看？"又觉得手掌火辣辣地疼，气恼地拿出火折子，自行点着。

毕岸伸手制止，被公蛎一把打开："又没有人，你紧张个鬼啊？"看着自己娇嫩的手掌被划了一道细细的口子，渗出小小的血珠子，脸都抽搐了。毕岸无奈，只好随他去。

火光中，地面缝隙里突然金光一闪。毕岸一个箭步上前捡了起来。原来是一只折断的金丝蝶纹首饰，指甲大小，上面镶嵌着翠蓝的珐琅，下面坠着一串儿翠玉珠子，耳坠子不像耳坠子，项链不像项链的，不知是个什么东西。

毕岸正对着灯光细细查看，公蛎瞟了一眼，道："这不是隔壁风骚老板娘头上戴的那个步摇吗，怎么断了一枝？可惜了。"说完自己也愣了，挠头道："这个……也可能是别人的，我不过是见她带过这么个金丝点翠蝶纹步摇。"

毕岸突然低声道："不好！"疾步快跑，瞬间不见了踪影。

周围不知何时冒出无数点绿莹莹鬼火，慢慢朝着公蛎围拢过来。公蛎连滚带爬，在竹林中穿行良久，终于绕回到胖头身边，带着被蚊虫咬得满身包的胖头回到了当铺，将这个不仗义的毕岸和玩失踪的阿隼骂了一路。

（七）

回到当铺，子时已过。这一晚睡得极不踏实，好不容易入睡，却做了噩梦。那个散发着丁香花香气的女孩儿正在对着公蛎笑，公蛎竭力想看清她的容貌，却被浓雾遮住了眼睛，正在努力分辨，女孩儿突然变成了骷髅，上下牙齿咔咔作响，朝公蛎扑了过来，她的额头上，一个拳头大的洞，正不断地冒出黑水……

公蛎一个激灵醒了过来，看看窗外漆黑一片，翻了身想要继续睡，却再也睡不着了。

正辗转反侧，只听窗外嘤咛一声，似乎有人蹲在窗外发笑，接着窗户便传来一阵轻轻的叩击声。这叩击声极小，却极有规律，一声接着一声。公蛎拿床单蒙上脑袋，叩击声仍然往耳朵里灌。

叩击声终于停止了，公蛎舒了一口气，刚翻了个身，忽觉一股阴风吹来，似乎有什么东西跳窗进来，轻轻落在地上，接着鼻尖一阵发痒，耳边骤然响起"咭咭"、"咯咯"的轻笑声。

女鬼真的来了？公蛎首先想到的便是那个当铺闹鬼的传闻，登时浑身僵硬，吓得一动也不敢动。

不知是鬼手还是鬼脸，在公蛎的脸上盘桓了好久，带着一丝奇怪的香味。公蛎佯装睡着，发出均匀的鼻息声，仿佛这样就安全了一般。

香味停顿了片刻，似乎离开了。公蛎鼓起勇气，微微睁开眼睛。已经走到门口的鬼影似乎察觉到他醒了，猛然转身：一个白色骷髅戴着一顶不知是黑色还是暗红色的荷叶边帽子，黑洞洞的眼窝里流出闪亮的汁液，映的下面缺了下颌骨的牙齿一闪一闪的，朝着公蛎逼来。

公蛎忘记装睡，连惊呼也忘了，抱着枕头朝床里滚去。骷髅发出咯咯的娇笑，抖动着声音道："偿命来……"

情急之下，公蛎跪在床上磕起了头："女鬼饶命，女鬼饶命……"

骷髅怒声道："你才是女鬼呢！"这骷髅死前估计年纪不大，声音甚是清脆。

公蛎如筛糠一般，语无伦次道："对对，你不是女鬼，你是女神……我除了偷看女子洗澡、卖些假药……偶尔欺负下胖头，没做过任何坏事，求女神饶命……"

听到公蛎如此说，骷髅竟然笑了一声。公蛎见有效，大起胆子仰脸细看，不料骷髅嘴巴突然张开，从中伸出一只手，朝公蛎面门抓来。

公蛎一声"啊"未发出，双眼一翻晕了过去。

瞬间工夫，公蛎很快转醒。那个女鬼竟然没走，还用手指触碰他的鼻子，若不是亲眼看到这手是从女鬼嘴巴里伸出的，这只手柔嫩香滑，倒是舒服得很。

正盘算着要不要继续装晕，忽听窗外一个粗声粗气的声音道："怎么样了？"

竟然有两个女鬼！公蛎更加不敢轻举妄动，强忍住脑袋的疼痛，发誓明天就离开这个鬼地方。

身边的女鬼拉了他的手臂把脉，小声道："脉象平稳。"又顿足撒娇道："这个胆小鬼，还大男人呢，一下子就晕过去了！"

窗外的女鬼道："别管他了，赶紧找东西要紧。"

"擦"的一声，一股淡淡的硫磺味传来，女鬼打亮了火折子，开始在房间里乱翻。

公蛎忍不住再次睁开眼睛。有了灯光，看得清楚多了。女鬼正蹲在地上翻动床头柜子底层的抽屉，从侧面看她身材矮小，似乎是个未成年的小鬼，穿着一身白色长袍，乌发披肩，脸色刷白，配上猩红的嘴唇，果然是传说中的女鬼模样，但同刚才看到的完全不一样。

难道女鬼还能变脸？公蛎又害怕又觉得奇怪。

女鬼将房间找遍，焦急道："没有啊。"

窗外的女鬼道："找不到就算了，天快亮了，撤吧。"

女鬼嘟嘟囔囔道："不可能没有一丝破绽！"俯身往床下查找，并将刚才查过的地方又重新找了个遍。要不是害怕，公蛎几乎就要问问她们在找什么，要不要他帮忙一起找了。

头瞬间不疼了。但因保持着刚才晕倒时的蜷缩姿势，公蛎早已浑身酸麻，盼望着女鬼赶紧离开，恰巧此时，住在厢房的汪三财发出一阵激烈的咳嗽，总算是给公蛎解了围——女鬼听到动静，迅速吹灭了火折子，从脚下抓起一个东西，飞快地逃走了。

但就在火光明灭的瞬间，公蛎却看到，她手里拿的是一朵猩红色的大花朵，这种花朵的正中是一个自然形成的骷髅模样的花蕊，那些光点，不过是有荧光作用的花粉罢了。

奶奶的，原来鬼也会骗人！

公蛎有点来气，听到窗外窸窸窣窣的声音，知道女鬼还未走，一时间好奇战胜了恐惧，蹑手蹑脚地下了床，躲到门后。

跟踪目标而不发出任何声息，一向是公蛎的长项，女鬼竟然丝毫不能察觉。公蛎跟踪至院落，见白袍飘飘，女鬼飞过墙头，消失不见了。

公蛎惊吓之余，又心有不甘，摸索着朝女鬼飘走的地方摸去，竟然摸到一条软梯，心里一亮，不由冷笑起来——好个苏媚，竟然扮鬼偷东西！

公蛎曾去流云飞渡搭讪过多次，但苏媚言语周到，虽举止风流却滴水不漏，别说她的闺房，连后院公蛎都不曾一窥，不给公蛎任何可乘之机。如今有了把柄在手，以后再去便好办了。

公蛎暗自兴奋，顺着软梯三下五除二爬上了墙头，果见两个女鬼蹲在地下，却没一个是苏媚：一个披头散发满脸乌黑的，是她的粗使丫头小花，另一个脸上擦满了白粉的吓得公蛎晕过去那个，是苏媚的小丫头小妖，她正在揉脚脖子，估计是刚才不小心掉下去崴了脚。

公蛎迟疑着要不要拆穿她们，只听小花粗声粗气道："还能走吗？"

小妖撇起嘴巴："还好，应该不要紧。真讨厌！我每次看到那个贼眉鼠眼的龙掌柜就倒霉！这个扫把星！"

公蛎在黑暗中朝她挥了挥拳头。

小花捧起那朵诡异的猩红大花，迟疑道："你怎么把中间的骷髅花蕊给穿透了？"

小妖气哼哼道："不用这个，哪能吓得住那个油头滑脑的公蛎？"

小花嘟哝道："这些枯骨花，姑娘费了好大工夫才做成的，可惜了……"

小妖抢白道："别啰嗦，我自己会去和姑娘解释。"说着站起身，一瘸一拐地走了。小花忙去搀扶，被小妖一把推开："快去把软梯收了——不许告诉姑娘！否则下次再出去玩就不带你了。"

公蛎慌忙手脚并用退了回来，耳朵贴在墙上，听小妖和小花走远，自己才蹑手蹑脚回了房间。

这个苏媚，看着比毕岸还要神秘，到底什么来意？小妖在找什么？最重要的是，以前的闹鬼传说，是不是也是小妖闹出来的？

天刚蒙蒙亮，公蛎拖着疲惫不堪的身体起了床，来到中堂刚倒了一碗茶，一转身，却见毕岸站在身后，吓得茶碗差点摔了。

毕岸身手敏捷，飞快俯身将茶杯接了个正着，毫不客气地一饮而尽。公蛎气不打一处来，正欲张口质问他昨晚丢下自己和胖头去了哪里，却见毕岸面无表情道："又是十二个女孩儿。"

公蛎骂人的话生生咽回了肚里。

毕岸看着茶杯："十二个女孩儿，一夜之间只剩骸骨，头颅被人击破。"

公蛎结结巴巴道："在哪……哪儿？"

毕岸道："城外一处破庙。"

公蛎心惊胆战，说不出话来。毕岸徐徐道："本以为是在金谷废园，没想到他们临时改了地点。阿隼飞快赶去，还是晚了一步。"说完盯着他道："你的血珍珠，从哪里来的？"

公蛎再也不敢隐瞒，将那晚所见一五一十地说了一遍，但对昨晚小妖扮鬼偷东西一事却瞒下不提。毕岸沉默半晌，哼了一声道："姑且信你一次。"

公蛎跳起叫道："难道我还骗你不成？我怎么会去害那些女孩儿？"

毕岸冷冷道："你好自为之。"

阿隼急匆匆闯进门来，看了看毕岸和公蛎，欲言又止。

毕岸问道："怎么样了？"

阿隼道："线索又断了。魏乐师和刘婆子失踪，周围查不到任何消息。"

公蛎忍不住打断道："你还没说呢，那些女孩儿，同血珍珠有什么关系？"

阿隼反诘道："你不是常说自己在洛水边居住多年，可见过大量血珍珠吗？"

公蛎卖弄道："珍珠常见粉色、紫色、黄色、淡蓝色，偶尔还有黑色，如此血红色的，确实甚是少见。不过我运气好，曾经在一个巨大蚌母的尸体中找到过一颗，可惜成形不太好，后来烂成了两半，便去弃了。"

毕岸冷冷道："血珍珠是死亡之珠，为亡者气血郁结而成。"

公蛎只想安安稳稳过日子，一听到"死亡"、"杀戮"什么的便心烦意乱。

胖头突然从门外探出半个头来："我看洛阳如今很是流行用血珍珠做首饰呢。"他的鼻头昨晚在草丛中被蚊子叮了一个大包，红彤彤的。

毕岸道："那是因为如今的洛阳城中，有人专门以人为珠母，生产血珍珠。"

见胖头和公蛎一脸茫然，阿隼解释道："从去年至今，洛阳市面开始风行血珍珠。传闻血珍珠具有非同一般的功效，安神养颜作用比普通珍珠强上百倍。"

公蛎顿时眼睛发亮："真的？男子佩戴是不是可更加英俊？"

毕岸的目光闪电一般射过来，直视着他："是。"

公蛎悻悻道："你瞪我干什么？人又不是我杀的，我只是想俊俏些……"

胖头挠头道："用人来养，怎么养啊？"

毕岸的眼神和语调一样冰冷："那些血珍珠，长在女子的头颅内，每四十九天采集一次。每次采集，就要将女孩儿头颅破开。"

怪不得那些女孩儿个个头颅一个大洞，竟然被人破颅取珠。大热天的，公蛎腾地起了满身的鸡皮疙瘩。

胖头肥厚的嘴唇朝前突了出来，一脸不可思议的表情："取珠的是什么人？竟然如此嚣张？"胖头鼻头因为气愤而变得更加红亮，"还有没有王法啦？"

阿隼握紧了拳头："有人专门组织从异地拐骗或购买未满十八岁的女子，喂食一种特殊的丹药。那些女孩儿吃了这些丹药，头颅里便会长出血珍珠来，过了七七四十九天，珍珠成形，便可采摘。采摘之时，需要点燃另一种药物，那些女孩的血肉会在一刻工夫消失殆尽，精气全部进入颅内用以滋养血珍珠。"

想到那颗美人头里长出来的血珍珠在自己身上带了多天，公蛎的声音都抖了起来，"就……就为几颗血珍珠……至于吗……"

毕岸脸色虽然平静，但眉骨明显地跳动了几下："我们从长安追查至洛阳，好不容易才打听到他们行凶的地点，却仍扑了一个空。"

公蛎突然有了疑问："这东西虽然名贵，也不过是珠宝首饰的玩意儿，一颗珠子顶多不过几十两银子，若单单是为了盈利，何至于要如此罔顾国法草菅人命？"

毕岸道："这里面定有隐情。这伙人隐藏极深，组织庞大，昨晚我们的举动只怕已经打草惊蛇，以后再难查证。"

阿隼道："下步怎么办？"

毕岸道："按部就班，你好好当你的值去。这血珍珠养殖有一定的时期，我们还是静观其变。"

公蛎听到毕岸还要继续追查，登时急了："那颗血珍珠我不要了好吧？就当投资给当铺了，算我出资行不行？"

阿隼厌恶地看了他一眼，道："放心，不会牵涉到你的。"

公蛎叫道："本来就没我什么事儿！我不过是碰巧撞到而已……"

阿隼理也不理，朝毕岸略一拱手，转身而去，却被突然闪身进来的汪三财一把拦住："毕掌柜，阿隼，你们……"他眨巴着眼睛，语无伦次道："咱们就是一开当铺的……两位掌柜，我一把老骨头不值钱，可你们……你们还年轻，大把好时光要过哩，可千万别搅了那混水……我保证尽心尽力，半年之内定让当铺恢复生意……"

公蛎一下子明白过来，一边朝着胖头打眼色，一边正色道："对啊，山羊胡子……不，财叔说得有理！我们好好做生意便罢，什么拐卖人口、杀人取珠，违法乱纪的事儿，自有官府大老爷们儿管。"

胖头这次反应倒快，大声道："对！"公蛎以为他赞同自己，忙附和点头。谁知胖头接着挥动拳头，双目炯炯，一副大义凛然的英雄气概："这些坏人残杀无辜，人人得而诛之！身为大侠，当为民除害，劫富济贫！我愿唯毕公子马首是瞻！"说的是义愤填膺、气势磅礴。文绉绉说完这么长一套说辞，自觉非常满意，还得意地看了公蛎一眼。

公蛎又气又恨，踹得他一个趔趄。

毕岸哪里知道这段话完全是胖头从戏文里照搬过来的，第一次对这个傻胖子多看了几眼。

汪三财看看意气风发的胖头，垂下脑袋低声道："我老啦，经不起折腾，看你们几个都是好人家的孩子，只想看着你们平平安安衣食无忧，其他的事情，实在不是我们能管的……那些人，我们斗不过……"

公蛎看着他耸起的肩胛骨，松弛的脖子，不由对他生出几分怜悯来。

阿隼却抓住了他话里的含义："他们？他们是谁？财叔你知道什么？"

汪三财茫然无措道："我随口这么一说……那些坏人丧心病狂，我们手无寸铁，哪里斗得过……"

阿隼上前拍了拍他的肩，道："这种案子，我们不管，官府更难以查明，难道任由那些人家的女儿被当做珠母？财叔放心，我家公子自有分寸，不会连累到当铺，您好好经营便是，保您安度晚年，衣食无忧。"

汪三财看了毕岸半晌，满面愁苦道："但愿如此。"佝偻着背慢吞吞转身，留下长长一声一声叹息："只怕卷入容易抽身难……"

叁

锦鳞袍

（一）

公蛎很想甩袖而去，显示下自己不趟这趟浑水的决心，可是掂量再三，实在难以舍弃好不容易得来的掌柜身份，况且昨晚刚窥破闹鬼的秘密，不去借机勒索敲诈下苏媚自然不甘心。而且近来自己疏于修炼，偶尔会出现短暂的昏厥或者头疼，有个稳定的住处和生意，总归不错。思来想去，只好安慰自己，坚决不多管闲事，见事情来了绕着走便是。堂堂一个得道的水蛇精，打不过凡人，逃总没问题吧？

胖头却像打了鸡血一样，一大早便起来洗衣劈柴，早早将活计干了，白日里好跟着阿隼去查案。他不知受了阿隼什么蛊惑，每次见到毕岸都毕恭毕敬一副哈巴样儿，公蛎恨不得将他的胖脸抽肿。

当铺的生意仍然极差，也不知之前的钱家当铺如何毁了名声信誉，公蛎亲眼见到有些缺钱用的街坊宁愿走三五里去行景坊当去，也不愿来照顾忘尘阁的生意，气得公蛎干瞪眼没办法。

这日一大早，公蛎早早吃过早饭，正思量今日做什么，见隔壁流云飞渡开门，忙过去献殷勤，帮着小妖将门板取下来。

这个小妖，对公蛎从来没有好声气，连句谢谢也不讲，扭身便走。公蛎腆着脸道："你家姑娘今日可有空？"

小妖白了他一眼，道："做什么？"

公蛎赔笑道："我想请你家姑娘喝茶，有些事情请教她。"

小妖气鼓鼓道："没空！"

公蛎心道，你这小丫头，晚上扮鬼吓我，还没和你算账呢。当即喝道："站住！"

小妖转过身，叉腰道："反了你了，本姑娘是归你指使的吗？"

公蛎心想这丫头真是刁蛮之极，不给点颜色看看是不行的，故意走近，低声道："前些日有人假冒女鬼，到我房间偷东西，你说怎么办？"

小妖面不改色，道："报官啊。你报官抓人不就好了？"

公蛎见她毫无羞惭之意，竟然比自己脸皮还厚，冷笑道："两个女鬼，是从你们流云飞渡的围墙翻过来的。"

小妖跳了起来，骂道："你有证据？别空口白牙污蔑人，小心嘴上长疔疮。"

这个小妖，当真是无赖之极。公蛎也不再废话，趁她一个不注意，绕到她家货架后藏着。

小花提了桶水过来，正细心地擦拭货架，及到最后一排，忽见一条手臂粗的花蛇盘踞在货架上，正昂首摇头，蛇信子一吞一吐，顿时惊声尖叫，连逃都忘了逃。

小妖闻声而来，嘴里抱怨道："小花怎么啦？你就爱大惊小怪的。"伸头一看，花蛇嘴角一动，竟然露出诡异的笑容，并脑袋一伸作势扑来，顿时吓得抱头鼠窜，一头撞在货架上，瓶子罐子噼里啪啦砸了她满脑袋的香儿粉儿，那边小花终于反应过来，夺路而逃，一脚踢翻了水桶，脏水四下流淌；而迷了眼睛的小妖脚下一滑，摔了个仰脚八叉。

苏媚听到响动，蝴蝶一般飞奔了过来，看到两人狼狈不堪，地上一片狼藉，皱眉道："怎么回事？"小妖脸上糊的分不出五官，身上的石榴裙污了好大一片，手脚并用从地上爬起来，指着后面货架战战兢兢道："有蛇……会笑的蛇……"

苏媚没好气道："胡说！定是你又调皮了捉弄小花，是不是？"

小妖提着滴水的裙裾，委委屈屈道："不是！真的有蛇！还会笑呢！"小花傻愣愣在一旁一个劲儿地点头。

苏媚绕到后面货架看了看，喝道："小妖你又说谎！哪里有蛇？"过来拎着小妖的耳朵："你看看摔碎了多少货物？小花记下，扣了小妖这月的工钱！"

门口扑哧一声，公蛎笑出了声，忙捂住嘴巴。

小妖气得跺脚，拖着苏媚和小花来到最后一排货架，指着到花蛇盘踞的地方："就在那里，这么长一条大花蛇……"

货架上空空如也，哪里有蛇的影子？便是周围，也绝无藏匿之地。

苏媚柳眉微竖，叉腰骂道："罗小妖！你要是再偷奸耍滑捉弄人，我就将你卖给人牙子！"头上的蝶形步摇随之微微抖动，但两只翅膀皆完好无缺。

小花嗫嚅着想要替小妖辩解，被苏媚一声暴喝吓了回去："赶紧收拾干净！马上就有客人上门了，怎么做生意？"

小妖带着哭腔道："那条蛇眼睛还会笑，定是条成了精的妖怪……"

苏媚又好气又好笑，顺手拿起一把鸡毛掸子高高举起，喝止道："你再胡说？"小妖委委屈屈闭了嘴，抽泣着扫地去了。

公蛎在门后笑得前仰后合，不管小妖看见看不见，只管对着空气眉飞色舞地做鬼脸。转眼见苏媚一举手一投足明艳动人，连骂人的样子都一种别样的风情，不由得一阵激动，忙正了正衣冠，正欲现身出去张嘴打招呼，只听一个熟悉的男子声音道："姑娘先忙，在下就不打扰了。"

公蛎探头一看，竟然是毕岸，正从流云飞渡的后堂走出。

公蛎眼睛都红了，只觉得妒火中烧。怪不得毕岸整日夜不归宿，原来竟然夜宿苏媚家里。这个风骚婆娘，每次都不给自己可乘之机，原来她看上的是毕岸。哼，留心找个机会拆穿"女鬼"一事，定要收拾得她就范！

苏媚正掐腰蹙眉，指点小妖和小花收拾地面，一见毕岸，马上换了一副嘴脸，笑靥如花，娇声道："毕公子见笑了，小女子待客不周，还请见谅。"

毕岸神态冷淡，略一抱拳，转身离开。

苏媚在他身后笑道："公子有空再来啊。不订脂粉，不谈生意，聊聊天也是好的……"

刚还抽抽搭搭的小妖飞快地抹干眼泪，高声叫道："毕公子好不容易来一趟，多坐一会儿吧？"苏媚只笑吟吟地看着。

毕岸已走到门口，略迟疑了下，侧身回道："在下还有要事。姑娘好自为之。"

小妖看似自言自语道："毕公子相貌英俊人品又好，配我家姑娘刚刚好呢。"她有意压低了声音，但声音又大到足以使毕岸听到。

毕岸脸突然一红，快步离开。苏媚作势要拧小妖的脸，小妖一边躲，一边笑道："姑娘你不好意思讲，我来讲好了，要不我出面帮你去找下王媒婆，牵个线如何？"

公蛎躲在门后，不仅眼红，脸都绿了。掏出随身携带的小镜照照，再想想苏媚小妖面对毕岸的花痴样子，心里又是懊丧又是嫉妒，看这主仆三人嘻嘻哈哈去了后堂，这才愤愤不平地离开流云飞渡。

公蛎回到当铺找了一圈，发现毕岸并未回来。心里烦闷，更觉燥热，拉个凳子

坐到门口树荫下，倒了茶水酌着，一边留意流云飞渡的动静。

一个文弱秀气的男子仰脸看了看无字的招牌，彬彬有礼道："这里，可是以前的钱家当铺？"他一身半旧湖蓝袍衫，肩上搭着一个书袋，一看就是个穷酸书生，公蛎大模大样略一点头，依旧眯眼小憩。

胖头听到动静，忙殷勤地让进来："正是正是，这位公子可要当什么东西？"

书生腼腆一笑，从书袋里翻弄了半日，取出一张当票来："这张当票，可还赎得？"

原来是衣物票，当日当价不过五百文。胖头依照汪三财指示，从搁架底层取出一件包裹来，打开验当。

正斜眼偷窥流云飞渡的公蛎忽觉身后一片奇异的热感，回头一看，胖头从包裹里抖出一件八九成新的女子襦裙，淡紫色华文锦，深紫色鳞纹滚边，质地优良，做工精细，十分漂亮，隐约发出一阵暗红的光芒，待要定睛细看，又同普通衣裙没什么两样。

公蛎摇了摇头。这段时间，可能因为炎热，不经意之间会出现短暂的眩晕，估计刚才又眼花了。

胖头口无遮拦，热情地招呼道："好漂亮！是您媳妇儿的？"

汪三财连忙使眼色。当铺生意遵循保密原则，只要非偷非抢即可，最忌讳打听顾客隐私。胖头讪讪地住了嘴，赔笑道："您这当票保存得不错。"那书生微微笑着，并不说话。

汪三财用算盘噼里啪啦算了一阵，道："此件衣物已于前日到期，若想赎当，需加两天迟滞金。赎本五百文，利息一百二十五文，迟滞金五文共计六百三十文。"

书生在荷包里捏了半日，羞愧道："小生今日钱未带足，改日再来赎吧。"

汪三财将当票还给书生，嘱咐道："过了当期，每延迟一日便要多交一日的迟滞金，还是要抓紧赎了。"

书生连连点头，收了当票，低着头慢吞吞走了。

苏媚送一群挑选胭脂水粉的女眷出来，看到公蛎顿时满面春风，笑道："龙掌柜好悠闲！"

公蛎原本想好的逼问、挑逗一下子忘了，站起身来喜滋滋道："苏姑娘好！天气炎热，过来喝杯茶吧，上好的龙井呢。"慌不迭地取出一个干净茶碗来。

苏媚摆摆手，抿嘴笑道："多谢龙掌柜，茶还是留着明日再喝吧，今日实在不得空儿。"恰巧看到低头走路的书生，顿时惊喜道："哟，王秀才！好久没见，请到我流云飞渡里喝杯茶？"说着不容分说，拉了那文弱书生进了店里。

公蛎斟了一半的茶停在半空中，心中的愤懑几乎要喷涌而出了：凭什么啊，一个小小的穷酸书生，待遇都能好过自己？当下愤而起身，昂首挺胸闯进了流云飞渡。

小妖从门后闪出，警惕道："你来做什么？"

公蛎傲慢道："挑选胭脂水粉，不行吗？"小妖回他一个白眼，走去招呼其他客人。

苏媚远远客气了句："龙掌柜慢慢选。"便专心招呼那个书生去了。

公蛎装模作样地拿起一瓶子花露，一边关注着那边的动静。苏媚给书生斟了茶，两人谈笑风生。

公蛎侧耳细听。只听苏媚关切道："你家娘子怎么样了？"

王秀才道："已经大好了。"

苏媚道："我前日给的药材用了没？"

王秀才支吾了一阵道："娘子她没事……多谢苏姑娘担心，娘子说，她好了便来看你。"

苏媚忽然十分唐突地问道："是不是你娘不让用？"

王秀才神态有些尴尬，低声道："……不是……我娘很疼娘子的……那药材容易上火，不合适年轻女子服用……"

苏媚脸上虽然带着笑意，但眼睛明显怒了，亮晶晶的："哟，这话也是你娘说的了？王秀才果然是个大孝子。不过这些药材是我专门配给苏青吃的，你娘肝火旺，吃了这个只怕晚上更难以入眠。"

王秀才手足无措地站起身来，辩解道："我娘没吃……是娘子她不忍一人享用……"

苏媚不阴不阳笑了两声，道："这也奇了，原来你们家还有吃药也要分享的传统。我说苏青当年眼光好，看中你王秀才知书达理、温柔体贴，没想到这性格竟然还能传染，好好一个牙尖嘴利的苏青，不到一年便成了个低眉顺眼的小媳妇儿。怨不得我如今还是孤家寡人一个呢，原是我低不了这个头，受不了这些气。"

王秀才紧张地四处观望，唯恐被别人听了笑话。待确定无人留意，这才正色道："姑娘这是什么话……娘子在我家，我娘是极疼她的，家务活从不让她动手，好吃好喝的都留给她，日子虽然清贫些，但过得惬意。你放心，我王俊贤定不负她，三年之内，必定考取功名，带她享受荣华富贵。”

苏媚冷笑了一声，不再多说，拿出几个瓶瓶罐罐，道："这是我新做的几款花露和胭脂，烦请带给苏青。这两瓶适合年长者使用，给你娘用。"

王秀才道："还有我娘的？这怎么好意思？"

苏媚尖刻道："不用感谢，免得你娘见了苏青的东西又起心昧起。"

王秀才勃然大怒，站起身道："苏姑娘，我家家事，我自会处置，不劳姑娘指手画脚。这些胭脂水粉我娘用不着，你收回好了。"

苏媚将其中的两瓶毫不客气地拿了回去，斜眼看着他，冷笑道："如此更好。我的东西也不是大风刮来的，样样都要钱呢。贴补一个倒霉的苏青就够了。"

王秀才脸色铁青，难堪至极。苏媚可能觉得自己说得过了，娇嗔道："哟，我还说不得了？好歹你要叫我一声姐姐呢。"

王秀才闷了片刻，低声道："我娘一人拉扯大我，受了好些苦。她不过个性强些，有时候心直口快，说话冲了些，但最善良不过，待苏青也是极好的。你放心，有我在，定然不会让苏青受委屈。"

苏媚长叹了一口气，半晌才道："……那最好不过。"

看来苏媚同王俊贤清清白白，并没什么私情，公蛎心情好了很多。

苏媚送走王俊贤，倚门而立，秀眉微蹙，同往日张扬嬉笑相比更显楚楚动人。公蛎绞尽脑汁，想找出几句动听的话来安慰她，刚抓了一瓶陈皮露走到她身后准备搭讪，苏媚突然转身，看着他嫣然一笑，道："龙公子今日可有空？"

公蛎受宠若惊，道："有空有空。姑娘有什么吩咐？"

苏媚嘴角漾出一个甜甜的酒窝："我有一个同族姐妹，嫁去了城郊杨庄的王家。她家婆婆管得甚严，我一直不得见她，心里惦记得紧。你能否替我跑一趟腿，去看看她如今过得怎么样？"说着下巴朝王俊贤的背影一点。

公蛎心想，定然是刚才提到的那个苏青，料想长得也不会差，忙喜滋滋地应承了下来，拍着胸脯道："没问题！姑娘放心，您的姐妹便是我的姐妹！"

苏媚掐着手指，微微笑道："那多谢龙公子了。她家婆婆开了个小小的针线庄，对外承接活计，我想……"

公蛎头点得虾米一样："放心放心，我知道怎么做。"

苏媚笑道："也不用怎么着，就是走走看看，跟个一两天，把他们相处的细节讲给我听听。我到时定然做一款最精致的牡丹粉送给龙公子，如何？"

公蛎手忙脚乱将花露放回货架，道："姑娘有什么事尽管吩咐，在下赴汤蹈火在所不辞。"

苏媚的声音甜得如同拌了蜜："龙公子果然义气。那我姐妹之事，就劳烦公子帮我留意了。忙完这几天，我请您喝茶。"一个媚眼飞来，公蛎的骨头都要酥了。

公蛎轻飘飘回到忘尘阁，趁汪三财不注意，拿了几块散碎银子，把胖头挤眉弄眼得引了出来。远远看到王俊贤朝着安喜门的方向走去，忙跟在他身后。

（二）

王俊贤家在杨庄，同花溪村相邻。几十家青砖小院，散落在邙岭脚下的官道两侧，门前池塘垂柳，院后高树野花，官道上人来人往，还有些摆卖瓜果蔬菜的零星摊贩，热闹中又不显繁乱，倒也安逸得很。

俊贤的身影刚出现在村口，正手搭凉棚张望的其母王婆便快步迎了过来，接过书袋，一脸心疼道："贤儿，今儿天热，小心中暑，娘给煮了消暑的绿豆汤，在水井里晾着呢，赶紧喝一碗去。"一边说一边用衣袖给王秀才擦汗。

俊贤腼腆笑道："今天还好，不算很热。"朝王婆身后张望了一下，道："青儿呢？"

王婆似乎没听到，自顾自说道："唉，你怎么不雇个车回来，走着多远呢。想要的书买到了没？"

俊贤忙道："已经买了。还剩二百八十文。"从腰间扯下荷包，似要递给母亲，突然想起了什么，手又收了回来："这些钱……我想先留着……"

王婆便也收回了手，满脸慈爱道："行，你留着吧。我看你这几日胃口不大好，都没吃什么东西。过会儿碰上瓜果摊子买几个甜瓜去。"说着便四周张望寻找卖瓜果的。

俊贤忙拉住，看着母亲的脸，小心地笑道："不是……青儿那件衣服还在当铺里呢。再不赎就没得赎了。"

王婆脸上的笑僵了一下，依旧慈爱道："先回家吧。中午想吃什么？娘给你做去。"

说是绣庄，实际上不过是个小小的裁缝铺子。一株高大的梧桐树下搭建了一间低矮的瓦房，对着官道路口的那面墙上开了一个大窗口，里面摆了一个桐木案子和几个绣架，墙壁一侧挂着做成的衣服和绣品，一侧摆放新收的活计和布匹。

苏青正专心地在一大块绣布上绣着牡丹，听到王氏母子说话，忙起身接过书袋子放在案子上，又去捧了两杯茶来。

她同苏媚果真有几分相似，特别是眼睛，笑起来清澈灵动，十分相像，不过苏媚的笑多了几分诱惑，她的笑却带着一种恬静娴淑；在身材上，苏媚丰满撩人，她却明显有些消瘦了。而且她布衣荆钗，素面朝天，光是衣着打扮便逊色不少。

站在官道对面树下的公蛎捅捅胖头："喂，你觉得苏媚和苏青哪个更美？"

胖头正撅着屁股捉草丛里的一只大蛐蛐儿，抬头看了一眼，嘿嘿傻笑道："都是美人儿。"

将近正午，公蛎要眯起眼睛才能看清："不对，苏媚才漂亮，苏青虽然也美，但缺了那么一种风骚的韵味……"

胖头附和道："是，肥一点才好看，比如像我。瘦的太干巴。"还随意瞟了一眼公蛎。

公蛎一把抓住他腰间的肥肉，气急败坏道："你瞧你长的，一个倭瓜上开了几个孔，还敢说好看？"

被公蛎这么一拉扯，蛐蛐儿逃进草丛不见了，胖头不情愿地爬起来："老大，你今天跟到这里来，到底要干吗？城外好玩的地方多咧，不如我们去洛河里捉鱼去。"

公蛎毫不客气地呼了他一巴掌："过会儿看我脸色，要是穿帮了小心我揍你！"说着拉起他的衣袖，用牙咬着，刺啦一声，扯出一道三寸长的口子来。

胖头看着昨日刚上身的新衣服，心疼得嘴角直抽搐。不过一见脚边飞来一只大蚂蚱，顿时转移了注意力，捉蚂蚱去了。

俊贤端起茶杯，看到苏青食指上有些红肿，捉了她的手细看："又扎到了？"

苏青娇羞一笑："没事，不小心而已。"

王婆端了一碗绿豆汤过来，拿过王秀才手中的茶杯，道："喝这个好——做针线扎到手指，还不是家常便饭？我一天扎几次呢，有什么要紧？你赶紧看你的书去，少惦记这些没用的。"苏青忙抽出手指，低头回到绣架前坐下。

王婆满目慈爱，看着俊贤一口一口喝绿豆汤，忽然叹道："这照顾贤儿的任务，本以为娶了媳妇，我就卸了担子了，没想到还是不成。娶个花朵儿般的媳妇，好看是好看，能顶什么用？"

苏青诚惶诚恐地站了起来。王秀才埋怨道："娘！"

王婆回头看了看苏青，又转头对俊贤笑道："瞧你紧张的！"过来亲亲热热地挽了苏青的手臂，道："我同苏青情同母女，有什么话不能说的？再说了，苏青知书达理，读的书识的字比你都多，哪里会跟我一个乡下老婆子一般见识。是吧，青儿？"

苏青微微一笑，低头道："是，婆婆。"俊贤朝她会心一笑，但苏青只低着头，并未与他对视。

俊贤喝完了绿豆汤，苏青伸手去接碗，却被王婆拦住了："放着我来！媳妇你身子弱，好生歇着吧。"推让不及，只好由她颤颤巍巍洗碗去了。

俊贤一见母亲离开，忙上前握住了苏青的手，柔声道："我带了好东西给你呢。"从怀里拿出苏媚送的两瓶水粉花露，打开放在她鼻子下："闻闻，香不香？"

苏青的笑容顿时明亮起来了，略显羞涩道："好香。"俊贤看到母亲走来，忙后退了几步，将花露盖好塞在绣布下："娘这人刀子嘴豆腐心，有口无心，为这个家操碎了心。你不要同她计较。"

苏青垂头道："好。"

两人正说体己话，王婆洗完碗回来了，耸起鼻子闻了一下，似乎发现了空气中的香味，却不拆穿，唠唠叨叨道："如今这生意越来越不好做了，稍大一点的生意，人家宁愿送城里去做。要我说，城里绣庄做得还不如我们呢。好像穿城里做的就高人一等似的。"

俊贤笑道："可不是，如今流行什么全福楼的点心陶然居的席、流云飞渡的脂粉永祥绸庄的衣，说得一套一套的。"

王婆打开一块绣布，道："贤儿，你刚才说要赎当，是怎么回事？"

俊贤道："娘您忘啦？三月前给您看病，青儿把她的一件华文锦滚边襦裙当给了钱家当铺，如今已经过了当期两日，再晚便不能赎回了。"

王婆恍然大悟，拍着自己的额头懊悔道："可不是，我真是老了——多少钱？"边说边朝怀里摸去。

俊贤得意地看了苏青一眼，道："连本带息一共六百三十文。今日买书还剩二百八十文，您再给我三百五十文就行了。"

王婆摸索了半日，只摸出几文钱来，脸上显出为难之色。俊贤急道："娘，今早上不是刚结了一批活的账吗？五两银子呢。"

王婆瞪了儿子一眼，面有难色道："真不凑巧，我上午刚拿了那钱去定了一批新布。剩下的不过几百文，要都拿去了还怎么过日子呢。"转头埋怨道："苏青你也是，想赎衣服怎么不提前和我说一声？我好做安排。"

苏青显出不知如何是好的神气。俊贤左右为难，憋了良久，道："娘，能不能周转一下？这件衣服对青儿来说十分重要。"

王婆长吁短叹，从衣领下扯出一块玉制的平安佛来，在手里摩挲了半日，道："把这个当了吧。"

俊贤惊呼道："这怎么行？这是传了多少辈，传到您这儿来，我从小就见您带着一直到现在……"

王婆垂泪道："那还能怎么着？媳妇的衣服要紧，我一个老婆子，平安不平安的也无所谓了。"说着说着情绪激动起来，拍腿捶桌嚎啕大哭，一边哭一边埋怨老头子死得早，自己又当爹又当娘，没本事，连媳妇的衣服都无钱赎回，对不起儿子儿媳。

俊贤劝解无效，急得团团转，见苏青仍站一旁垂头不语，登时火了："你怎么这样？一件衣服算什么，非要逼着娘卖了保命的平安佛？"说完又觉得话说重了，哀求道："青儿你放心，等我们有钱了，你想要多少衣服首饰都行，专做永祥绸庄的，好不好？"

苏青抬起头，怔怔地看着俊贤，低声道："算了，衣服不赎也罢。"说完慢慢转身回了房间。

王婆哭得更加悲痛了，道："都怨我不中用，连管个家都管不好……我说让你媳妇当家，你又不肯，如今怎么着？你看你媳妇的样子，嘴里不说，心里定然埋怨我这个婆婆不让赎……贤儿，娘的为人你最清楚，我对青儿如同自己亲女儿一样的啊，你看连个碗我都舍不得让她洗……"

俊贤看娘伤心，自己更加难受，也落下泪来，劝道："娘你别多心，青儿性情腼腆，不爱说话，我们家的情况她也知道，怎么会因为一件衣服怨恨您呢？平时待她好我都看着呢，您别坐在风口里，小心喝了风肚子痛。"搀扶着王婆回了房间。

苏青在房间里收拾了些绣线，又回到前面铺子里刺绣。俊贤安抚老娘出来，见苏青背影消瘦，脖颈修长，顿觉又痛又怜，上前按住了她的双肩，附耳道："青儿，你受委屈了。"

苏青的眼泪在眼眶里打了几个转儿，生生咽了下去："没事。"俊贤豪气道："秋闱大试马上就要到了，等着，等你的夫婿八抬大轿来接你吧！"说着在她耳垂上轻轻一啄。

苏青眼睛闪亮，连忙躲闪："官道上有人看着呢。"

俊贤转过来握住她的手："不怕，我的媳妇儿漂亮，他们看着也是白白眼馋。"苏青的脸红到了耳朵根，握起粉拳朝他的肩头打了一拳。

两人嬉闹了一阵，苏青催促道："相公你赶紧看书去，别误了功课。"俊贤笑道："好好，你管得比娘还严。"嘴里应承着，脚下却不动。

苏青拿了针线，推他道："再不走，我用针扎了啊。"

俊贤摸了摸耳朵，笑道："不过刚才，娘说当她的平安佛，你应该马上大声制止才对。你转身回房，外人看来，还以为你不高兴呢。"他看似十分随意，眼睛却偷偷瞟着苏青，"另外你也多同娘拉拉家常。年纪大了，有时就图有人同她讲个话谈个心……"

苏青眼里的笑意暗淡了下去。俊贤一把抱住她："怎么？生气了？"

苏青摇摇头。俊贤在她脸颊上香了一香，体贴道："小傻瓜，家里事有我呢。娘是长辈，原该让着顺着，有什么委屈，我自会补偿你。我知道那件衣服对你很重要，当时想着三五日便赎回，当价低了些。要是不赎，岂不便宜了那家当铺？你放心，我再想办法。"

苏青终于重新露出笑脸。俊贤得意道："天下最爱娘子者，数我城北王俊贤也。你坐着，我盛碗绿豆汤给你。"

去到井边取出瓦罐，只见王婆快步走了出来，眼睛还红肿着，推他道："看书去看书去，这些家务活，我一个做就好。"

俊贤有些不好意思，道："娘，您歇着吧，我自己来。"

王婆将他推到一边，取出一个碗来，正要倒，忽然想起了什么，大声道："青儿，你那个寒症，好些了没？"

苏青拘谨笑道："已经一个多月没复发了，料想是好了罢。"

王婆的手停了下来，不无担忧道："这个寒症，可是极难根治的。"埋怨儿子

道："你说你，看书看成书呆子了吧，一点常识都没有？这绿豆汤，是寒凉之物，青儿寒症刚刚好些，你又让她喝这些，若是再复发了，不是害她么？还是白开水最为平和。"

俊贤恍然大悟，懊悔道："也是，幸亏娘提醒。"兴冲冲去灶房倒了一碗白开水端了出来。

苏青看着俊贤，嘴角挑出一丝苦笑。

（三）

公蛎装着赏风景，远远地支起异于常人的耳朵，留意着王家的动静。

公蛎从没经历过普通百姓的家庭生活，在他看来，这王家对苏青着实不错，婆婆勤快，相公体贴，除了家境困难些，看起来十分幸福美满的样子。

可是早上在城里苏媚同王俊贤的话，分明是质疑王婆对苏青不好，这是怎么回事？心里打量刚才出来的急了，也不知道苏媚所谓的探望到底指什么。欲要就此回去了，又觉得好不容易得到一个讨好苏媚的机会，还是好好表现下才行。

胖头捉了一串儿蚂蚱回来，喜滋滋道："老大你看，清一色的蹬倒山大蚂蚱，放在油锅里一炸，喷喷，那叫一个香呢！"

公蛎咽了口口水，道："少废话，快将外衣脱了，我找地方给你补补。"不由分说将他的衣服脱了下来，朝他屁股上踹了一脚，道："捉你的鱼去，过会来这里找我。"接着大声道："啊呀，衣服破了！"

走走看看来到王家绣庄门前，道："这里能缝补衣服吗？"

苏青忙站了起来："请进。"接过衣服看了看，道："口子不大，客官要是不赶时间，可在这里稍候片刻。"

公蛎满脸堆笑道："那好那好。"拿出十几文钱来放在案子上，道："我在附近逛逛，半个时辰后来取。"说完装作离开，扭身躲在大梧桐树后。

王俊贤回房看书，王婆心里惦记今日的活计，躺了一会儿便闲不住了，颤巍巍来了绣庄。苏青忙起身搀扶，王婆一甩手，笑道："我还没老到走不动呢。"

话是笑着说的，可是听起来总觉得不大友好，表情也不如刚才王俊贤在场时慈祥。

苏青讪讪地收回了手，坐下继续缝补。王婆将案子上的十几文钱收了起来，道："刚才又来新活计了？"

苏青道："嗯，一个路过的客人，衣服扯破了一道口子。过会儿便来取。"

王婆自己倒了杯茶，呷了一口，慢条斯理道："算命的说，我儿子将来是要大富大贵的，你别用那些儿女私情缠着他，误了他的前程。"

苏青低头道："是。"

两人埋头做活计，不再言语。王俊贤突然走了进来，手里拿着一卷诗集，兴冲冲道："青儿快看，我今日刚买的新书。"将诗集递予苏青，随即抑扬顿挫吟诵起来："已矣哉，归去来。马卿辞蜀多文藻，扬雄仕汉乏良媒。三冬自矜诚足用，十年不调几遭回。汲黯薪逾积，孙弘阁未开。谁惜长沙傅，独负洛阳才！"一边吟诵一边赞叹，道："骆宾王的《帝京篇》，真是字字珠玑，气势磅礴！"

苏青手捧诗集默读了一遍，轻轻点头道："骆观光小时便有神童之称。他向来辞藻华丽，格律谨严。这篇《帝京篇》，五言七言转换自然，顺畅恣意，铿锵有力，讽时与自伤兼而有之，虽然承袭陈隋之遗，但体制雅骚，翩翩合度，确实为难得的佳作。"此时的苏青眼神纯净，笑容自然，声音清脆动听，不急不缓，同刚才低眉顺眼、手足无措的小媳妇样判若两人，浑身上下散发出一道圣洁的光彩，连公蛎也不得不承认，苏青的美清雅脱俗，同苏媚完全不同类型。

俊贤咂摸了片刻，略带愧色道："我只觉得读之满口余香，却无法形容好在何处。听你这么一点评，果真如此。"

苏青抿嘴笑道："我不过是随口瞎说而已。"两人相视一笑。俊贤掩卷长叹道："得妻如此，夫复何求？"

苏青脸儿绯红，无限娇羞。忽听王婆轻咳了一声，苏青忙退离俊贤半步，低声道："今日还有活计呢，你且屋里看去。"

俊贤不依，翻着诗集给苏青看："后面还有好多好诗呢，我们一起读。"王婆抬起头来，严肃道："贤儿，看书要专心致志，先生不曾教过你吗？"不待俊贤说话，转向苏青，皱眉道："今儿两件衣服，一件绣品，还有两件缝补的，都赶着取呢。你手脚也要快些。"

俊贤朝苏青挤挤眼睛，走过去帮王婆捏起了肩膀："娘，休息一下吧。我来给您捏捏肩。"

这招显然有用，王婆脸上的不悦渐退，换上了一副笑脸，指挥着俊贤捏这儿捏那儿。俊贤趁机递给眼色给苏青："青儿，你也歇下眼睛。"

苏青迟疑了一下，赔笑道："不用，娘休息就好了，我不累。"

王婆未接她的话茬，闭眼笑道："哎呀，贤儿，你还记得张员外家的三小姐不？"

俊贤的手明显停滞了一下，扯开话题道："娘您坐直了，我给您捶捶背。"

王婆道："张员外家的三小姐，小你一岁那个，还记得不？当年看上了你，要死要活的非要他爹找媒婆来提亲。"

俊贤急道："娘！"小声道："您说这些做什么？"

王婆斜了俊贤一眼，嗔道："哟，我话都说不得了？"大声笑道："青儿，你也见过的，就是上次来偷偷看你的那家小姐，人长得水灵，女工也好得很，听说后来许配给了城里的一位官老爷家的儿子。"

苏青尴尬地笑道："是。"

俊贤急得直跺脚。王婆继续笑道："要是当初同张员外结了亲家，就不用这么辛苦啦。张员外当时应承，他家女儿嫁过来，光陪嫁都够我们一辈子吃穿不愁。前几日我在街上碰上了张家三小姐，她还偷偷向我打听你呢。"她说这话时，表情坦荡，眼神自然，笑得像个孩子一样天真无邪，看起来绝非存心。

苏青的头垂得更低了。俊贤打圆场道："娘真会开玩笑。我们家徒四壁，除了苏青，哪家姑娘会看上我？"说着过去揽住了苏青的肩头。

王婆满眼都是骄傲，得意道："才不是，我的儿子，我最知道，第一次参加乡试便中了秀才，方圆左右能有几个？"

俊贤贴在苏青耳边道："娘这人心直口快，你可别往心里去。"

苏青面无表情，木然地点头。王婆似乎情绪极好，兴高采烈道："我说青儿，你的发型也变一变，如今城里流行什么青螺髻，我看张家三小姐就梳着这么个发型，贤儿还说好看呢。"

俊贤嘿嘿笑道："我哪里懂这个？你问我我不过随口这么一答。我看青儿不管什么发型都好看。"

王婆撇了下嘴，道："你没见人家刘小武的媳妇，膀大腰圆，有青儿两个胖，一次提两桶水都不带喘气儿的，那才叫好看呢。青儿太瘦，你以后要多吃点，想吃什么只管告诉娘，娘给你买去。"

苏青低头道："谢谢婆婆。"

俊贤虽然觉得母亲提起张家三小姐，并拿其他人家的媳妇同苏青比较有些不妥，但总觉得母亲并无恶意，而且是真心疼惜苏青，便释怀了，笑道："青儿快说要吃什么？让我也跟着沾沾光。"

三人一起笑了起来。王婆笑得略显夸张了些，苏青笑得似乎有些勉强，唯独俊贤笑得自然随意。

公蛎靠着大树，听得几乎睡着。这任务无趣得很，还不如跟着毕岸查案好玩。一家三口，说的做的都是些家长里短的小事，哪里看得出苏青好不好？

胖头没打到鱼，早已回来了，已经数到三千七百五十三只蚂蚁，仍然数不清楚，自己数的烦了，小声抱怨道："取衣服便取衣服，躲在这里做什么？"

公蛎正打算起身，取了衣服走人，只听苏青道："婆婆，快到中午了，我做饭去。"

王婆道："不用你做。你看灶房有什么，帮我准备下就好。"看着苏青进了灶房，忽然长长地叹了一口气。正在捶背的俊贤马上察觉到母亲情绪的变化，手上慢了下来，道："娘，好好的叹什么气？"

王婆又长叹了一声，眼睛里盈出泪光。俊贤吃了一惊，紧张道："您怎么了？哪里不舒服了？"

王婆欲言又止，看着俊贤怔怔地落下泪来。俊贤绕到王婆前面，握住她的手，急切道："您到底怎么了？"

王婆垂泪道："我辛辛苦苦将你拉扯大，指望你成亲了我就享福了。可如今你媳妇儿……"抹了一把眼泪，摇头道："算了，不说了。要说都是些鸡毛蒜皮的事儿，我一个人伤心就算了，连累得你同媳妇生气，就不好了。"

俊贤疑心大起，抱着她的双臂摇晃："娘，你说清楚，苏青怎么了？"

王婆拉起衣角擦了擦眼睛，勉强笑道："没事，我只说把她当亲女儿待，可媳妇终归是媳妇。"

俊贤站起身："苏青对您不敬？"

王婆吓得赶紧捂住俊贤的嘴："小声点！我可没这么说。"俊贤急道："到底怎么，您告诉我呀！"

王婆昏黄的老眼又落下泪来："你当年娶苏青，我本来就不同意，肩不能挑手不能提，连嫁妆都没有，娶回来有什么用？可搁不住你喜欢。如今过门一年了，你也看到了，除了绣庄的活计她能帮帮手，其他的家务我一点都不舍得让她做。可是你看，说话稍微不对她的脾气，她就给我甩脸子！就赎衣服那件事，你看她那个表情，好像是我故意不给钱赎似的，天地良心，娘手头真的没钱啊！自小儿你没为家里操过心，哪里知道过日子的难处？"

俊贤辩解道："娘，不是这样，青儿她本来腼腆，家务她也有分担，只是您总嫌她做得不如您好……赎衣服一事，我刚才已经说过她，她知道错了。"

王婆见儿子护着媳妇，更加伤心："老话说得好：花喜鹊，尾巴长，娶了媳妇忘了娘。果然不假。"慢慢闭上眼睛，一颗泪珠顺着眼角的皱纹滑落。

俊贤心急如焚，扑通一声在王婆面前跪下："娘，您不要这么说……我哪怕成了亲，娘在我心里也是第一位。"

王婆的眼泪更加扑簌簌往下滴："七岁时你爹爹去世，若不是为了你，娘也随着你爹去了……八岁那年，你得了伤寒，郎中都说治不好了，娘三天三夜没合眼，给你用艾叶熏蒸擦洗，把你从阎王那里拉了回来……十一岁那年闹水灾，一个月都没一单生意，我冒着大雨去地里挖野菜，你吃稠的，娘只喝几口咸汤……"

俊贤也哭了起来："我知道娘不容易……您放心，我一定努力读书，考取功名，让您享福。"母子俩相拥而泣。

苏青听到动静，从灶房门口探出半个身子，踌躇片刻，终究还是未走过去。

俊贤伏在王婆的膝头上，道："娘，青儿她自小没爹没娘，不能体会，礼数难免不周，您只管教她便是。"

王婆擦干眼泪，满目忧色道："要说你媳妇儿也没什么大的问题，只是这不理人的毛病，可要改改。昨天我说她用绣线用的浪费了，她低头一声不吭。还有针，昨天用断了一根，今天早上又用断了一根，说她呢，她满脸的不情愿，倒像是我多嘴了似的。还有大前日，来了一个年轻公子，长得不错，同她打情骂俏的，我看不过眼，说了她几句，她竟然使性子不吃饭，一整天都冷着脸不同我讲话。你说这像什么话？还有你们成亲里她带来的被子首饰，我收了起来，还不是想着将来你们有了孩子好用？看她的意思，倒像是我要昧起来一样……贤儿，你最知道娘的为人，什么最好的东西我不都是留着给你的？……将来我百年之后，这家就指望她打理呢，要是总这么着，既不知道节俭，又不懂人情世故，如何撑得起这个家？"

王婆语气平和，感情真挚，虽说是埋怨，但听起来句句入耳，将一个忧心忡忡的母亲心态表现得淋漓尽致。连公蛎都觉得事情虽小，确实如她所说，是苏青做得不好。

她说一件，俊贤便点一次头，安抚几句，只是说来说去都是些小的不值一提的小事儿，听得俊贤头大，心里对苏青也生出几分不满来，起身道："娘你别生气，我这就说说她去。"

王婆一把拉住，哀求道："这些话，我原本是不想说的，唯恐你和媳妇生气。我是那种煽风点火的婆婆吗？我告诉你是让你心里有数，得空找到机会劝劝她，你可不能没个深浅，搞得家里鸡飞狗跳、鸡犬不宁的。"

俊贤看到老娘头发花白满脸皱纹，戴顶针的中指磨出厚厚的茧子，手上针孔无数，尤其是两个食指，指纹早已不能分辨，不由得一阵愧疚，有心大声吆喝苏青出来给娘赔礼道歉，又觉得不忍，一时心思烦乱，眉头紧皱。

王婆一看到儿子的样子，拍着大腿懊悔道："我真是老糊涂了，和儿子说这些做什么？没得增加他的烦恼。贤儿，你别放在心上，为娘的黄土埋到脖子的人，什么气不能受？你好好过日子要紧。"

这句话不说还好，一说出来，俊贤更加难受，高声叫道："苏青！你给我出来！"

（四）

躲在树后的公蛎惊得瞌睡都没了，拧着鼻子嘀咕道："女人果然不是常人能理解的，针鼻儿大的事儿，都能记得清清楚楚。"

胖头一脸垂涎道："这就是普通人家的生活，鸡毛蒜皮，吵吵闹闹，多美！我也想娶个老婆，生一窝儿女，没事哄哄老婆，打打儿子……"

公蛎嗤之以鼻，道："瞧你没出息的！"又骂道："这王秀才也是个拎不清的！屁大一点事儿，应付下老娘就得了，值得对老婆吆三喝四的？要是我，有这么个如花似玉的老婆，我哄着捧着还来不及呢。"

胖头挠着大脑袋，纳闷道："先前还一团和气，怎么说着说着反倒越来越别扭了呢？"

公蛎烦躁道："哎，现在我有点看明白了，这位老婆婆明里劝解，暗里煽风点火，到底是想让他儿子好好过日子，还是让他们打架生气啊？"

胖头有些不相信，道："不会吧？我看这婆婆也是好意……"

苏青急匆匆过来，手里还拿着锅铲，看了看婆婆的脸，怯怯道："相公，怎么了？"

俊贤脸色铁青，道："你说怎么了？我当初喜欢你，是喜欢你知书达理，举止娴淑，没想到这都是假的！"

苏青莫名其妙，赔笑道："婆婆，这是……"

王婆看也不看她，带着哭腔道："儿子你消消气，你们夫妻过日子要紧，我一个老婆子有什么相干？你赶紧回房看书去，做好了饭叫你。"

俊贤怒道："娘总说家里穷苦些，你嫁过来受委屈了，每日里真心待你，你怎么能处处伤她的心？"

苏青手足无措，小声辩解道："我没有。"

王婆又开始无声落泪，拉住暴怒的儿子，哽咽道："贤儿，你别这样……"

俊贤瞪着苏青，吼道："那娘怎么会这么伤心？娘都告诉我了，你还一点愧意都没有，你读的那些书都读到狗肚子里去了？快点给娘道歉！"

苏青睁大眼睛，怔怔地看着他，仿佛不认识他一般。

俊贤心里闪过一丝心疼。苏青兰心蕙质，柔柔弱弱，认识至今从来连一句重话都没说过她，今天这么一吼，不知道她得伤心成什么样子。可是转脸看到五十多岁的老母亲佝偻着身子哭得肝肠寸断，一股怒气直冲脑门，喝道："听到了没？我让你跪下，给娘道歉，并保证以后要做个贤良媳妇！"

两颗晶莹的泪珠从苏青的眼里跌落在地上，摔得粉碎："我没做错。"声音小但极其坚决。

俊贤惊愕地退了一步，道："你……你再说一遍？"

苏青垂下眼睛，背部挺得僵直。王婆的呜咽声瞬间化为嚎啕。

俊贤瞪视着苏青，心里一面哀求道："青儿你就认个错，让老娘消消气，我回房间给你跪下行不行？"一面又想："同娘闹别扭这事看起来不大，却不能惯着，免得以后无法收场。"

王婆一见苏青倔强的样子，顿时哭得上气不接下气，边哭边说："儿子你千万别这样，是我命不好……为我这个没用的老婆子吵架……我还不如死了呢……"一句话未了，嗓子眼里挤出"呃——呃——"的声音，白眼一翻便没了声息。

门外的胖头紧张道："晕死过去了！我们要不要进去帮忙？"

公蛎悠闲地咬着一根狗尾巴草，道："放心，那个婆婆是装的，真晕过去可不是这个动静。"

俊贤吓得脸都白了，扑上去又是掐人中又是呼唤，一见苏青仍蠢在原地木然不动，彻底怒了："你怎么能……这么狠心？"

王婆悠悠转醒，斜靠在儿子怀里，半闭着眼睛。俊贤长吁了一口气，惊喜道："娘，你感觉好点没？"

王婆挣扎着坐起来，虚弱道："儿啊，让你担心了。青儿还小，你别难为她，你赶紧看书去。"

俊贤将王婆扶好，细心地在她腰后塞了一个垫子，转脸对着苏青，脸色极其难看。

苏青仍然垂着脖颈，一动不动，长长的眼睫毛上挂着泪珠。

俊贤嘴角抽动了几下，似乎想说什么，最终一顿脚，甩袖而去。而身后一直佯装虚弱的王婆，露出一丝不易察觉的笑容。

苏青呆了片刻，放下锅铲，倒了一杯茶过来，默默放在王婆身旁的高凳上，道："娘，我去做饭了。"

王婆表情冷淡，吩咐道："给贤儿那碗碗底铺两个鸡蛋，他正用功，费脑子。另外，贤儿马上要考试了，你没事少去他眼前晃悠。从今晚起，你搬到我的房间来睡。"苏青一怔，低头道："是。我先去做饭。"摇摇摆摆去了，消瘦的身影显得极其单薄无助。

王婆斜睨着她的背影，小声冷笑道："我养了二十年的儿子，能白白毁在你手里？"

公蛎偷窥了这大半日，大概了解这一家三口的想法，无非便是王婆一心要儿子出人头地，唯恐苏青耽误了他的学业，所以对苏青有些不满，而苏青和俊贤感情深厚，两情相悦，只是同婆婆之间有些生分隔阂，但说来说去，都不是大奸大恶之人，并无什么不可调和的矛盾。

一阵炊烟飘来，夹杂着饭菜的香味，胖头的肚子咕咕直响。公蛎拍衣站起，想取了衣服找个地方大吃一顿，忽见对面官道上来了一个人，白衣飘飘，器宇轩昂，正是毕岸。

公蛎心里顿时别扭起来。看来苏媚不相信自己，竟然还另外派了毕岸来。胖头

却很高兴，张嘴欲叫，被公蛎捂住了嘴巴："你傻呀，让他看到我们偷了钱出来闲逛？等他走了我们再去。"

胖头迷惑不解道："今天这是怎么了，两个掌柜都来这家小铺子打听？"

毕岸简单施了一礼，道："请问婆婆，苏青在吗？"边问边朝后面的院子张望。

王婆没有站起来迎接，而是狐疑地打量着他："你是谁？你找苏青有何事？"

毕岸彬彬有礼道："我是苏青的一位故人，今日路过，特来探望。"

王婆断然道："她有事走开了，不在！"低头继续绣花，刚绣了一针，忽然想起了什么似的，站起身来自我介绍道："我是她的婆婆。请问你怎么称呼？"

她突然转变态度让毕岸有些诧异，看了她一眼，道："我是……她的旧时好友。"

"旧时好友？"王婆咯咯笑了出声："好，好，旧时好友。"言语之中带着说不出的阴阳怪气，连胖头都听出来了。

毕岸充耳不闻，沉声道："我等她回来。"随便拉过一个凳子坐下了。

王婆阴沉着脸道："我这里是做生意的地方，小门小户，本来地方就不大，公子若是没有活计要做，还请给个方便移步他处。"

毕岸头也不回，刺啦一声将外衣衣袖扯出半尺长的一道口子来，脱了丢在案板上，并拍出一个小银锭，道："缝补。"

这件月白色祥云纹镶边袍服为上等素色蜀锦制成，纹路精细优美，质地缜密，穿在身上垂顺飘逸，甚是引人瞩目，一直为公蛎垂涎。他曾去永祥绸庄打听过，同款衣服要八两银子一件，原本盘算着待明日约苏媚喝茶时借用下，见毕岸眼也不眨便撕破了，心疼不已。

王婆很想大发雷霆，将这个可能觊觎儿媳相貌的家伙赶出去，但终究还是忍住了。常年做这种小本生意，讲求的是和气生财，刚才不过是情绪起伏太大，尚未平复，说话冲了些；最为关键的是，一个小银锭，足够儿子买一麻袋的书了。

王婆挤出一丝笑容，道："客官你先坐着，我这就给你缝补去。"

毕岸淡淡道："不用，我的衣服，只让苏青来补。"

果然同苏青有私情！王婆心里暗暗冷笑，甚至顾不上想儿子难不难过，只觉得有一种猜测被验证后的快意。

王婆道："我去看看她忙完了没。"慢吞吞起身回了院里，未去灶房，却转身去了俊贤的小书房。

（五）

等了许久，未见苏青出来，倒是王俊贤板着脸来到了前面绣庄，王婆紧张地跟在后面。

俊贤绕着毕岸走了一圈，也不说自己是谁，只冷冷道："请问你是哪位？"

毕岸淡淡道："来你家补个衣服，都要递个名帖的么？"

王婆急得跺脚，小声道："小祖宗，你这个脾气，怎么一点就着？"赔笑道："客官你先坐着，苏青马上就来。"连拖带拽将王俊贤拉回了后院。

公蛎幸灾乐祸，偷笑道："哈哈，毕岸闯祸了！那个迂腐的王秀才，肯定猜忌苏青！"

俊贤站在院中，叫道："苏青，有人找你！"说完扭脸回了房间，王婆手脚麻利地上前，将门从外面闩上。苏青从厨房探出头来，见婆婆面带冷笑站在院中，拘谨道："又来新活计了？"

王婆哼了一声。苏青不再多问，三步并做两步来到绣庄，朝毕岸的背影微微施了一礼，拿起衣服看了看，面带微笑道："客官不如先回去，这个口子大些，要绣个图案压一压才好。明日再来取吧。"

毕岸转过了头。

苏青吓了一跳，道："哥哥，你……你怎么来了？"一直躲在后门门帘处的王婆愣了一下，满面狐疑，蹑手蹑脚躲在了门帘子后面。公蛎和胖头更是惊讶。

苏青惊喜道："你……你不生气了？"

毕岸点点头，显然不愿多说，眼神落在苏青身上。苏青的腰里还系着围裙，头发上挂着刚才烧火的碎木屑和草灰，右臂的衣袖上有一块明显的油渍，而左手手背上有一个指甲大的烫伤，想是刚才做饭时热油溅上的。

苏青慌忙将围裙摘下，顺势盖住手背上的烫印，上前给毕岸倒了一杯茶，大声笑道："你怎么也来洛阳了？"

毕岸道："我有事，顺便来看看你。"走到一件鱼戏莲叶的绣品前，道："你绣的？"这是一幅帷帐，淡青色水纱，上面绣着几尾栩栩如生的鲤鱼，在莲叶间追逐

嬉戏，其中一条还吐起了泡泡，天真烂漫，童趣盎然。

苏青点点头，撒娇道："怎么样？我的手艺精进不少吧？哥哥你喜欢什么图案，我专门绣一副给你。"

毕岸道："我不要。"深深地看了她一眼，道："你怎么样？"

苏青躲避着毕岸的眼神，笑道："我好得很呢。"

毕岸道："你瘦了很多。是生活不如意？"

苏青如同没听到一般，兴致勃勃拉着他走到一幅鱼跃龙门图前，得意洋洋道："你看这幅，绣得不错吧？"

毕岸道："很不错。"

苏青撒着娇抱怨道："哥哥你就不能多夸几句，每次说话都这么着，好无趣。"

毕岸颔首道："画面生动，针法娴熟，好一幅简单快乐的鱼戏图。"他着重在"简单快乐"中加重了语气，好像有什么暗示。

苏青似乎没有听出，咯咯地笑了起来，扬起下巴，骄傲道："我可是这附近最好的绣娘。你看看，十几里外的村庄都有人专门送来给我绣呢。"

苏青自从看见毕岸便叽叽喳喳大说大笑，话也多了起来，人也看起来调皮轻松了很多。但公蛎总觉得有一种虚张声势的刻意，仿佛掩饰什么。

毕岸随意瞟了一眼她的手，道："还扎到手吗？"

苏青伸出食指给毕岸看："只要是绣花，没有不扎到手的。你看看，我的手指头，光绣这个就被扎了十几下呢。"她的撒娇自然随意，消瘦的脸颊透出一抹红色，眼神焕发光彩，显然以前同毕岸十分相熟。

毕岸嘴角微微露出笑意："那就不绣好了。"

苏青撅起嘴巴："那怎么行？半途而废可不是我的性格。"

毕岸冷不丁问道："你家相公呢？怎么不出来一见？"

苏青似乎有些紧张，略微偏头看了一下，含糊道："他不在。"接着叫道："不早啦，我下午还有事呢。我这里可没得饭吃，哥哥你先回去，你住在哪里？改天我去城里看你。"

毕岸猛然转身，郑重道："青儿，你回答我的问题，你过得怎么样？"

苏青甜甜笑道："我过得好着呢。天天儿无非是做做针线读读书，其他的什么也不用想。你赶紧办你的正事去。"又顿足道："我说过，不许你们打扰我的生活。"她一副小儿女的娇嗔模样，比苏媚更显出一份邻家女孩般的可爱来。

毕岸轻叹了一口气，道："我是担心别人欺负你。"说着朝一直远远躲在院门后面的王婆一瞥。

苏青夸张地一挥手，对着空气做出劈斩的动作，眨着眼道："你还不知道我？我可是以一敌五的小魔女苏青，只有我欺负别人的份儿，哪里轮到他们欺负我？"一边说一边嘻嘻笑个不停。

毕岸看着她的眼睛，无奈道："青儿，我同从前一样，尊重你的选择。但是，你若是觉得不好，我马上便带你走。"

苏青做出不耐烦的样子，抓过还未缝补的衣服搭在他肩上，推他出门："你什么时候变得婆婆妈妈了？走吧走吧，放心好了，我会照顾好自己的。相公宠我，婆婆疼我，我幸福得很呐。"

毕岸不再多言，道："你若撑不下去便去敦厚坊忘尘阁找我。"转身走了。

看着毕岸的背影在官道上消失不见，苏青收起了笑脸，眼圈一红滴下泪来，斜靠在一棵小树上发呆。

俊贤突然从绣庄冲了出来，一言不发拖着她的手臂回了绣庄，指着苏青似要质问那人是谁，但一看苏青泪眼婆娑，又心软了，压住气道："大中午的，别在日头下站着。"

王婆拢着手，不阴不阳笑道："刚才那人说是你旧日好友，大老远的专门来看你，怎么不留人家吃个饭？"

苏青看到俊贤狐疑的目光，忙道："哦，他是我……一个远房哥哥。"

俊贤将信将疑，心里十分不痛快，却不便发作，问道："我以前怎么不曾听你讲起过？"

苏青道："小时候在一起玩过，后来他家搬去了长安，便失去了联系，所以未曾向相公提及。"

俊贤看苏青的样子不像是撒谎，愣了片刻，摆出一副懊悔的样子，道："你不早说！我刚才失礼了。我去看看走远没，好歹让他吃个饭。"说着便要往外追。

苏青似要制止，又闭口不言，脸上漾起一丝笑意。王婆却一把拉住了儿子，道："那位公子一看便是富家子弟，我们粗茶淡饭，怎么留人吃饭？你别费那个力气。"

俊贤懊恼道："也是。"垂头丧气退了回来。王婆掂量着毕岸留下的小银锭，斜

着眼道："有钱人就是不一样，一出手便是一两银子。"接着叹道："可惜了，我们家里穷，让苏青也跟着受苦了。"

苏青忙道："没有。"

王婆自顾自道："唉，要是苏青当初嫁了别人，每日里绫罗绸缎，吃香喝辣，说不定还有一堆丫鬟仆女伺候着。可嫁了我们王家，只好跟着吃糠咽菜、辛苦劳碌啰。"

苏青不知该说什么，只好低头看手指。俊贤拉王婆的衣袖不让她继续说，小声抱怨道："娘，你说这些做什么？"

王婆笑眯眯道："傻孩子，我是替苏青不值呢。你看看，"她抓起苏青葱段一样的手指，一脸疼惜道："这才多久，食指上都是针扎的印子了。过不上三年五年，只怕手都和我的手差不多了。"

她突然将两只布满青筋厚茧、关节变形的双手伸到苏青面前，倒把一边的俊贤吓了一跳。

可苏青微微笑道："无妨。"

王婆收回了手，转口道："你自然是无妨了。一条小鱼儿都要绣上三五日，慢吞吞的，不会像我这么大意。"说完亲亲热热挽上儿子的胳膊，回家吃饭了。

吃完中饭，苏青去洗碗，王婆跟着王俊贤来到书房，拿出扫把一边打扫，一边装出不在意的语气道："儿子，今年来的那人，我看着有点蹊跷，怎么大老远的会突然来看望苏青呢？"

整个中午饭都吃得极其郁闷的王俊贤没好气道："娘，你不要胡思乱想，那人不过就是顺路看看而已。"

王婆睁大眼睛："我没说什么呀？"

王俊贤埋怨道："你干吗将我的门闩上？我去见一见也是好的。"

王婆偷偷瞄着苏青的动静，小声道："你这孩子，真是不知好歹，我还不是担心你同人打架吃亏？你没看他带着剑呢。"

王俊贤心中愈加烦闷，嘟囔道："要真是青儿的亲戚，我堂堂一个秀才这般接待，岂不是失礼得很？"

王婆不屑道："有什么失礼？说是人家亲戚，不正经上门拜访，偏要偷偷摸摸装作来送活计，看那样子，不知道是谁家的花花公子呢。说不定是见你媳妇漂亮，故意来撩骚的。"

这词十分刺耳，俊贤急道："娘！没根据的话怎么能乱说？这要叫青儿听到，她还怎么做人？"

王婆冷笑道："哟，我还说不得了？你以为你媳妇是什么规矩人？"

俊贤脸上现出六神无主的神气，哀求道："娘你别这么说她……"停顿了一下，又忍不住小声问道："她怎么了？"

王婆将房门掩上，悄声道："儿子，我跟你说了，你可别生气，留点心就行。刚才你没在跟前，我可在门后听着呢。你媳妇一见了那位公子，有说有笑的，娇滴滴的样子，比在你跟前还浪呢！"王婆将刚才毕岸和苏青会面的情形添油加醋地描述了一番，末了看着俊贤的脸小心翼翼道："你说这个人……会不会同苏青关系不一般？"

俊贤呆呆地听着，表情又是气恼又是颓丧，半晌方才勉强道："亲戚么，这么久没见，自然话多一些。"

王婆看着儿子难过，心疼之余还有些小得意，但并不表现出来，而是极其真挚道："也是。唉，娘老了，有些难免有些糊涂，你可不要告诉苏青，免得她心里埋怨。"说完拍拍衣襟作势要走，又漫不经心加了一句："若真是她的老相好也算正常。她一个女孩子家，自小无父无母，哪里有人管教她？你认识她之前，她居无定所，衣着华丽，出手阔绰，谁知道干什么营生呢，你还不许人家有个芳心暗许的好友？"

这句话正中俊贤的心病，他的脸色霎时之间难看至极，愣了片刻，发泄一般将手中的书狠狠甩在地上。王婆飞快地将书捡起，低声喝骂道："亏你还是堂堂的秀才呢，她不守妇道，大不了休了再娶，三邻五村的好女子随便你挑！气恼什么？"

王俊贤痛苦地闭上眼睛，抱头道："不要！我只要苏青一个人！她要是……我就去跳河！"

王婆的脸霎时间变得血色全无，眼神凌厉，嘴角抽动，原本眉目和善的脸显出几分狰狞。不过很快平静下来，轻轻拍打俊贤的背部，满目慈爱道："傻儿子，还有娘呢。放心，苏青有娘替你盯着呢，你安心考你的功名。"

俊贤心思烦乱，下意识道："不会，她最爱我……"

王婆有些后悔，默默地叹了口气，哄道："是的是的，你想想看，苏青来我们家一年多，哪里做过什么出格的事情？"

俊贤像个孩子似的抽着鼻子，破涕为笑，道："是。"

苏青收拾完毕，来到书房，见俊贤和王婆脸色有异，道："怎么了？"

王婆亲昵道："没事，你赶紧坐下歇歇。"朝俊贤丢了一个眼色，摇着蒲扇走开了。

俊贤板着脸，随便拿起一本书翻将起来，气氛有些奇怪。

终究是心不静，书一点也没看进去。晚饭后，俊贤见蜡烛即将燃尽，便放下了书，一言不发走到院里洗漱，正思量着待过会儿就寝时从何问起，只见苏青搬了她的枕头铺盖正往上房走。

俊贤忍不住了，道："你做什么？"

王婆在上房猛烈地咳嗽起来。苏青怔了一下，低声道："我搬去婆婆房里睡。"

一想到可能是苏青心虚，不敢面对自己，俊贤不由更加难受，瞪视着她正要说话，只听王婆高声叫道："青儿，不早了，快来睡吧！"苏青应了一声，低头快步走了。

俊贤组织了一晚上的语言就这么落了空，心中闷得要死，上前一步拉住苏青，低声道："干吗要到娘的房里睡？"

未等苏青答话，王婆摇着蒲扇出现在上房门口，嗔怪道："媳妇还不是为你考虑？如今天热，你又要读书备考，独自一个人清静些。再说了，青儿见我这几日不舒服，又不想影响你读书分神，和我住方便照顾我。"上前接过被褥，拉了苏青进房睡了。

王俊贤见母亲处处维护苏青，苏青却面无表情，并不示好，心里更加不是滋味。

（六）

公蛎顺利得以进入流云飞渡的后院正堂，见识了各种制作胭脂水粉的工具，品鉴了各种各样的奇花异草，并享用了一次苏媚亲手调制的香茶，将王家的所见所闻、各人的言行表情详详细细描述了一遍。苏媚听了苏青的家事，沉默了半晌，只说了一句"路是自己选的，只要她觉得幸福就好"，还直夸赞公蛎"办事得力、聪明能干"，激动得他几乎找不到北。但对于毕岸找过苏青一事，公蛎一句话也没有透露。他好不容易争得头功，可不能让毕岸抢了先。

又过了三五日，下了一场洒湿地皮的小雨，天气更加闷热，浑身黏糊糊的，还不如艳阳高照大汗淋漓来得痛快。当铺的生意依然不死不活，几乎没有什么收益。汪三财一天要叹个十几次气，山羊胡子一吹一吹的，看得公蛎心烦，便寻个由头讨要了些钱财，重新出了城。

不知不觉又溜达到了苏青家的绣庄附近。公蛎寻思，再探寻点关于苏青的讯息，显得对苏媚的事情格外上心，下次说不定便可进入苏媚的闺房一观。

拿定主意，自己溜到绣庄旁的梧桐树后，变回原形盘绕在梧桐树茂密的枝干上，刚好将绣庄及至后院的情况看得清清楚楚。

苏青不在，只有王婆一人在做针线。公蛎等得无聊，不知不觉闭上了眼。

一觉醒来天已经黑了，城门关闭。当然，要想回城还是有办法的，不过公蛎懒得折腾，溜下树干，隐约听到苏青的说话声，便偷偷潜到院子里。

快到上房门口，闻到空气中残余的饭菜香味，公蛎转身进了灶房。

灶房里余热仍在，更加闷热。砧板上剩下半个烧饼，公蛎毫无食欲，转了一圈，见灶台最里的角落里放着一个小瓷罐，用一块小石板压着，隐隐发出香味，推开石板一看，里面有一块腌肉。

公蛎大喜，一口将腌肉吞了下去，将石板恢复原样，这才心满意足地施施然顺着山墙根儿盘绕到上房的窗台上。

王婆不在，房间里点了一支小蜡烛，苏青正在缝制一件衣服，俊贤拿了一本书在读，遇上晦涩难懂的便同苏青探讨一番，或有精彩的句子邀苏青共读，偶尔相视一笑，一副乐融融的幸福美满景象。

公蛎不禁心生羡慕，慢慢滑下窗棂，离开了王家。

既然来到了城外，又是夜间，公蛎自然肆意妄为，先在路边泥塘里打了一阵儿滚，又跳到溪水中捉了几条小鱼，戏弄了一群正挤在一起睡觉的傻母鸡，只觉得惬意舒坦、浑身通泰，懒得化成人身去找客栈，就又回到下午睡觉的梧桐树上。

公蛎正吊挂在枝桠上荡秋千，忽见王婆领着一个人回来了，鬼鬼祟祟地走到门口，交代了那人几句，自己回家绕了一圈，又出来，同那人在门口窃窃私语。

但这点声音可瞒不过公蛎。

王婆恭恭敬敬道："道长，这就是我家了。"

来人是个中年胖道士，肥厚的下巴上稀稀拉拉留着些小胡子，一脸的不耐烦，道："斩妖除魔，最好是正午时分，如今乌漆麻黑的，效果要大打折扣。"

王婆忙赔笑道："道长您小点声。这事儿，我不想惊动儿子。不过今晚不用动手，您只要帮我确认一下便可。"

道士皱眉道："确认何事？"

王婆看看左右，仿佛唯恐黑暗之中躲着什么怪物一般，待确定周围无人，这才吞吞吐吐说道："我怀疑，我家媳妇是个妖怪。您给瞧瞧，可有妖气？"

道士眼睛一亮，惊喜道："真的？快说来听听，我最喜欢听这些故事。"说完意识到自己失态，捋着胡子装腔作势道："俗话说，知己知彼百战百胜。你要把来龙去脉讲清楚，我好等下探实妖怪的底细。"

王婆忙不迭地点头，有条有理地讲了起来。

王婆年轻守寡，同儿子王俊贤相依为命，依靠这个小小绣庄勉强度日。俊贤自小儿听话懂事，读书用功，十七岁那年便中了秀才，王婆更加严加管教，对上门提亲的一概拒绝，只盼望着儿子能皇榜高中、光宗耀祖，到时风风光光娶个大户人家的千金小姐。

不料去年上元节灯会，王俊贤不知怎么认识了苏青，被迷得神魂颠倒，要死要活的非她不娶。王婆无奈，只好同意苏青进门。

凭良心说，苏青这个媳妇还是不错的，心灵手巧，性子温顺。但王婆只要想起儿子的前途，便气不打一处来，处处看她不顺眼。越觉得她不顺眼，越是关注她的一举一动。就这么盯着盯着，渐渐发现苏青有一些异于常人的举动。

道士听得烦了，催促道："你倒说说，到底是什么举动？"

王婆迟疑了片刻，自言自语道："要说也没什么。媳妇在这边无亲无故，有时一个人孤单了些……"

道士恼道："那你还叫我来做什么？"打了个哈欠扭头便要走。

王婆一把拉住，恳求道："道长等等，我这就讲。"斟酌了一会儿，说道："她来我们家一年多了，来路不明，无亲无故，将我儿子迷得颠三倒四。三个多月前的一日，我实在看不惯她在儿子面前的那个骚样儿，趁着儿子不在，骂了她几句。"

王婆虽不待见苏青，处处找她的晦气，但她对儿子同天下的母亲都是一样的。儿子喜欢，自己哪怕再讨厌媳妇也要忍着。同时，长期的寡居生活，也让她深知生活的智慧：要休掉媳妇，只能让儿子死心；如何让儿子死心，王婆采取的是不经意的渗透。当儿子的面，她对苏青和颜悦色、疼爱有加，但背地里对她言语冷淡而周全有礼，让苏青心情不爽又说不得。而且，她从不提出要儿子打骂老婆这种无理要求，对苏青做的不够的地方，她会挑到合适的时机借题发挥，既让儿子对苏青产生不满，又会臣服于为娘的大度。

王婆趁着俊贤不在家恶语相加，看到苏青闷闷不乐，心里又有些小后悔。

当时正值三月初头，最适合踏青游玩，恰巧乡里组织青年才俊赛诗会友，俊贤也在被邀之列。苏青竟不听王婆劝阻，换了最漂亮的衣服陪同前往，一直到傍晚才回。两人喝得醉醺醺的回到家里，俊贤又吐又闹，折腾了足足半宿，害王婆要亲自收拾，自然又是心疼又是恼火，将苏青又加了一条不守妇道、懒惰贪酒的大罪。

半夜间，王婆不放心儿子，起床查看。趁着月光，也未点蜡烛，走到床前摸索着给儿子盖上被子，却发现苏青不在房中。

王婆本就怀疑苏青来路不明，如今更加憎恶。换了衣服，悄悄外出寻找，刚出大门，便看到苏青站在门口的池塘边，正在同一个人说话，听声音却是个女子。

两人声音甚低，王婆只能听个大概。那个女子劝苏青，与其在这里挨苦受气，还不如回去，摆脱了这些俗事，逍遥自在，无忧无虑。

王婆疑心大起，更加怀疑苏青嫁入王家之前的身份，本盼望着她能说出一些露骨或者后悔的话来，自己好借机去儿子面前煽风点火，不料苏青却斩钉截铁道，她心意已决，做一个俗世人妻挺好，说完便回去了。

王婆跟在身后，看着苏青进了房，便躲在窗下。苏青先是坐在床边默默垂泪，接着翻箱倒柜，从柜子底翻出一件衣服来。

想来这些话在她心里压抑已久，王婆絮絮叨叨，恨不得把全部细节都描述得滴水不漏。道士急了，催道："施主说重点就好。"

王婆点头道："马上就是重点……她从柜子下取出一件华丽的衣服来，又是摩挲又是流泪，还自言自语吟诵一些奇奇怪怪的诗句，我一句也听不懂。正要走开，却见她将衣服披在了身上。"

王婆眼睛闪着奇怪的光，不知是害怕还是兴奋，继续道："她穿上那件衣服，浑身上下突然闪出一道霞光，刺得我忙闭上眼睛，等再睁开时，她已不见了。"

"我儿俊贤还躺在床上酣睡，她刚才擦泪的手绢儿还在，房间的门也没开，但人就这么活生生地消失了。"王婆激动道，"道长你说说，她不是妖怪是什么？"

道士捻着胡须含糊道："这个么……"

王婆继续道："我没敢告诉儿子，怕吓着他。你知道三月的夜里还是很冷的，我蹲在窗外，足有一炷香工夫，实在捱不下去了，便回了房，第二天一大早，见她好好的在房里，脸上没事人一样。嘿嘿，她还以为能瞒过我呢。过了几天，我借整

理之名把她的那件衣服翻找出来，本想剪了，但看着还值一些钱，便找个身体不适要治病的由头送去城里当了。"

道长打了个哈欠道："是有些蹊跷。"

王婆兀自絮叨道："唉，三天前，一个男子来看望她，我怀疑她同那个男子不清白。刚好那晚上她搬去了我房里睡。我知道她心里不情愿，偷偷唉声叹气，翻来覆去半夜才睡。我却睡不着。过了子时，我想起夜，经过她的小床，鬼使神差地摸了一把，一伸手竟然摸到光溜溜、冰冷冷的一个东西，身上长满了鳞片，可吓死我了……"

公蛎几乎想下去问问王婆，到底是她为了编排苏青而杜撰的还是真有其事。王婆拍着胸脯，一副惊魂未定的样子，又道："还有，她平日里几乎不吃什么东西。你说说，俗世凡人，不吃东西，可是要成仙么？"

道士实在没了耐心，拿出罗盘和拂尘，推开王婆，绕着大门疾走了一圈，故作惊慌道："果然有妖气！"先是胡乱舞了一会儿拂尘，接着闭目掐指，嘴里念念有词，然后猛地睁开眼睛，一字一顿道："本道长算出来了！你的这个媳妇，是位——蛇精！"

公蛎笑得差一点从树上掉下来。

满脸紧张的王婆一拍大腿，惊喜道："我就说吧，她果然是个妖怪！"好像苏青是个妖怪对她来说是个大喜事一般。接着又略有失望道："怎么是蛇精，我还以为是个狐狸精呢，把我儿子迷得颠三倒四的。"

道士继续掐着手指，摇头晃脑道："嗯，据本道掐算，这是一条千年水蛇精，专门寻找有才气的青年男子纠缠。每到夜间，便吸食男子精气，用以修炼。"他斜眼看着兴奋得手舞足蹈的王婆，一脸沉重道："依本道看，你儿子，只怕有难了。"

王婆的笑僵在了脸上，似要发作又忍住了，勉强道："会有什么事儿？"

胖道士压低声音，道："被迷惑之人，三年之内，必死无疑！"

王婆似乎直到此时才意识到问题的严重，将信将疑愣了半晌，终究是宁可信其有不可信其无，迟迟疑疑道："若她真的是妖怪……道长能否救救我儿子……"

道士面有难色，道："这个蛇精得道已久，不下大力气，只怕制服不了她啊。"王婆踌躇片刻，从怀里抓出一大把银钱，讨好一般捧给胖道士。

胖道士毫不客气，接过钱塞入衣袖，抹了一把脸，仗义道："罢了，那我就舍命一搏，替你收了这妖孽吧。"又开始装模作样地挥舞拂尘。

公蛎见这道士信口开河，有心要戏弄他一下，趁他不注意，偷偷伸出尾巴飞快将拂尘卷了去，接着他愣神的片刻，嗖的一下将罗盘撞落在地，摔得四分五裂。

此人本来是个混混，这两日假扮道士招摇撞骗，碰巧被王婆请了来，一见拂尘飞了、罗盘烂了，顿时吓得呆若木鸡，面如土色。

未等他反应过来，公蛎将拂尘直直丢下，刚好插在他面前的地上。道士腿脚一软跪在地上捣头如蒜，战栗道："大仙饶命，大仙饶命……"脱了道袍抱头鼠窜，丢下王婆一人脸上煞白，瘫坐在地上。

公蛎在树上捂住嘴巴，笑得前仰后合，带动得树枝一阵摇晃。

王婆眼里射出一撮阴毒的光来，可惜公蛎只顾好笑，并未留意。

（七）

接着的几天风平浪静，公蛎去流云飞渡的次数又勤了些，但同苏媚的关系却无任何进展。

这日一早，公蛎一起床，顾不上打理自己的当铺，便跑去隔壁帮忙开张，不料今日苏媚一早出城采花，未在店里，白白出了力不说，还换了小妖好一顿白眼，说他笨手笨脚撒了花露，又没有眼力见儿，不知道先后顺序，只会越帮越忙。

公蛎一肚子火气回到当铺，心想毕岸昨晚也不在，定是同苏媚一起出去鬼混了，心里正在不忿，见汪三财拿出那件锦鳞袍挂在店铺售卖货物的货架上。原来这件当物已经到期，当主王秀才没来赎当，当物便算是归当铺所有了。

胖头细心地将折叠的皱褶一点点拉平，喜滋滋道："这件衣服要卖了，我们是不是赚了？"

公蛎没好气道："一件破衣服，能值多少钱？"见早餐是小米粥配咸菜，实在难以下咽，便去街上寻小吃去。刚走到磁河边，见有两人拉拉扯扯，正在争吵。

竟然是王俊贤和苏青。苏青在前面掩面而泣，王俊贤亦步亦趋绕着她兜圈子。公蛎顿时来了兴致，装做路人，不远不近地跟着。

王俊贤拉住苏青在相对偏僻的一棵大槐树下站定，长叹了一口气，无可奈何道："青儿，我娘她只是有些不懂人情世故，有口无心，你是知道的……她一个老人家，你同她计较什么？"说着心疼地想帮苏青擦眼泪。

苏青躲闪着，低声道："是，每次你都这么说。"

王俊贤沉默半晌，道："……她是我娘，我实在没办法……"

话音未落，只听王婆大声叫着俊贤的名字，追了过来。苏青一看，转身便走，被俊贤一把拉住，乞求道："青儿，你看在我的面子上，给娘赔个礼好不好？"

苏青气得浑身颤抖，道："你娘不可理喻，你也不讲理了么？她说我是妖怪，要休了我，我赔礼，岂不承认自己是妖怪？"

王俊贤左右为难，道："青儿，不管我娘怎么对你，我对你的心天地可鉴。你能不能看在我的面子上，先赔个礼，说前日态度差了，给娘一个台阶下，我们先回家再说，好不好？"

原来三日前，王婆趁俊贤不在家，逼问苏青蛇精一事，并一口咬定苏青偷吃了腌肉。苏青忍无可忍，离家来到城里。今日俊贤方才找到她。

其实在王婆的灌输下，俊贤心底也怀疑苏青有什么不可告人的秘密，特别是她的身世，苏青一直讳莫如深。但要说苏青是蛇精，却是无论如何也不相信。当年娶了苏青，指望着琴瑟和鸣、举案齐眉，没想到家里战火不断，偏偏又是让人说不清楚的家务事，俊贤一个手无缚鸡之力的书生，实在头疼，不能指责母亲无理取闹，只有恳求苏青委曲求全。

苏青咬着嘴唇，失望地看着他，气得说不出话来。

王婆跑得气喘吁吁，埋怨道："贤儿，你早餐还没吃。小心过会儿头晕。"

俊贤道："娘，我出来陪苏青散散心，你又追来做什么？"说着拉过躲在身后的苏青，示意她行礼。

王婆仿佛突然看到苏青一般，警惕地打量了她一眼，哼道："你也在啊。我还以为你去找了你远房哥哥呢。"

俊贤连忙拉扯王婆的衣袖，并朝她递眼色。王婆强硬道："干什么，我正想问问她，她爹娘怎么教她的，婆婆讲两句，就往外跑，这是哪门子的家教？"

如此夹枪带棒的，连苏青的双亲都捎带上了。苏青双眉一挑，便要发火。俊贤忙打圆场，大声喝止："娘！一点小事，您至于吗？"

王婆脸上显出极其委屈的神态："你……你也敢吼娘了是吧？"俊贤的气焰顿时灭了，小声道："娘，就一块腌肉，你和苏青能不能消停点？"

王婆和苏青异口同声将枪头对准了俊贤："只是腌肉的问题么？"

俊贤哭笑不得。苏青一脸倔强，王婆又抹起了眼泪，数落俊贤成亲后如何不孝。

俊贤唯恐引来众人围观，哀求道："青儿，求求你，就服个软行不行？想当初……"

王婆接过话茬，刻薄道："想当初我就不同意你娶个来历不明的女子，谁知道之前干什么营生！没人要的烂货！死乞白赖进了我家门，还指望我看得起？"

苏青的脸霎时间变得极其苍白，摇摇晃晃差一点跌倒。但俊贤仍然只是抱怨地叫了娘，一句喝止的话也不敢讲，唯恐在众人面前落下个不孝的罪名。王婆见苏青无言以对，更加得意，高声道："你说你没偷吃那块腌肉，腌肉罐上压的石板还盖得好好的，不是你偷吃，还会有谁？还有那天晚上，你使了什么妖法，将道长的罗盘都打碎了？"

公蛎一听"腌肉"、"道长"什么的，顿时心虚。没想到自己一时贪嘴和恶作剧，竟然害得他们一家反目成仇。欲要站出来认错，又觉得如今这个场面只能添乱，顿时迟疑不决。

苏青看向俊贤，眼里满是无助。而俊贤正无地自容，一双眼睛不知看往何处，并未同她对视。

围观者有长者劝道："家和万事兴。有什么事回家慢慢讲。"公蛎也忙躲在人群后附和道："正是，一点小事，原不值当。"

王婆见儿子痛苦，有些心软，想还是见好就收，便撩起衣襟擦了泪水，叹道："算了算了，都怨为娘的较真。我们回去吧。"蹒跚着上去挽住了俊贤的手臂。

公蛎松了一口气，俊贤如逢大赦，忙拉了苏青，欣喜道："我们回家。"不料苏青用力甩开他，看着王婆的脸，一字一句道："腌肉是我偷吃的。王俊贤，你休了我吧。当初我抛弃一切跟你，原是我贱。"

王俊贤一愣，抓住苏青摇晃起来："青儿，青儿……"

王婆手舞足蹈起来："看看，我说吧，自己承认了！那块腌肉，果然是你偷嘴吃！死活不认的，今天怎么认了？见到老相好找到下家了？"

苏青推开俊贤，冷冷道："是。"王俊贤头上冒出颗颗汗珠，叫道："不是这样，青儿，你不能这样……"

王婆一把拉过儿子，喝道："亏你还是个秀才呢，能不能有点出息？！"

王俊贤失魂落魄地围着苏青，一遍遍地重复："娘说的是真的？娘说的是真的么？"

苏青的脸冷得像石头："不错，腌肉是我偷吃的，我是个得道的妖怪，嫁你之前，我是个隐瞒身份的娼妓，这几日来城里就是为了找老相好。你满意了？"

王婆喜不自胜，推搡着站立不稳的儿子："听听，信了吧？这可是她自己说出来，我可没逼她。"王俊贤大吼一声，额上青筋蹦起，高高举起了手。

苏青一眼不眨地看着他，流出两行清泪。

俊贤的手软软地落下来，幽怨地看着苏青。王婆恨得咬牙，推着俊贤，在一旁小声鼓动："打啊打啊！你这个没出息的……"见俊贤不为所动，自己突然出手，打了苏青一记响亮的耳光。

王婆带着独子能走到今天，当年也是胆有识的。她一辈子的希望都寄托在儿子王俊贤身上，儿子长得俊秀又有才华，决不能毁在一个没家没势的女子手里。所以王俊贤越是喜欢苏青，她便越讨厌苏青。

那晚上她胡乱找了个假冒的道士来，故意说些有影儿没影儿的事，不过是想托别人之口说苏青不正常，好叫儿子慢慢疏离她，谁知道那晚怪事连连，拂尘罗盘损坏，道士也被吓跑了，她更加认定，苏青即便不是妖怪，也定然会使妖术，她接近俊贤自然是怀着不可告人的目的。

苏青的脸上瞬间出现五个手指印。俊贤瞠目结舌，早已不知道如何应对。

王婆看着苏青脸上红肿起来，心下十分痛快，咬牙切齿道："小贱人！偷人的贱货！呸！"一口唾沫唾在苏青脸上。

苏青忽然发出一阵刺耳的尖叫，扑上来生生将王婆脸上挠出五条血道子。婆媳两个瞬间扭打在一起，拧挠抓咬，就地打滚，整个一个泼妇打架。一时间尘土扑面，砖石乱飞，围观者个个躲闪不及，反而不好拉架，更有人趁机起哄，连声加油鼓劲，不过年轻人多向着苏青，年纪大的却偏向王婆多些。

公蛎本想帮下苏青，但如今光天化日，场面混乱，不好使用法术。苏青到底年轻些，还是占了上风，双腿跪在王婆身上，压得她一动不能动。王婆挣扎了几下，冲着旁边正束手无策的王俊贤吼道："你要看着这贱人将你娘活活打死吗？"俊贤急红了眼，一声大吼，搬起一块大石头，高高举起。

周围人一片惊呼，已有胆小者捂住了眼睛。

只听王婆和苏青同时叫了起来："贤儿！""相公！"俊贤软绵绵地躺倒在地上，鲜血顺着他的脸颊流下，浸染了大片衣衫。那块石头，他终究未舍得砸向苏青，而是狠狠地砸在了自己头上。

苏青放开王婆，扑过来抱住他，哭泣道："相公……我一心一意同你过日子……"王婆过来争夺，但俊贤被苏青抱得紧紧的，只好撕下衣襟将俊贤的头包住，满脸恨意地瞪着苏青。

苏青的眼泪扑簌簌滴落下来："原是我天真……只想和你相依相伴……"扭头瞄到一旁几乎发疯的王婆，哽咽难言。

公蛎最怕见血，更不敢上前，只盼着两人赶紧和好，自己改日定然登门道歉。

有人嚷嚷着赶紧叫郎中。苏青惨然一笑，道："不用了，他的伤不碍事。"王婆发疯一般在背后踢打苏青，叫道："你说不碍事就不碍事了？"

有人劝阻，却被王婆一阵疯狂厮打赶了回去。

苏青理也不理王婆，用衣袖细心地将俊贤脸上的血擦拭干净，泪水如同断了线的珠子一般，苦笑道："你说最爱我，可终究排在你娘后面。"

俊贤依然昏迷不醒。苏青幽幽叹了口气，道"……从此后，你走你的阳关道，我过我的独木桥，两不相欠罢！"说着从怀里拿出一支银针，朝着俊贤的人中穴扎去，看样子要给俊贤急救。

站在身后的王婆却以为苏青要害儿子，一声狂叫，从怀里拿出一把剪刀，朝着苏青的背心捅去。

变故几乎就在一瞬之间，围观者谁也未想到，会突然出现这么一种结局，几人一惊而散。

公蛎离得稍远，正在琢磨日后如何去找王家道歉之事，并未看见怎么回事，只见前面围观者潮水一般往后退去，嘴里叫道："杀人了！"

围观的人四散而逃，叫人的叫人，报官的报官。公蛎满头虚汗，手脚酸软，一步一挪地来到三人跟前。

王婆呆呆地站着，鲜血滴滴答答从她的双手、剪刀滴在地面上，破碎成无数的小血珠。苏青的背部血污一片，惨不忍睹。

公蛎一阵眩晕。斑驳的树影下，不见苏青，只有尾奄奄一息的青额锦鲤，拥着王俊贤吐出一颗散发着异彩的红色珠子，落在俊贤的胸口，消失不见。

有人惊叫道："那位小娘子不行了！"公蛎回过神来，定睛一看，苏青面如金纸，猛然一大口鲜血吐在王俊贤的胸前，美目微睁，一缕香魂随风飘散。

而俊贤头上的伤口不知何时已经平复，只留下些半干的血渍。

公蛎茫然地看着苏青苍白的脸颊，忽然脑袋一阵剧痛，一头栽在了地上。

（一）

据胖头讲，是他把公蛎背回来的。没想到公蛎看着干瘦，却沉重得很。无知觉的人真是如同一条死蛇一般拖拉不动，累得他腰都快要断了。

胖头说这一番话时，就站在公蛎的床头。要搁往常，公蛎早已一巴掌呼过去了，可是这两日，公蛎一直都像胖头形容的一样，像一条死了的"长虫"①，浑身软塌塌的，睁着眼睛瞪着房梁，间或眼珠一轮，证明还未死透。

苏青被杀一案，因事实清楚、凶手明确，又有多名目击证人，官府很快便结案了。王婆因故意杀人罪被收监，苏青尸首被苏媚领回掩埋，而王家唯一周全的王俊贤不知所踪，据说他可能因至亲犯罪而被取消秋闱考试资格。

苏青留在当铺的那件衣服，至今胖头提起来都觉得不可思议：那日他背了公蛎回来不久，便发现，早上尚且光彩夺目的锦鳞袍，不知何时变成了一堆破布烂絮，一文不值，连汪三财也惊讶万分，只说是眼拙，这笔生意看走眼了。

公蛎隐约猜到，苏青确非常人，她应是洛水里一尾得道的青额鲤鱼，因爱上书生王俊贤，舍了这一身灵力，布衣荆钗以求陪他白头到老，却不曾想到，纯真的感情终归抵不过柴米油盐的消磨，寻常的婆媳摩擦竟然能够酿成血案。这件锦鳞袍，便是苏青灵力的凝结，苏青一死，灵力消散，衣服自然也废了。

公蛎第一次面对同族死亡。他从来没有如此难受过，像是将心放在油锅里煎，比起以前曾经的饥肠辘辘、吃苦受累要痛苦千万倍，却不能对任何人讲。他越发弄不懂这些凡人了，明明三个都是好人，为什么会有这样的结局？

他曾侧面同胖头打听过毕岸对苏青之死的反应。胖头说，毕岸同往常一样，虽

---

① 长虫：洛阳乡下对蛇的称呼。

然震惊，但并没像公蛎这样要死不活的，依旧早出晚归，不知忙些什么。

公蛎一改往日的嬉皮笑脸、无所事事，每日里心事重重，闷头不响，只要毕岸在家，他便躲在屋里装睡，坚决不同毕岸照面；苏媚那里，他也未再踏入一次，唯恐听到苏青的名字。

这日一早，胖头兴冲冲地来了公蛎房间，连拖带拽非要他尝尝自己新作的点心。

公蛎见毕岸等人皆不在家，自己也着实在床上躺够了，便来到前面中堂坐着，咬着硬的像骨头一样、被胖头称为"焦饼"的点心，无精打采。

小妖突然在门口探头探脑。胖头过去献殷勤："小妖姑娘有何事？"

小妖用小指点点萎靡不振的公蛎，小声道："还没好啊？"公蛎一听到小妖的声音，马上闭眼装睡。

胖头愁眉苦脸道："嗯。"

小妖拿出一个东西塞给胖头，老气横秋地吩咐道："这是吓丢了魂了。把这些挂上，保准就好了。"说完还不忘丢一个鄙视的眼神给公蛎，"切，多大个人了，还会丢魂！"

胖头连声感谢，回来便窸窸窣窣往公蛎的脖子上挂东西。公蛎睁眼一看，原来叮叮当当不三不四一大串，有纸制的平安符，拇指大的小葫芦，劣质青玉制成的菩萨，甚至还有一小串半扁不圆的桃木珠子。

公蛎看一个，胖头就点头介绍一个：这个是白马寺求回来的，那个是求西直门的道长给画的……桃木珠子却是胖头自己刻的。

公蛎哭笑不得，正要一把扯掉，突然见一位中年男子抱着一个小女孩站在门口，一遍遍打量当铺的设置，长久不语。

胖头忙让了进来，道："客官可有要帮忙的？"

这位男子衣着普通，表情愁苦，满脸的汗道子，看着墙壁上的赎当条文，愣了半晌，方道："先看看。"

小女孩挣扎着下来，嘟起嘴巴道："爹爹，我渴啦。"她不过六七岁，肥嘟嘟的小脸，大大的眼睛，长得珠圆玉润，十分可爱。

胖头忙倒了一杯水来，递给她，小女孩却端给了男子，道："爹爹先喝。"男子的眼神顿时温柔许多，抿了一下，道："妞妞喝。"

公蛎忍不住催道："你当什么东西？"

男子手在怀里摸了半日，拿出一串精致的翡翠玉串来。这串珠子颗大饱满，通体晶莹翠绿，不带一点儿杂色，也无一丝裂纹瑕疵，淡淡光泽中透出冰冷的寒意，实为难得一见的上品。

公蛎瞬间忘了苏青之事，小眼睛光芒四射。男子艰难道："就是这串儿珠子……唉，要不是姐姐她……我可真舍不得……"

公蛎眉开眼笑，忙站起来又倒了一杯茶递给他，道："不急不急，您慢慢说。"

男子轻轻抚弄着小女孩的头发，低声道："我当一百两银子。"

胖头的嘴巴一下子张大。公蛎朝他连连使眼色，让他叫汪三财去，嘴里道："我先验验货。"拿了托盘放在桌上。

男子十分不舍，摩挲了半日，将珠子放进托盘。

当铺行业规矩，凡是贵重或易碎物品，不允许人手相递，双方取用都必须通过放在平稳桌面上的托盘。这么做一是为了避免人手传递时失手跌落当物，二是出现跌落时好区分责任。

公蛎第一次见如此水色的翡翠，心中暗暗艳羡，脸上却不动声色，信口说道："这珠串质地咋一看还行，细看里面有点状杂质。最高六十两，多了便不值了。"

小女孩扑闪着一双大眼睛，乖乖地依偎在男子的怀中玩弄他的衣角。男子急道："八十两！"

没想到轻轻松松就还下去二十两，公蛎大喜，皱眉道："七十两！"

男子叹了一口气，看向怀中恬静的小女孩，摇头道："算了，不当了……"

话音未落，小女孩突然抱住了头，叫道："爹爹，我头好痛……"接着便牙关紧咬，五官扭曲，身体上下左右翻滚扭动，疼得不能自持。男子跳了起来，飞快掏出一条手绢塞在小女孩嘴里，唯恐她不小心咬到舌头，然后紧紧地抱住她，免得她翻滚着乱撞。

公蛎吓了一跳。过了足有一盏茶工夫，小女孩才渐渐恢复过来，有气无力地伏在男子的肩膀上。

男子温柔地拍着她的背部，在当铺里绕着圈子晃悠，直到小女孩闭上眼睛睡着。

公蛎跟在后面，小声问道："您这翡翠串，当还是不当？"

男子抹一把头上的汗珠，坚决道："当！"连价也不还，签了当票，拿了银子便走。

等汪三财和胖头回来，男子早已不见。汪三财笑得眼睛都成了一条缝，连连夸赞公蛎精明能干，会做生意，这串珠子才付七十两，连个零头都不够。

经这么个喜事一冲，公蛎心中的烦闷稍减，不再纠结于偷吃腌肉致使苏青惨死一事，中午吃了一大碗饭，胖头很是高兴。

不料天刚擦黑，男子又回来了，却是来赎当。他一改上午的颓废愁苦，满面喜色。

公蛎好不容易做了这么一单生意，心里极不情愿。只是当铺规定，有十二个时辰的犹豫期，如今十二个时辰未到，男子有权选择当或不当。

胖头将翡翠串捧出来。男子欣喜万分，归还了早上取走的七十两银子，小心翼翼地将翡翠串装进一个白色锦囊里。

公蛎眼巴巴地看着，见男子转身欲走，忍不住提醒道："你不给女儿治病了？"

男子倒也忠厚，嘿嘿地笑，道："阿弥陀佛，我这是遇上好人了。"

原来这男子名叫刘江，就住背街的竹青巷，妻子去年病逝，只留下他和女儿妞妞，依靠手编草席勉强度日。他家祖上曾经到骠国做玉器生意，这串翡翠珠子便是他祖母的遗物，一直不舍得变卖，一心指望等女儿大了给她做嫁妆。

三个多月前，妞妞家里玩耍，不小心绊到地上篾好的竹条，将耳朵后面划破了一道一指长的口子，渗出一些小血珠。因并不严重，刘江也不在意，随便糊了些草药，也未带去郎中处瞧瞧。

口子很快便好了，只是耳后留下一个指甲大的扁扁的小包块，并不明显。但从此之后，妞妞开始叫头疼，先还能明确指出是耳后的包块在痛，又过了几日，一疼起来便满地打滚，以头撞墙，而且发作的越来越频繁。刘江带着孩子四处寻医，城南城北的郎中都瞧遍了，有的胡乱开些药吃，有些直接告知回去等死，只有一两个口碑不错的老郎中说，孩子耳后长了瘤子，而且是长在头骨里，如今吃药也只是缓解，除了等死，别无他法。

刘江爱女如命，自然不肯，不知从何处打听到城东有个薛神医专治疑难杂症，但诊金昂贵，今日早上，便当了祖传的翡翠串，打算做最后一搏。

公蛎插嘴道："薛神医是不是长着六根手指头？"

公蛎在洛水修炼之时，曾听同伴提起，说城东有一个薛神医，特征是左手长着六根手指头，懂一些道家法术，常以神医之名行鬼神之事，碰上这个人一定要小心，不要被他做了手脚、毁了道行。所以公蛎在洛阳城中游玩时，很少去城东片区。

刘江摇摇头，道："薛神医两手好好的，都是五根手指，同公子说的不是一个人。"

公蛎松了一口气，又疑惑道："阿猫阿狗都能叫神医，你可别被坑了。"

刘江惶恐道："可不敢乱说，薛神医人很好的……我今日带妞妞去了，他一分诊金都不收，还说以后妞妞的治疗包在他身上，不用我花一分钱。"

公蛎嘀咕道："他有这么好？"自己觊觎刘江的翡翠串，便揣测薛神医肯定也是如此想法，便是自己不能得，也决不能便宜了他。想到这里，忙命胖头搬凳子倒茶，留刘江多坐会儿。

刘江心里高兴，话便多了些，欢天喜地道："可不是呢。别人都说他脾气怪要价高，我专门当了传家宝筹钱，谁知道他善人善心，分文不取。哎呀，谢天谢地，我这真是祖上积德了，人家不收我可不能不给，我想着这串儿珠子虽然抵不了诊金，但好歹是我的一片心意。"

胖头随口道："您女儿呢，怎么不带着一起来？"

刘江道："薛神医说，这种病需要多花些时日，而且各种药材煎起来十分麻烦，恐怕有什么差池，他说最好在他的医馆住上几天。我回家收拾些衣物，陪孩子一起住。"

公蛎半信半疑，提醒道："你小心被他骗了，耽误了孩子的病情。"

刘江拼命摇头："不可能，薛神医对我家妞妞如同亲孙女一般。而且薛神医说了，这个病不是什么大问题，极有可能治好。我不多留了，今日真是不好意思，白白折腾了你们一回。"说完乐呵呵走了。

胖头赞道："薛神医还真是个好人！"

公蛎却满腹狐疑："无亲无故一个老油子，对一个贫民之女这么好，为什么？"

（二）

腌肉一事，成了公蛎的一块心病。有时躺在床上翻来覆去纠结时，便下定决心，第二天一早便离开忘尘阁，远走高飞，再也不同毕岸苏媚见面即可，反正这个

事情谁也不知道，但真到了第二天要付出行动，公蛎又迟疑了。

如此这般，又过去了七八天，公蛎躺得腰都要断了。已经立秋，天气渐渐凉爽，汪三财对公蛎终日歇着有些不满，几次言语之间表现出不尊重之色。

日子还是要过下去。公蛎决定，以后要彻底忘了那件事，让自己忙起来。但劈柴做饭、搽桌抹柜这些杂活儿，他是坚决不屑于做的；而做在中堂傻等客人上门，一天也做不了一单生意，也是对自己聪明才智的极大浪费。思来想去，公蛎想起了刘江的翡翠串，打算自己找点事儿做，去考证下那位薛神医到底有何居心。

说做就做。这日一大早，公蛎换了新衣服，兴冲冲便出发了。

薛神医的医馆在宣阳坊。宣阳坊一带，遍布医馆、寺庙、道观，其中能做法事的和尚、掐指算命的道士、跳大神的巫婆以及盲目求医的病人混杂居住，整个坊区长期香烛缭绕，烟气熏人，到处悬挂着"专治疑难杂症"、"包治百病"、"天机神算"等之类的旗子招牌，在洛阳算是一个另类的所在。

薛神医家并不难找，公蛎问了路人，很快找到。

一个两进式小院子，横竖各有两排房子，十几间斑驳的瓦房也分没有正堂偏厦之分，看起来高低布局都差不多，且房子建的两边不靠围墙，左右各留出宽达一丈的风道，十分浪费。前面前院看病，后院住人，前院正中一间陈旧的红漆大门上挂着一个斑驳的木制招牌，上门写着"老薛医馆"。院里摆放着一些条凳矮几，散坐着病人和陪同的亲属，有的还不住地呻吟嚎叫，等待医童叫号。

公蛎捂着肚子，走到一个吊儿郎当的中年男子跟前，搭讪道："请问大叔，这薛神医一天能看几个病人？"

男子看了他一眼，热心地往条凳一侧移了移，给他腾出一个位置来："很快的，你先坐下歇歇。"

公蛎坐下，小声道："大叔，我是经人推荐来的。这薛神医看病，到底行不行啊？"

男子打量着公蛎的衣着，低声道："你若是病得不重，我劝你就不要在这里看了。光是诊金，便要八两银子；药要价更狠。好家伙，三剂药，放一起不过一麦糠壳儿那么点儿药粉，要了我足足快百两银子！"他倒吸着冷气，伸出满把手在公蛎眼前晃动，心疼得什么似的。

公蛎斟酌道："我听说这薛神医是个大善人，要是碰上穷苦人家瞧不起病，连诊金都不收的。"

男子啐道："呸，这谁吹出的风？我就住这附近，只见到诊金不够被赶出来的，从未见过没钱还给看病的。"

公蛎道："若是真能药到病除，收费贵些也无可厚非。"

男子压低声音，愤愤不平道："做了郎中，就该有治病救人、悬壶济世之心，就我看个病，还是以前一起共事的兄弟，一个子儿都不带便宜的，这算什么好郎中？所以我便是好了，也决计不送他牌匾的。"

原来这人同薛神医相熟，指望着薛神医能给些折扣，却未得允许，心里有些不满。公蛎道："这么说，你同薛神医很熟了？"

男子气呼呼道："当年我闯码头时，同薛老五一个锅里搅稀稠，不算兄弟算什么？想当初，他被人骂我还帮他咧，如今发达了，就翻脸不认人了！"

原来这薛神医叫做薛老五。

公蛎道："我看您身体不错，怎么还来排队？"

男子道："我已经给了那么多钱，好歹他得送我一次药吧。我不管，我今天就没带钱，非要赖他一次不可。"公蛎附和道："正是正是。他真是太黑了！"

男子顿时觉得遇到了知音，说话口气更加亲热，东拉西扯聊了一会儿，趾高气扬道："其实也就你们外来的人，叫他神医，"他轻蔑地哼了一声，"你们都叫他神医，切，他壮年那会儿不过是同我一样在码头扛包的苦力，三四十岁突然开了这么个医馆，我才不信他会看什么病咧。"

正说着，刚进去看病的一个病恹恹的少年和陪同的农妇被医童推搡着赶了出来。少年脸色蜡黄，站立不稳。农妇跪在地上哭求道："行行好，求薛神医帮我们看一下……就差三钱……诊金我下一次一并带够……"

医童不耐烦道："你不知薛神医的规矩吗？管你天王老子，诊金不够一概不看。"妇人哭得伤心欲绝，抱住医童的腿不肯撒手。门后一个精瘦的老者背着手闪出，看样子就是所谓的薛神医，一脸冷漠道："跟她废什么话？叫下一个。"一眼瞥见正伸着脖子看热闹，一脸幸灾乐祸的中年男子，眉头猛地一皱，满脸厌恶之色。

公蛎恍然觉得这薛神医的身影有些熟悉，却不记得在哪里见过。

妇人半抱着少年，哭哭啼啼走了，周围等待的人窃窃私语起来。男子喜笑颜开，指着两人的背影道："看看，我没说错吧？谁要说他是大善人，我第一个不答应！"

公蛎接着刚才的话题道："你说他不会看病，怎么得的神医称号？"

男子嚷嚷道："我要是有那个宝贝，我也能成神医！"周围人朝他看过来。男子忙放低声音："这也不是什么秘密，周围的人都知道。薛老五无意之中学到一样本事，能种植一种药材。这种药材，什么病都能治，不管你多重的病人，只要还有一口气在，一剂就见效。"

公蛎惊讶道："这是什么药材，这么厉害？"

男子悻悻道："我要是知道，早发达了，哪里还需要在刀口上找钱……"说了一半，似乎觉得说漏了嘴，戛然而止。

公蛎却未察觉，咂舌道："要是真有这么一种药材，天下的郎中不都要失业啦？"

男子挖着鼻孔，咯咯笑道："郎中们还是很安全的。听说这种药材十分难养，三五年不知道能不能养成这么一两株，所以价格奇贵。"

公蛎一听这个宝贝比刘江的翡翠串还要诱人，又动了心，一脸谄媚道："大叔肯定知道他种植在哪里，您能不能带我去瞧一瞧？"

男子脑袋摇得像个拨浪鼓："就是这个不好找呢。我仗着同老薛一起做过工，在他家里走了个遍，从来没发现他种什么花草。"

公蛎正琢磨着要不要找其他人套套话儿，只见房间的门咿的一声打开了，薛神医阴鸷的眼睛在门后一晃，医童走到公蛎跟前，道："薛神医有请。"

刚还同公蛎聊得正欢的男子突然翻脸，一把抓住医童的衣领，对公蛎怒目而视："凭什么？我来得比他早多了！"周围排队良久的病人面露不满，但却无人敢出声。

两人正在争吵，薛神医出现在门口，指着公蛎冷冷道："除了他，都散了吧，今天不看了。"周围一片大哗，都埋怨起那个男子来了。

公蛎暗自得意，忙捂住肚子，装出一副痛苦的表情，跟着医童进去。

这薛神医干干瘦瘦，眼神冰冷，面相刻薄，还微微有些驼背，穿一件半脏不净的襦衫，头上也未戴帽子，看起来不甚讲究。他看到公蛎进来，自己去医桌前坐下，下巴朝前面条凳一点。

公蛎唯恐穿帮，不敢说话，只好将脸死命皱在一起，看起来好像疼得说不出话。

薛神医问也不问，伸出两根细长的手指搭在他的左手手腕上，号了一会儿脉，道："带病人到后面诊疗室。"说完转身进了后院。

医童将外面等候的病患驱赶了出去，带着公蛎来到后面。

后院同前院结构一样，盖得十分不讲究。院子里几个闷声不响的医童，有的在晾晒药材，有的用石臼子捣药。公蛎留意了下，不过是些连翘、白术等寻常药材。

院中石桌前，一个高壮的妇人正在给两个小女孩喂饭，一个十岁左右，瘦骨嶙峋，无精打采；另一个六七岁，正是刘江的女儿妞妞。几日没见，妞妞瘦了一圈，却不见刘江在这里照顾。

桌上摆着两盅人参乌鸡汤，一碟首乌糕，妇人手里还拿着一碟不知名的糕点，哄两个小女孩张嘴。这些糕点虽然带些淡淡的中药味道，但香气扑鼻，十分诱人。

公蛎跟着医童来东边偏厦，刚好听到薛神医在房里道："把这个千年老参炖了，午后给那两个小女娃儿吃。"一个粗使妇人捧着一个木匣子去了厨房。

医童退下，只剩下公蛎同薛神医两人面对面坐着。公蛎支吾道："在下近来肚疼……头疼……浑身都疼，不知怎么回事？"

薛神医"唔"了一声，转身从后墙药架的底层取出来一个精致的檀木匣子，打开推到公蛎面前道："这个给你。"

一个胖乎乎的抓髻娃娃，约尺半高，眉眼栩栩如生，通体发蓝，呈现一种瑰丽的蔚蓝色，隐约可见其体内流动的血管和脉络，发出一种沁人心脾的香味。公蛎激动得语无伦次："木魁……木魁娃娃！"

木魁算得上仙草之一，果实为人形，但比人参、何首乌等人形果更加逼真，当然也更具灵性。因它只能长在地脉相宜、风水灵动之处，而且整株儿长在地下，所以极为少见，便是最为高超的园艺师，也难以培养成功。

公蛎贪婪地看着这颗已经可分辨脉络脏器的木魁果，激动道："你从何处得来的？"

薛神医答非所问，慢悠悠道："据称一颗木魁果足以增加百年功力，历来为修道者所垂涎。我这个果子，可谓价值连城。"

公蛎马上想到，自己无权无势，身无分文，薛神医怎么可能平白无故送自己这么贵重的果子？顿时冷静了下来，偷眼看着薛神医。

薛神医嘴角动了一下，算是微笑："这颗果子，我送给你。"

公蛎大喜，伸手将匣子揽入怀中，接着马上松开，小声道："为什么？"

薛神医木然道："当然，我肯定不会白送。"

公蛎丧了气，站起身来嘟囔道："那还说什么？我又没钱。"

薛神医阴冷一笑，道："我有事相求。你帮我完成了，我便将这颗木魁果送给你。嘿嘿，吃了这颗果子，我包你不仅百病全消，而且儒雅俊秀，风流倜傥，成为洛阳城中第一美男子。"

公蛎本打算严词拒绝的，听了最后一句，心又动了。如今自己低声下气潜在忘尘阁，还不是为了一个英俊的皮囊？要是这个果子有这么神奇，就不用打毕岸的主意了。他光想着变帅，对于薛神医如何窥破自己并非凡人，追求容貌一事却毫无察觉。

公蛎小心问道："什么事？说来听听。"

薛神医捻着胡须，半闭着眼睛，慢条斯理道："听说洛阳城中有家卖胭脂水粉的店铺培养出一种异花，猩红花瓣，中有骷髅，名字叫做枯骨花，十分难得。"

公蛎一眼不眨地看着木魁果，随口道："您说的那家店铺，是不是叫做流云飞渡？"

薛神医点头道："哦哦，原来叫做流云飞渡，好有诗意的名字。这样吧，你帮我弄一些来，这棵木魁果就归你了。

公蛎一听是这个，顿时松了一口气，笑道："这个好办，我同流云飞渡的老板娘还是有些交情的。"

薛神医似笑非笑地看了他一眼，道："真的么，那敢情好。我也不要多，一朵便可。七日之内，你将枯骨花交给我，这颗木魁果便归你了。"

公蛎陪笑道："不知道神医要这个，有什么用途？"

薛神医将木魁托在手中，道："不瞒你说，我行医，不过仰仗几种奇异的草药。这个枯骨花可解天下百毒，我培育了好久，总是不行。"他卖弄一般将木魁对着阳光照来照去，故意让公蛎看到木魁果中微微跳动的"心脏"。

他的两手确实是整整齐齐五个手指头，并无多余的。

公蛎垂涎不已，当即拍着胸脯道："包在我身上！这是造福苍生的大善事，在下当仁不让。"

薛神医阴沉沉的小眼睛露出一丝笑意来，道："那就好。我这几日要出门，你七日之后晚上亥时前送来即可。"他拿出一个瓶子递给公蛎，"这是枯骨花的味道。"

瓶子里空荡荡的，什么也没有，只有一丝淡得几乎难以分辨的香味，夹杂着些许腥味，很是奇怪。

公蛎又详细地问了有关枯骨花的形状、习性及保存方法，满口应承了下来。两人正聊着，一个中年胖子端了一鼎肉羹进来，毕恭毕敬道："师父，肉炖好了。"

公蛎定睛一看，竟然是那晚王婆请来驱邪的假道士。他今日青衣短衫，也是医童打扮。

薛神医点头道："不错，你先下去吧。"

这鼎肉羹不知道放了什么香料，汤汁浓郁，香味四溢，比定鼎天街那家闻名洛阳的卤肉店都要诱人。公蛎忍不住吞咽口水，眼睛不时地往肉羹上面瞟。

薛神医盛了一碗，慢慢品味着，神态十分享受。公蛎站也不是坐也不是，正要告辞，薛神医好像突然想起了公蛎，重新盛了一碗，道："算了，我好人做到底。这是用十九味药材煨的羊肉，最是祛湿解燥、补充体力。刚好到了饭点，你也吃一碗吧。"

公蛎大喜，连声道谢，呼呼哧哧连汤带肉吃了个底朝天。吃完之后，只觉得精神抖擞、心情舒畅，苏青之事带来的阴霾一扫而光。

公蛎同薛神医告了辞，走出房门，见两个小女孩已经吃完点心，正在树下嬉闹，大点的女孩子有气无力，跑不了几步就喘得厉害。粗壮妇人忙拦住，道："刚吃了东西，乖乖坐着。"一把将两个孩子按在石凳上。

正在此时，刘江急匆匆了走进来，几步上去抱住妞妞，亲她的小脸，心疼道："妞妞想爹爹了没？这几日还有没有头疼？"

妞妞咯咯笑着往刘江怀里钻，呢喃着说一些稚声稚气的话。粗壮妇人在旁边看着，突然十分生硬道："我们这里的规矩，你要是不放心就带走。要是想治病，就不要总来打扰。"

刘江诚惶诚恐地站起来，陪笑道："妞妞从未离开过我，我心里惦记……"他重新蹲下来，道："妞妞头疼不疼？今天吃了几碗饭？"

妞妞掰着食指道："今天不疼了。吃了两块糕，一碗……"她看向妇人。妇人接过来道："一碗乌鸡人参汤。早上是鱼胶粥，昨天是红花虫草煨鹿肉和灵芝炖鸡。头疼症已经两日未犯了。"

刘江自然感激涕零。连公蛎都有些惭愧，觉得自己是小人之心度君子之腹了，这个外表阴冷的薛老五，总还是不负"神医"这个称号的，这么些名贵药材，肯给一个不知名的小女孩使用——但那串翡翠串儿，看来自己是得不到了。

公蛎本想再看一会儿，医童极不耐烦地催促，只好离了医馆，寻思如何去流云飞渡讨些枯骨花去。

（三）

回到忘尘阁已经午后。公蛎舒舒服服睡了一觉，傍晚时分起床，仔细地洗了个澡，换了件天青色府绸襦袍，戴一顶硬翅襆头帽子，见毕岸不在，又将螭吻珮穿上丝络系在腰间。对着镜子照了又照，自认为虽算不上十分养眼，也算是干净清爽少年公子一个。然后交代胖头不用等自己吃饭，兴致盎然地出了门。

行至流云飞渡门口，见其已经打烊。正要伸手敲门，想了想又拐到柳大的酒馆，赊了一斤杜康酒。

正坐在门前纳凉的李婆婆凑了上来："去找那个小妖精？"她每次提起苏媚从来不说名字，都是"小妖精"、"小妖精"的叫。

公蛎有几分反感，打了个哈哈，伸手去敲门。李婆婆鄙夷地撇了撇嘴，走了几步，又回过头，一脸郑重道："别说婆婆我没提醒你。这种妖精，还是离远些为妙。要是中了邪，就有你受的了！"

公蛎忍不住道："李婆婆小声点，小心人家听到。"

李婆婆啧啧有声，看看左右无人，凑近公蛎，神神秘秘道："我看你今天不在家，还不知道吧。她那个好姐妹，前日被她婆婆杀了的那个，今天早上开棺验尸！"

公蛎吃了一惊："开棺……验尸？"

李婆婆得意地笑了起来，仿佛这开棺验尸是她做的一样："你猜怎么着？棺材打开了，里面没人，只有一条大鱼的骨架，肉都腐烂了，如今官府压着不让说呢。我看再有两天，那家婆婆就要被放出来了。哎呦，这王家不知做了什么孽，竟然娶了个成精的鲤鱼。"她拍着大腿，一脸愤慨，"这种妖精，来人间祸害人，幸亏这家婆婆胆识惊人，也算是为民除害。"

公蛎心乱如麻，呆呆地听着。李婆婆指指流云飞渡，满脸夸张的惊惧和戒备之色，小声道："她的姐妹是妖精，她自然也是个妖精，据我看，她一定是只狐狸精，你可要小心！"

柳大从酒馆探出半个身子来，皱眉道："李婶也不能这么说，这事儿官府还没下定论了，你从哪里听的传闻？”

公蛎竭力使自己平静下来，道："谢谢婆婆提醒。不过这事蹊跷得很，不是已经定案了吗，苏青是她婆婆用剪刀刺死的，这都半个月了，怎么还要开棺验尸？"

李婆婆摇着扇子，压低声音道："王家的儿子不是个秀才么，他联合了十几个同窗上书官府，说他媳妇是个妖精，他母亲原本是为民除害，要求官府重新审查此案。官府一看这架势，可不就要开棺验尸嘛。"

这事竟然是王俊贤牵头干的，亏得苏青临死之前还将内丹给了他。公蛎心中五味杂陈，说不出话来。

两人正说着，胖头端着一簸箕垃圾去往河边。公蛎一眼看到，簸箕最上层放的是苏青那件已如破絮的锦鳞袍，遂一把抓了过来，抱在怀里，失魂落魄道："这个给我吧。"

李婆婆见堂堂一个当铺掌柜都被她的小道消息唬住了，更加卖力，喋喋不休说一些"夜夜吸王家儿子的脑髓"、"狐媚子、会妖法"等乱七八糟的传闻。

流云飞渡的侧门突然开了，小妖探出头来。李婆婆看到小妖，忙闭了嘴，挤出一丝笑容，讪讪地走开了，一边走一边朝公蛎打眼色。

小妖一看到公蛎，失望之色溢于言表，身子一横将门口堵上了："你站在我们家门口做什么？"公蛎下意识地朝小妖行了一个礼，唐突地问道："苏姑娘她……还好吧？"

小妖堵着门，斜眼道："我家姑娘好不好关你何事？"

公蛎茫然地看着她的脸，却满脑子想的都是苏青和王俊贤。小妖一手叉腰，一手指着公蛎喝道："你今天傻不啦叽的，到底做什么？"见公蛎像掉了魂儿一样，伸手往外推他。在推搡间，忽见小花快步跑过来道："姑娘说请进来。"

小妖狐疑地看着公蛎，嘀咕道："你不是挺能说的吗？今天哑巴了？"

公蛎心烦意乱，手里还抱着那件破锦鳞袍，老老实实跟着小花，对周围的奇花异草视若无物。两人穿过店铺，走过中堂，并未去苏媚的闺房，而是来到房后的园子里。

紫藤花架下，摆着一张贵妃榻，苏媚身着一身鹅黄的柔姿软纱侧卧其上，玉臂横陈，酥胸半露，玲珑有致的身材曲线一览无遗。

公蛎整了整思绪。或许苏媚尚且不知苏青被人开棺之事，自己还是不要提起为好。他故作镇定上前施了一礼，道："苏姑娘近来可好？"

苏媚慢慢转过头来，脸颊绯红，双眼迷离，娇滴滴道："龙公子来啦。请坐。"

公蛎在榻前的竹凳上坐下，将杜康酒递予小花。小花迟疑着，苏媚耸着鼻子道："好香的酒！小花你斟了酒便退下。"

小花小声道："姑娘，你喝得不少了，不能再喝了。"苏媚朝公蛎笑道："你瞧瞧，我的丫头都管着我了。"折身夺过酒壶，斟满一杯一饮而尽，小花满面忧色地退了下去。

苏媚显然已经醉了，一张俏脸如同盛开的牡丹，美不胜收。公蛎一阵心动，恨不得上去摸一摸她滑腻的脸蛋，不由自主将脖子伸了出去。苏媚仿佛猜到公蛎想什么，斜睨着他，吃吃笑道："龙公子，你看我美吗？"一双玉足在他面前轻轻抖动，涂了丹寇的脚趾甲红艳欲滴。

公蛎只觉得口干舌燥，忙不迭道："美，美，当然美。"他竭力想说出一些形容女子美貌的诗句，但越是紧张越是一句也想不起来。

苏媚嘟起丰满润泽的双唇，娇嗔道："龙公子定是故意安慰我，才这么说的。否则怎么这么多天，都不来看我？"

公蛎想起苏青之死，心里咯噔了一下，更加手足无措，摆手道："不是不是……"

苏媚咯咯笑了起来，拿起酒杯一饮而尽，道："苏青死啦。万万没想到，她竟然就这么死了。她本来能活千年的。哈哈，这可真是最奇特的死法。"她笑得十分灿烂，却带着一种难以言说的悲痛。

公蛎不知该如何接腔。小妖从花丛中探出头来，一脸焦急。苏媚娇声叱斥道："小妖走开！"小妖的脑袋嗖地缩了回去。苏媚眼神朦胧地望向远方，道："你知道吧，青儿和我探讨过无数种死法，却从没想到会这样莫名其妙地死在一个老婆子手里。"

衣服从她的左肩脱落下来，露出一片雪白的胸脯和半个凝脂一样的肩头。要是往日，公蛎早就耳热心跳，眼睛滴溜溜乱转了，可今日，他却突然没了兴致。

公蛎斟词酌句道："人死不能复生……姑娘也不要太伤心。"

苏媚一眼瞥见公蛎抱在怀里的包裹，撅嘴撒娇道："拿来！"

公蛎忙藏到身后，支吾道："一件破衣服……"

苏媚过来抢，整个人都扑在了公蛎的怀中，身上的香味几乎让公蛎不能自持。她打开包裹，将已经失去灵气的衣服捧出来，在脸上摩挲。

公蛎嗫嚅道："这是苏青的……"

苏媚的眼睛亮晶晶的，却不见泪水滴落下来。她十分麻利地将包裹重新包好，歪着头呵呵地笑："你瞧，我说对了吧？一开始我就劝她，不要太天真。所谓的情比金坚，终究会被世间的柴米油盐消磨殆尽。而人世间，最难理顺的便是婆媳关系，她却不信……她说只要她一片真心，便是块石头也焐得热……她非要舍弃了所有，一心要陪她的相公白头到老……这个傻瓜，天底下第一号大傻瓜，还把全身的灵气都去掉……"

公蛎已经大致猜到事情的过程了，只能默默地听着苏媚的疯言疯语，内心却极其煎熬。

苏媚看到他的窘迫，笑得花枝乱颤，斟满酒递予公蛎，娇声叹道："公子，你说这世上，有没有男人会真心爱一个女子？"她左手顺势搭在了公蛎的肩上，一双凤眼半睁还闭，睫毛微微抖动，只怕公蛎轻轻一拉，她便要倒到公蛎的怀中去。

公蛎虽然在风月场中混过，却同这种感觉完全不同，顿时浑身僵硬，结结巴巴道："当然……当然，在下便是一个……用情专一……之人。"

苏媚斜睨着眼儿，娇嗔道："不知道谁家姑娘有如此福气？"她呼出的气息带着香味扑面而来，让公蛎几乎窒息。苏媚往前凑了凑，脸几乎贴在公蛎的耳朵上，呢喃道："毕公子，你喜欢我吗？"说着将脸放在公蛎的肩头，双手蛇一般缠住了公蛎的腰。

公蛎梦寐以求的时刻，竟然如此不经意地实现了，但苏媚叫的却是毕岸的名字。若是以往，公蛎早抱着占便宜的心态扑上去了，可是今日，公蛎满怀心事，心乱如麻，竟然全无心情，一时间手足无措，身体僵直。

苏媚却越抱越紧，将整张脸都贴在他的脖颈处，叽叽咯咯笑个不停。

公蛎呼吸越来越紧促，忍不住要去亲吻苏媚的耳垂，却觉得脖子一阵清凉——苏媚的娇笑声不知何时变成了无声的呜咽，肩头耸动，泪水奔涌，像一个受了委屈的小女孩。

公蛎听凭她在怀里无助地痛哭，突然生出一份别样的情愫来，这种感觉无关情欲，无关容貌，只让人觉得爱怜和疼惜。

一股热血冲上脑门，公蛎叫道："是我偷吃了那块腌肉！"话说出来，把自己也吓了一跳。

苏媚直起了腰，长睫毛上依然挂着泪珠，怔怔地看着他。公蛎扬了扬脖子，大

声道："苏青的死，责任在我。"竹筒倒豆子一般将那晚偷吃腌肉及戏弄道士的情况详细讲述了一遍，胸口的一口浊气吐出，感觉说不出的轻松："对不起，是我害了苏青。你若是难受，要打要骂随你。"他第一次直视着苏媚的眼睛，不带一点色相。

苏媚突然破涕为笑："别往自己身上贴金了。苏青同她婆婆的关系，早不是一块腌肉的问题。"

公蛎不怎么懂苏媚这句话的意思，顿时泄了气，强绷出来的一脸正气和坦然又恢复了惯常的无所适从和彷徨迷惑。苏媚温柔一笑，轻轻抱住了他，将头放在他的肩头。

周围一片寂静，只有一群欢乐的秋虫在合唱。

忽然一阵脚步声传来。公蛎还没来得及回头，便听到小妖在后面连追带赶急躁的声音："毕公子，您等我通报一下……"

苏媚从公蛎的脖弯处抬起头来，向后笑道："你来了？"她后退了一步，好像什么也没发生一般，神态坦然道："毕公子请坐。"

毕岸站在公蛎的正后方，表情肃然。公蛎不知是尴尬还是嫉妒，心中说不出的沮丧。

毕岸一言不发，双手抱肩站在那里。小妖跟过来，斟了一杯茶，深深地看了苏媚一眼，又顺势瞪了一眼公蛎，默默离开。

苏媚脸上的泪光犹在，发丝也有些凌乱，但更显出一份梨花带雨的风情。她斟满了酒，刚放在唇边，又伸手递给毕岸，微微笑道："你也来一杯？"

毕岸摇摇头。苏媚一饮而尽，喃喃道："何以解忧，唯有杜康。难得今晚毕公子来陪我，今晚的酒也算尽兴。"她似乎忘了公蛎的存在，这让公蛎十分抓狂。

苏媚又斟满一杯。公蛎夺道："你不能再喝了！"

苏媚像是突然发现了他，讶然道："龙公子……也在？"公蛎又气又急，皱眉道："苏姑娘，你喝多了。"

苏媚笑了起来："我没喝多。你走吧。"公蛎不愿离开，对她的逐客令充耳不闻，只是退到一边。

苏媚眼睛瞟向毕岸，吃吃笑道："毕公子，我等了你一晚上啦。你有什么要问的？"

毕岸剑一般的眼神凝视她的眼睛，但终于还是败下阵来，眼睛转向他处："杀死苏青的王婆，今日未时死在了牢狱里。"

公蛎又大吃一惊："她死了？"接着幸灾乐祸道："死了才好！这个老妖婆，要不是她，苏青也不会就这么去了。"

毕岸皱了皱眉，不理会公蛎，继续道："忤作说她是突发心悸而死。"未等他说完，苏媚飞快道："不是心悸，是她吃了我的特制花粉。"

公蛎的嘴巴张成了圆形。苏媚轻描淡写道："县令夫人定了一批香粉，我今日送货，正好遇到府衙的狱卒，我同他有些交情，看他正好要给王婆送饭，便顺手在她的饭菜里下了一点无香无味的花粉。"苏媚抿了一口酒，嫣然笑道："你也知道，有些花粉的功效，足以杀人于无形。"

公蛎看着她柔美的脸庞，无论如何不敢相信。苏媚轻轻松松道："我还惦记着明天一大早再去一趟呢，没想到她这么快就死了。可惜了，没能亲眼看着她咽气。"

毕岸看着她，缓缓道："她的行为自有国法处置。你不该杀她。"

苏媚扬起下巴，尖刻道："我不杀她，苏青就活该由她杀了，还被死后开棺任她母子凌辱，而她却逍遥自在，安度晚年？嘿嘿，这世间，既然老天爷做不到公平，那就由我替天行道好了。"

毕岸不言语，一张英俊的脸如同雕像，在灯光下，深深浅浅的阴影呈现出一个绝美的侧影。苏媚挑起眉毛，道："她好歹算是你的故人，你当真如此冷血，看着她白白送命？"

毕岸眼里闪过一丝阴郁，声音仍是淡淡的："路是她自己选的。"

苏媚冷笑道："她选择的普通人家的平常生活，不是死于非命！亏你还把匡扶正义、维护刑律挂在嘴上。既然最终不能将凶手绳之以法，那还要国法刑律做什么？"

毕岸似要辩驳，又闭上了嘴。公蛎小声道："其实都怪这个王俊贤。杀人偿命天经地义，他非要搞出个什么具表上书救老娘出来，全然不念一点夫妻之情。"

自毕岸来后，苏媚第一次认真地看了公蛎一眼。毕岸却嫌公蛎多嘴，十分生硬道："人死不能复生，王婆这事你知我知他知，以后休要再提。苏青之事，就这么算了吧。"说着拿起苏青的那件衣服夹在腋下，转身离去。

苏媚冲着他的背影高声叫道："我偏不！凭什么不该死的人都死了，王俊贤还得活着？"

毕岸站住，道："此事我自会处置，你不要插手。"

苏媚端起酒壶，咕咚咕咚喝了两口，哈哈大笑道："我为什么要听你的？"

毕岸头也不回："听不听随你。但是香粉之类，终归还是有痕迹的，你好自为之。"

苏媚张牙舞爪地扑了上去，又哭又笑："好，好，我本来就是个坏女人，风骚下流，心狠手辣，你来抓我呀，你来抓我呀……"她浑身酒气，脚步踉跄，握起粉拳不停捶打毕岸的背部。

毕岸任由她打骂，待她气焰稍下，一把捉着她的手，沉声道："你喝醉了，我送你回去休息。"不由分说横腰抱起她，霸道地将她扭动的头部贴靠在自己的胸脯上，大步流星朝卧室方向走去。苏媚竟然安静了下来，左手勾住了他的脖子，闭上眼睛，像只小猫一样蜷缩在他的臂弯里。

两人走了，依稀听到苏媚的嘤咛抽泣和毕岸低沉的安慰声，剩下公蛎傻站着，嫉妒得双眼冒火。刚才他看苏媚打骂毕岸，却故意不上前阻拦，心里是有些小私心的：他满心巴望着苏媚同毕岸从此决裂，给自己一个机会，没想到弄巧成拙。

要是自己大胆些，抱了苏媚走开，就没毕岸什么事儿了。那么今晚不但能进入她的卧室，说不定好事也得逞了。

小妖过来，看着他一脸懊悔，催促道："龙公子，该走啦。"

公蛎悻悻道："催什么？有你这样待客的吗？没一点礼貌！"

小妖在前面带路，她似乎心情不错，提着灯笼哼着不成调的小曲儿。公蛎支着耳朵想听听苏媚卧室的动静，都被她的小曲儿给打断了，心烦意乱道："你能不能安静些？小麻雀似的，吵死人了。"

小妖指着他正要喝骂，突然扑哧一笑，道："好，看在你今晚表现不错的份上，我就不骂你了。"

公蛎心不在焉道："什么表现不错？"

小妖轻巧地躲过一枝旁逸斜出的枝条，道："看你平时吊儿郎当，色眯眯的，没想到还是个正人君子，没趁着我家姑娘醉酒乘人之危。"

原来说的是这个。公蛎忙昂首挺胸，正色道："容貌乃天生，我虽不俊，却浑身浩然正气。"暗自庆幸，幸亏自己没动了邪念，否则不知道这丫头怎么收拾自己呢。

行至门廊，仍然不见毕岸出来。公蛎心里十分不舒服，忍不住提醒道："时候不早了，你赶紧去看看你家姑娘怎么样了。"

小妖毫不在意，道："没事，有毕公子照顾呢。"

公蛎心里一阵泛酸，恶念顿生，十分尖酸道："毕公子冷酷无情，他妹妹苏青死了他一点都不伤心，没一点人情味儿。小心你家姑娘上当！"

不料小妖顿时变脸，骂道："亏我今晚还看你不错呢。还是同以前一样没品。长得丑还不求上进，大男人家小肚鸡肠，背后讲人坏话，呸！""长得丑"三字十分刺耳，直接刺到了公蛎的心病，他跳起脚来，叫道："我长得丑怎么了？"

小妖瘪一瘪嘴，鄙夷道："哼，毕公子从来不同女孩子吵架！"一把推了公蛎出去，噼里啪啦关上了门。

公蛎气急败坏，郁闷之极，这时才想起，忘了讨要枯骨花了。

（四）

又是一晚没睡。天亮时分，刚迷迷糊糊睡着，听到对面西上房一阵响动，毕岸回来了。

公蛎一骨碌爬起来，只穿了件中衣便冲了出去。毕岸正在正堂洗脸，看到公蛎如同没看到一般。

公蛎绕着毕岸走了一圈，闻到毕岸身上还带着苏媚的香味，不怀好意道："好香！不愧是流云飞渡的老板娘，这身皮肉，比暗香馆的姑娘们都好千百倍吧？"

毕岸擦了一把脸，道："你若能不这么猥琐，也不算丑。"

公蛎顿时气结。毕岸道："道在心中，随时随地可修炼。胸中有正气，五官方端正。"他除了外衣，挺直伟岸的腰身与公蛎弯腰拱脊的小身板形成鲜明对比。

公蛎一心想反驳，口不择言道："正气？我看你的所谓正气就是没有人情味吧？苏青死了，死后又被他们折腾，你能做什么？还有脸去找苏媚理论！"

毕岸的背挺了一挺，沉默片刻，面无表情道："第一，大丈夫要勇于承认自己的不足，不能在别人善意批评的时候故意找对方的痛处打击，以掩饰自己的狼狈。第二，苏青之死，是我疏忽了，未保护好她。我去找苏媚，并非兴师问罪，只是想核实一下。之后之事，我自有安排。"

公蛎好奇道："你有什么安排？"

毕岸双唇紧闭，不再多说一个字。公蛎愤愤地转身回房，嘀咕道："整天端着，装得像个人物似的，蒙谁呢。"

毕岸突然喝道："站住！"

公蛎只当是刚才的抱怨被他听到了，不耐烦道："好好好，我说错了还不行吗。"

毕岸盯着他的脑袋，莫名其妙问了一句："你，昨天吃什么东西？"

公蛎以为他怀疑自己在家里偷吃好东西，顿时勃然大怒："我好歹也算半个掌柜，我吃点东西怎么了？还要你审讯一般对待？"

毕岸微微摇了摇头，转身回房，留下公蛎气鼓鼓地站在正堂，嘟嘟囔囔表示不满。

王婆之事，坊间传得神乎其神。说的最多的，是鲤鱼精恨他王家赶尽杀绝，找了王婆索命。尽管官府多次辟谣，说王婆是突发心悸症而死，却无人肯信。家庭遭此巨大变故，王俊贤深受打击，据说每日借酒浇愁，喝多了之后便涕流满面，哭天捶地。不说其他，单单是他这个状态，即便是参加了今年的秋闱大试估计也是白费工夫。

关于腌肉一事，公蛎强迫自己放下。他安慰自己，反正苏媚都说了，冰冻三日非一日之寒，苏青与婆婆之间的矛盾早晚爆发，腌肉只是导火线而已。

这几日毕岸并未外出，天天守在当铺里。忙的时候，便协助汪三财打理生意，闲时便在当铺里饮茶看书。他这么一坐，竟然带动当铺的生意好了很多，每日里络绎不绝，多是些年轻的女眷，有带着一堆丫鬟仆妇的千金小姐，也有附近浣纱洗衣的农家女子，有大大咧咧明目张胆对着毕岸双目发直的，也有含羞带笑以当东西作掩护远远欣赏的。公蛎先还兴高采烈，忙前忙后的招呼，对看上眼的女子便暗自评判一番，待到发现这些女子都是冲着毕岸来的，顿时丧了气，暗骂如今世风日下，这些女子都不顾廉耻，见到个相貌英俊的男人便拔不动脚。

偏偏毕岸表情如水，任有多少蜂蝶追逐，总是有礼有节，老成持重，无半分浮躁轻佻之气，更加吸引那些不谙世事的少女们疯狂迷恋。不出三五日，"毕岸"连同"忘尘阁"的名字便传遍了城南城北，甚至有众多青年少妇或远居几个坊区之外的女子一大早过来当东西，只为看毕岸一眼。

虽说可以免费看到众多美女，公蛎仍然妒忌得如同怀里揣着一条小毒蛇，时不时撕咬扯拉得他心都纠在一起。思来想去，薛神医的木魁果还是不能放弃。

转眼七日之期将至，公蛎还是未找到机会去问苏媚讨要枯骨花。七月十四日一大早，公蛎又觍着脸去了流云飞渡。

忘尘阁财源广进，连带着流云飞渡的生意也好了很多。公蛎候在门边，等小妖送走一大帮客人，忙过去笑道："小妖姑娘好。"

小妖对他从来没有好声气："做什么？我家姑娘不在家。"

公蛎暗叫糟糕，追问道："苏姑娘去哪里了？"

小妖道："去采购药材了，明早才能回。"

薛神医要求今晚必须送去，否则木魁交换之约便算是作废了。公蛎眼珠一转，殷勤地搬了一个小脚凳来给小妖，恭维道："听说你们流云飞渡虽然不是洛阳城中最大的香粉铺子，却是名声最响的。"

小妖本来不肯坐，听了这话，乐滋滋地坐下了，得意洋洋道："当然，他们那些大作坊里的胭脂水粉，怎么能同我流云飞渡比？每一款香粉，我家姑娘都认认真真，仔细打磨，光是培育那些奇花异草，不知道花费多少心血呢。"

公蛎的眼睛溜溜地朝着后园瞄去。小妖数落道："你看看，你这小眼珠子一转，小身板一躬，看起来就不像个好人！"

公蛎忙收回眼光，挺胸辩解道："苏姑娘都说了，我这是内秀！"两人四目相对，一下子都笑了。

自从上次同苏媚喝酒之后，小妖虽然还是一见公蛎就奚落抢白，但少了几分戒备和厌恶，两人的关系不知不觉好了很多。

公蛎看着小妖的脸色，道："你家的花草那么多，能否带我去观赏一番？我去了几次都没看仔细。"

小妖撇嘴道："寻常的花草有什么看的？那些奇花异草，对水分、温度要求极高，培养起来比养个孩子还要麻烦，我可不敢擅自动姑娘的花棚。"

公蛎好奇道："都有什么奇怪的花草，你讲给我听听。"

有客人进来，小妖忙起身相迎，敷衍道："改日再讲，今天忙着呢。"

公蛎追着道："听说你家后园里种了枯骨花，是不是？"

小妖倏然变色，厉声道："你怎么知道的？"接着又断然否认："没有！我从未听说这种花草！"咚咚咚快步跑开了。

公蛎失望透顶，垂头丧气地回去了。

明的不行，来暗的好了。傍晚时分，当铺一打烊，公蛎借口犯困，回到房间反

锁了房门，摇身一变恢复了真身，顺着窗棂的缝隙爬了出去。

胖头忙了一天，像条狗似的躺在树下椅子上喘气，嘴里还不忘念叨："老大，明日里你再陪我去北市进些女人用的小玩意儿，我们可赚大发儿了。"

胖头看着傻，还挺有生意眼光。一看生意好了，自作主张购进了一批绢花、手绢儿、桃木簪什么的，摆在当铺可售卖货物的旁边，几日下来还真售出不少，且利润不菲，开心得他几乎找不到北。

公蛎忘了已经恢复蛇身，大声回道："好！"夹杂发出咝咝的声音，听起来极其怪异。一出声便发现不妥，忙扭头钻进了墙缝中。

一墙之隔，公蛎不费吹灰之力便来到了流云飞渡的后园子里。

苏媚不在，小花正在提水浇花，小妖倒是悠闲，一边嗑着瓜子一边指手画脚。

公蛎顺着土陇，悄无声息地滑过花丛。这一片是牡丹，隔壁是一丛紫茉莉，旁边靠近山墙处是大丛的月季和蔷薇。假山另一侧，种植着一片类似喇叭花一样的花草，紫色、白色、黑色开成一片，散发出一种让人昏昏欲睡的香味，公蛎曾听小妖说过，这是曼陀罗花。穿过那晚喝酒的紫藤花架，绕过假山，出现了一大片花草树木，全是公蛎不认得的。

做人虽然不错，但还是原身最为好用，身体灵便，听力异常，隔着假山还可清晰地听到小妖同小花叽叽咕咕的说笑声。特别是嗅觉，一下子变得极为敏锐，对各种花草不仅可以准确无误地判断出来方位，还可细细地区分香味的异同。难道化成人形，相关的本能技巧便会减弱些？

公蛎一边思考着，一边昂起头来，辨别着花丛中各种熟悉的、不熟悉的气味。一些小昆虫被他惊动，惊慌失措地四散逃走。公蛎十分不屑，发出咝咝的声音告诫他们：爷如今已经算是堂堂正正的人了，怎么会吃你们这些低级的食物？

天已经完全黑了。公蛎有些疲惫，正考虑要不要以闹鬼一事为把柄要挟下小妖和小花交出枯骨花，忽然捕捉到一丝若隐若现的腥味。

公蛎反复确认了几次。没错，正是枯骨花的味道。

香味极淡，若不是公蛎嗅觉惊人，几乎闻不到。爬爬停停好久，竟然来到了围墙处。

出了围墙，这边就不是流云飞渡的园子了，公蛎依稀听说是哪家大员的后宅，只是从不见人烟，所以从未留意过此处。

但是香味仍在。公蛎见这围墙不高，毫不费力地爬了过去。果然是个废弃的园子，里面的荒草足有一人来深，绿萝、冬青杂乱无章，大丛的荆棘乱蓬蓬地挤在一起，看来好久没人打理了，实在不像是一个精心培育花草的地方。

循着香味，公蛎来到一株高大的黑色槐树下。

槐树下有个石台，上面厚厚一层枯叶，公蛎盘踞在石台上，最大限度地把分叉的舌头伸出来，以期准确定位香味的来源。出乎意料，公蛎很轻易地判断出，枯骨花就在石台之下，便快速翻滚并甩动尾巴，很快将石台的枯叶扫在了一边。

原来是一口被封的古井。井口上压着一块圆形的石板，所以看起来像个摆在树下的石桌。一道分叉的裂纹将石板一分为三，面积较小那块边缘缺失了一小部分，露出一个黑黢黢的洞口来，碗口大小，发出森森的阴凉之气。枯骨花的味道正是从这里发出的。

公蛎大喜，用腹部的鳞甲用力把住石板上的花纹，将头探了进去。井内的空间倒不小，但足有三丈多深，公蛎爱惜自己的身体，不肯一跃而下，便顺着湿滑的井壁慢慢往下溜。

枯骨花的味道越来越重，腥味中带着种奇怪的香甜味，同薛神医描述的一样。

终于下到了井底。公蛎尽管知道枯骨花形状怪异，仍然被吓了一跳。五尺见方的井面上足有大大小小十几朵花，中间形似白色的骷髅，外面一圈猩红的荷叶边花瓣，公蛎看来，就是一群骷髅戴着帽子、伸着脖颈拥挤在一起，仰脸看着井口，有几个大的骷髅，黑洞洞的眼窝里还流出闪亮的汁液，像是被挤哭了一般，阴森中透着几分滑稽。

公蛎思量，这里的地脉并无异状，怎么会长出如此怪诞的植物来。

月亮升起来了，一柱月光透过井口的破洞照射进来。那些花儿仿佛感觉到一般，齐齐地扭转头，争相追逐月光，枝茎花瓣摩擦，吱吱作响，听得极为不舒服。

公蛎瞅准其中一朵开得最大的，一个俯身用嘴巴叼住，用力往外拉扯。不料这花长得十分结实，一个重心不稳，公蛎竟然掉到了水里。

既然入水，不如从其根茎处咬断。公蛎一个猛子扎进去，顿时呆了。三五尺深的水面下，枯骨花丛中密密麻麻，堆满了人骨：白森森的大腿骨，散碎的指骨，板状的肩胛骨。骨头纤细，似乎都是女人的骸骨。

但唯独不见骷髅。

公蛎仰头看到枯骨花中的骷髅，张嘴便要尖叫，咕咚咕咚连喝了几口冰冷腥臭的井水，飞快扭动身体顺着井壁向上攀爬。

惊慌之下，全身极不协调，几乎每爬三尺便要跌落下来两尺。好不容易爬至井壁中段，公蛎又犹豫了。

枯骨花近在咫尺，实在不甘心就此放弃。一时间，爱美心占了上风，公蛎转身回来，闭上眼睛，扑到最大那朵花下，用力咬断花茎，拖着它慢慢往上爬去。

公蛎经过来时的花圃，小妖和小花正坐在花架下，一边歇息一边聊天。

小花打了个哈欠道："姑娘怎么还不回来？"

小妖道："今天才出门呢。但愿一切顺利。"

小花问道："姑娘去哪里找枯骨花了？"

小妖道："我也不知道。"公蛎觉得好生奇怪，流云飞渡隔壁的古井里这么多枯骨花，怎么还需要到外面寻找？再说小妖那晚扮鬼吓人，明明用的就是枯骨花。

小花嘟囔道："不知道这东西到底有什么用处，值得姑娘如此大费周章。"

小妖道："我听说，这种东西是百毒之王，长在地下，很是少见。而且最麻烦的是采摘，说是人手不能碰，一碰就蔫了，什么用处都没有了。而且姑娘说，这种奇异花草，有时还会有些灵异的怪兽守护呢。"

小花担忧道："哦，希望姑娘多加小心。"

小妖笑道："传说呢，谁知道真还是假。"咚咚跑过去，从一堆晾晒的花瓣下拿出一个东西，道："长成这样子，足够吓人的。"

公蛎探头看去。竟然是那晚吓公蛎的枯骨花。

小花看了一眼，道："好像有一块脏了，明天我找块红绒布补一下。"

原来是假花。

公蛎嘴里叼着这颗沉甸甸的花，行动受限许多，一方面唯恐被小妖和小花发现，另一方面担心枯骨花瓣被牡丹粗壮的枝条挂落，正小心翼翼地在花圃中穿行，只听小妖小声道："我想去小解。你陪我一起去。"

小花笑道："反正没人，你就解在那棵牡丹根下好了，就当施肥。"

小妖咯咯笑着，果然提着裙子来到一株牡丹前，不料好巧不巧，刚好来到公蛎盘踞的那株牡丹前。

公蛎本还暗自嘲笑小妖随地大小便，一见她过来，顿时慌了神，咬紧花朵，箭一般穿过花丛表面，哧溜哧溜翻过了围墙。

小妖一声惊叫，然后好久说不出话来。小花忙跑过来，叫道："怎么啦？"

小妖迟疑道："不知是否眼花，刚看到有蛇叼着朵枯骨花，爬得可快了。"

小花哑然失笑，道："蛇怎么会吃花？还枯骨花。肯定是今日客人多，累着了。我们回去洗了睡吧。"

两人收了工具，回去房间。小妖一边走一边嘀咕："真是我眼花了……"

（五）

院里没人，公蛎很顺利地回到了房间，迅速恢复人形，洗了脸，换了衣服，将枯骨花包裹好，一看已经戌时三刻，忙出了门。

在门口迎面撞见毕岸。毕岸破天荒主动问道："你去哪里？"

公蛎忙道："随便走走，乘个凉。"胖头听到响动，跑出来道："老大我也去！"被公蛎厉声喝退。

公蛎一溜儿小跑，很快到了宣阳坊薛神医的医馆。

医馆门口，那个曾假冒道士的中年胖子正在焦急地转圈，一看到公蛎顿时喜笑颜开，道："公子这边请，师父等您好久。"领着公蛎直接到里院上房，点头哈腰道："您坐，我这就叫师父来。"转身退出。

门闩哗啦一声响，像是从外面锁上了，不过窗户开着，公蛎便不以为然，小心翼翼地将枯骨花放在屋中的石几上。

公蛎暗自嘀咕，这薛神医真是太不讲究了。好歹还是上房，却布置得极为简陋。屋里未摆放桌椅，一个脏兮兮的石几，周围随随便便放了几个破旧的陶瓷墩子做凳子。迎面墙壁上是厚重的木头搁架，搁架上放着一些大大小小的陶罐，一端墙壁上布满了各种药材匣子，一端拉着个粗布帐幔。屋里药材香味同霉味夹杂在一起，闻起来呛人。

既无人来，公蛎随手乱翻，拉开药匣子扒拉了一番，见都是些寻常的草药，部分已经发霉长虫，心想这个薛神医收拾药材也不上心。

另一端的帐幔后，隐约听到轻微的鼻息声。公蛎走过去一看，后面摆着两张简陋的带轮小床，外面的一张空着，里面一张两个小女孩挤着睡在上面。

真是，怎么把自己带到孩子休息的地方呢。还真把自己当病号了。

睡着的小女孩妞妞呢喃着叫"爹爹"，声音轻软，听得公蛎父爱泛滥，见她俩身上盖着的薄被滑下半边，便走过去帮她们盖好。

　　妞妞似乎正在做梦，长睫毛一动一动。几天没见，她更加消瘦，脖子纤细，下巴尖俏，原来的婴儿肥已经全然不见。而旁边那个，更是瘦得只剩一把骨头，如同大饥荒时的灾民儿童。

　　公蛎心里暗自嘀咕，薛神医也不给她们调节肠胃，白白糟蹋了好食材。

　　妞妞似乎做了噩梦，用力扭动脖子，并将脑袋往女孩那边拱去。女孩被挤得头歪过一边，露出左耳后方一颗豆大的瘊子，它红艳欲滴，撑得皮肤呈半透明状。公蛎再一留心，发现妞妞左耳后也有个瘊子，不过不如女孩的那样触目惊心。

　　远远传来一阵鼓声，亥时到了。

　　薛神医突然推门而入，道："公子真守信用。"他今日穿了件花花绿绿的袍子，上面绣着乱七八糟的鸟兽图案，脸上也脏兮兮的，额头嘴角都像抹了锅底灰一样。

　　要搁往日，公蛎早会有所警惕，但今日一想到木魁即将到手，被兴奋冲昏了头脑，邀功一般将包着枯骨花的包裹解开，道："薛神医您瞧，是不是这样儿的？"眼巴巴地望着他抱着的檀木匣子。

　　薛神医双眼放光，道："好！好！"打开匣子，往公蛎面前一送。

　　一股清香扑鼻而来，公蛎软软地瘫在了地上。

　　薛神医咯咯地笑起来，他看着干瘦，力气却极大，一把扯开帐幔，抱起公蛎放在了空着的小床上。

　　公蛎意识清醒，但舌头麻木浑身瘫软，除了眼珠子，其他地方一点都动不了。

　　薛神医扑过去捧起那朵枯骨花，颤抖着双手嗅了几下，飞快折身回来，拿出一条绳子，三下五除二将公蛎捆在了床上，转至床头，如同按摩一般，用细长手指一寸一寸抚摸他的脑袋。

　　上下左右，后脑耳后，薛神医细细地摸了一遍，有时还用力按压头部穴位。公蛎无法反抗，只有听凭他折腾。

　　摸了良久，他失望地叹了口气，转身将门窗关好，然后用衣袖在石几上用力地擦拭了几把，找到石几中间的一个酒盅大的洞，将枯骨花插了进去，然后绕着陶墩跳起了舞。

　　他的舞蹈动作大张大合，脚步用力，张牙舞爪，面部也配合做出各种恐怖表情，十分诡异。同时嘴里念念有词，音调忽高忽低，一个词儿也听不懂。

　　或许只有半炷香工夫，公蛎却觉得极其漫长。他脑袋痒得钻心，像有十几只蚂蚁在里面爬，但具体哪里痒又说不上来，加上手脚、身体不能动，难受至极。

薛神医的舞蹈终于慢了下来，他扎了一个马步，一边闭着眼睛哼哼唧唧地唱，一边浑身抖动如同筛糠，像跳大神一般。而公蛎已经被那种抓挠不得的痒折磨得快要疯掉，只有用力地眨眼、瞪眼，真真是求生不得求死不能。

"嗤"一声轻啸，像是有一股气流冲出地面。薛神医大喜，停止了抖动和哼唱，抹了一把脸，从一个罐子中拿出一套工具来，有镊子、银刀、剪刀等，在公蛎床前站定，阴沉地看着他。

公蛎无暇顾及，仍然重复着眨眼的动作。薛神医见了，咯咯笑道："你到底还是有些本事，这么难弄的枯骨花都被你弄了来。"

公蛎瞪着他。薛神医嘴唇抖动，似乎非常开心："这真是踏破铁鞋无觅处，得来全不费工夫。"他用剪刀剪开了公蛎的衣服，用力按了按公蛎的肚皮。

公蛎自从修到人身，十分注意衣着，如今被一个凡人剪开衣裤观看他的赤身裸体，顿时大怒，恨不得扑上去一口咬死他。

这么一分神，脑袋的痒好像减轻了几分。公蛎用足力道在舌头上，终于发出了声："你……干什么？"

薛神医一愣，咧嘴道："嘿嘿，不错，我真低估你了。"

公蛎舌头打了一会儿结，终于说得流畅了："你这人怎么如此不讲信誉？说好了交换木魁果，你把我绑起来做什么？"

薛神医阴恻恻一笑，用刀柄在公蛎的下腹部敲打。公蛎一个激灵，惊叫道："你……你不会是要我的……我的……"

薛神医挤着眼睛，极其猥琐道："放心，我要你的命根做什么？不过，"他用刀尖比划了下，"我借你的蛇胆一用。"

公蛎的脸瞬间刷白。这么说，这个神秘的薛老五，早就看穿自己的真身了。

薛神医看到他的惊惧，眉飞色舞道："说实话，我遇到过的非人挺多，但如此轻而易举被我捉住的，你是第一个。"

公蛎更加愤怒。他一向自诩聪明，被一个凡人这样讲，深感屈辱。

薛神医更加兴奋，凑到公蛎脸上，同他商量道："要不，你恢复原形给我瞧瞧？你这样化成人身，我不好找你的胆囊，万一划错了位置，又要害你多受罪。"

公蛎"呸"一口浓痰唾在他脸上。薛神医不惊不怒，反慌忙跑到石几前，拿出一柄小镜子，用木勺将浓痰细细地刮下来，抹到枯骨花上，回头神神秘秘道："看起来有些恶心，是吧？嘿嘿，这枯骨花，成长难，采摘更难。凡人手一碰即落，功效全无。我研究草药种植多年，去年才想到这么个办法。你有没听过灵蛇草？"

公蛎闭上眼睛不理他。薛神医毫不在意，道："灵蛇草可治疗蛇毒，比车前子、半枝莲什么的强千万倍。但每一株灵蛇草旁边，都有凶猛的野兽看守。我曾碰到过，有时是狼，有时是蛇，有时甚至只是一只大蜈蚣，我称它们为守护兽。"

薛神医又走过来按压公蛎的肚子："在采仙草时，常常受到这些守护兽的攻击，而且它们相当勇猛，大有命在草在之势，甚至临死之前，也要一口将仙草咬掉。当然，若是遇到狼啊熊啊什么的，我就只好放弃。采了几次，我发现，从守护兽嘴里夺来的药材，功效要远远好于我自己用手采来的。"

公蛎的头又开始痒起来，忍不住哼了一声。薛神医今晚的话格外多些，继续道："我先还以为是采的时机不对，后来发现，原来守护兽的灵气和唾液的功劳。"

公蛎明白了。薛神医知道流云飞渡里有枯骨花，却苦于无法采摘，碰巧遇到爱美如命的公蛎，又是个得道的灵蛇，遂以木魁果为诱饵，让他去偷。

灵蛇衔花，保全了枯骨花的所有药效。

公蛎又气又恨，说不出话来。而薛神医已经找准位置，正要下刀，睡在旁边的小女孩突然嘤咛一声，翻动了一下。

薛神医拍了拍脑袋，懊悔道："对，血蚨要先采才行。蛇公子，你暂且多躺一会儿。"说着收拾了工具，走到里面小床前。

公蛎叫道："是龙公子！"

薛神医的小眼睛眯成了一条缝，似乎在嘲笑公蛎死到临头还惦记着这些无谓之事："好好好，是龙公子。"

薛神医俯身看着女孩耳后的血瘊子，道："我同你虽然认识不久，但感觉一见如故。唉，你真像是我年轻时候。"

公蛎不屑哼了一声。薛神医小心地将女孩头部摆向左侧，道："你不信？我年轻时就是这样，整日里浑浑噩噩，没心没肺，过一日算一天，只要有饭吃有得玩，偶尔耍些小聪明，对任何事情从不上心。"

公蛎最讨厌人家评判他的生活，道："这有什么不好？我觉得自在得很。"

薛神医又点燃了一盏灯，放在床头，光线顿时亮了许多："你还年轻，现在这么认为，等再老几岁，只怕就改变想法了。"

公蛎不耐烦道："将来的事将来再说。"

薛神医本来正对着小女孩耳后的血瘤查看，听了这话，直起身来，定定地看了公蛎一眼，慢条斯理道："这话我也曾说过的。你不在意，总有你周围的人在意，他们会觉得你不出息、不长进，会在你的耳边时不时提醒你应该上进，学文的要求个功名，不爱读书的要学一门手艺，你最好能光宗耀祖，若是不能也该积极上进，不能得过且过，只念叨得你觉得自己一无是处，同旁人格格不入。"

薛神医说这些话时语调平和，眼神也没了刚才的猥琐尖利，像是两个相熟的人拉家常一般。公蛎气哼哼道："我才不管。我爱怎么生活，同他人有什么相干？"

薛神医笑着摇了摇头。公蛎脑子一转，讨好道："既然你说我像年轻的你，说明我们还算有缘。木魁果我不要了，枯骨花白送你，放了我，行不行？"

薛神医眼里的阴冷瞬间浮现，拿起小刀狠狠朝女孩的胸口刺去，刀尖已经触到她的皮肤，又生生地收住了，看着公蛎，嘿嘿地笑。

公蛎不知道他葫芦里卖的什么药，正在斟酌如何同他套近乎，只听薛神医道："我以为你会大喝一声住手。"

公蛎不情愿道："我说住手你就会住手了？"

薛神医道："不会。"

公蛎道："那有什么用？"

薛神医道："不，不是如此。你不会喝止我，是因为你没有世俗的道德观和是非观，你只关心自己，从不关心除了自己之外的任何人。她是死是活，同这房间的桌子板凳一样，同你毫无关系。"

公蛎嗤之以鼻："胡说八道！"但心里却有些沮丧，隐隐觉得自己确实如他说的自私。又联想到腌肉之事，自己若及时出来承认，苏青也不至于被王婆杀害。

薛神医的小眼睛闪出一丝怜悯："唉，明明这才是人的本性，偏偏有些卫道士，将满口的仁义道德挂在嘴边，仿佛你要是不按照他说的来，你就不配活在世上。"

公蛎摸不清薛神医说这些话的含义，不敢接腔。

月光如水，倾泻在床头。公蛎眼往上翻，看到一轮圆月斜挂天幕。原来今日是七月十四。

薛神医盯着窗台上的沙漏，自言自语道："再有一刻便是子时，还是等子时采最好。"迟疑了下，放下手中的小刀。

公蛎知道这个薛神医心冷面苦，估计今晚自己是逃不脱一死了，索性不去想它，没话找话道："这两个孩子，是不是寄养在你这里看病的？"

薛神医不置可否。

公蛎道："你会这么好心？"

薛神医眼底透出一丝得意："她们得了绝症，家里无钱医治，放我这里好吃好喝供养着，不比在家等死强？"

公蛎觉得脑袋里似乎有千百只虫子在咬噬，痛痒的几乎昏过去。他打起精神，东拉西扯道："你还养了什么名贵药材，说来听听。"

薛神医一张小干脸笑成了一朵花："血蚨。"

公蛎忙表现出感兴趣的样子来："血蚨是什么？"

薛神医道："血蚨就是她耳朵后的那个血瘤子。"

公蛎信口道："原来身上的肿瘤脓包还有这么高端的名字。"

薛神医又笑了。他今晚不仅话多，看起来也和善许多："亏你还是得道的，脑袋愚钝得很。"

公蛎不服道："我只是懒得想……"

薛神医咯咯地笑道："那我就告诉你，她们，就是培养血蚨的宿主。"

公蛎又开始拼命眨眼，竭力不让自己失去意识："你收留她们……就是为了养血蚨……"

薛神医俯身看着他，带着一丝残忍的笑意："你还是比我强些，至少求生的欲望强烈。"

薛神医的脸带着重影在他的眼前晃动，公蛎喘着气道："当然当然，我好歹跃过一次龙门……"

薛神医吧嗒着嘴巴，啧啧有声："可惜了，我还是研究得不透，白白给你喝了一碗我的七珍蚨卵肉羹，要是这个血蚨长在你头上，功效可就强大了。"

公蛎的意识渐渐模糊，并未听到这句话。

（六）

梆，梆，梆。更夫报时的梆子声清脆地传入公蛎的耳朵中，一阵剧烈的刺痛，让他稍微清醒了些。

子时到了。

薛神医跳了起来，戴上手套，拿起银刀走到女孩跟前，手起刀落，将她耳后的血蚨切了下来，托在手上，双眼烁烁放光，如同饿狼的眼睛。两个小女孩睡得极沉，竟然一动不动。

一阵凉风吹来，灯光一明一灭，映照着薛神医扭曲的脸。公蛎勉强道："这东西有什么用途？"

薛神医嘎嘎笑了起来："这个东西，包治百病。就是它支撑了我这十年来的神医名号。"公蛎想起七日前看病时中年男子的话。薛神医半路转行，根本不懂望闻问切却专治疑难杂症，原来竟然靠的是这种东西。

他小心翼翼将血蚨用白绢裹好，放入搁架上的一个鬼脸青陶罐中，将银刀在衣袖上擦拭几下，转向公蛎："到你啦。放心，我取蛇胆可是很麻利的，不会让你感到很痛苦。我保证，少了胆，你照样活得好好的。"他看着公蛎绝望的眼神，笑得更开心："过会儿我让你见识下我祖传的法术，这可不是人人都能看到的。"

公蛎已没有力气说话。只见刀光一闪，绝望闭上了眼睛。

没感受到银刀入腹的痛感，倒是哐当一声巨响，房门似乎被什么人撞开了。

脚步声，撕扯声，银刀掉落地上的清脆撞击声，摇晃的白色人影……公蛎的眼皮越来越沉重，挣扎着从嗓子眼里挤出两个字："救命……"

一只手按在了他的额头上，痒痛感瞬间减轻了许多，公蛎睁开眼睛。

阿隼一身黑衣，扭住了薛神医，手里一把腰刀架在薛神医的脖子上，看上去威风凛凛，相当帅气。公蛎从来没有像今晚这样高兴看到阿隼，抖抖索索道："阿隼……"

阿隼瞄了他一眼，冷冷道："你还没死吧？"

公蛎有气无力道："没死。"一抬眼，看到毕岸站在床头，神情关切。

薛神医奋力挣扎，被阿隼拧得更紧，他恶狠狠瞪着毕岸道："你们是谁？"

公蛎激动道："他们是我的……我的朋友！"毕岸从怀里拿出一个两寸高的小瓶子，拔开塞子，往公蛎鼻子下一递。

公蛎猛打了几个喷嚏，手脚果然能够活动了，先抱着脑袋一顿抓挠，接着紧紧抓住毕岸的手，傻笑道："你们能来……太好了！"

毕岸皱了皱眉，甩开他的手，解开了绳子。

公蛎一个鲤鱼打挺便要起来，刚一折身，只觉得脑袋一阵眩晕，气血上涌，忙躺倒不动。

薛神医狐疑打量着两人冰冷的脸，忽然口气软了下来："对不住，我不该起坏心思。你们带了龙公子走吧，还有说好的木魁果，我这就给您拿来。"说着倒退着

朝门口退去。

毕岸冷冷道："站住。"

薛神医拔腿欲跑，阿隼箭一般冲过去，将他按倒在地上，抓起刚从公蛎身上解下的绳子，将他绑得结结实实。

毕岸走过去翻开两个小女孩的眼皮看了看，道："一个重度昏迷，一个气若游丝，马上就要不行了。"

公蛎有气无力道："好你个薛神医，太恶毒了！"声音颤颤巍巍，如同一个八十的老太。毕岸可能看不过眼，又将小瓶子递给他嗅。一股辛辣的味道冲上鼻腔，公蛎终于恢复了些，坐在床上喘气。

薛神医一边挣扎，一边梗着脖子道："你们血口喷人！我愿意报官，找仵作验尸，以证清白！"

阿隼手上用力，疼得薛神医一阵龇牙咧嘴。

毕岸俯身看着妞妞耳后的肿块，道："你将血蚨菌丝种植在她的脑袋里，然后以名贵药材喂食，看似帮她们治病，其实是培养这些血蚨。血蚨一旦养成，这些孩子们便会精气消散而死。这个大些的，已经救不回来了。"

薛神医额头渗出一层细汗，叫道："求公子放老朽一马……那些女孩，是脑部患有恶疾在先，即使我不养血蚨，她们也决计活不过一年……"

公蛎仗着毕岸和阿隼在场，威风凛凛喝道："少胡说！别想为自己开脱！"

毕岸却道："他说的，是实情。"

薛神医有些意外，认真地看了一眼毕岸，诚挚道："对不住，我今晚不该临时起意，绑了你的朋友……"见公蛎还伸着脖子喘气，他往前挣扎着走了一步，小声道："你还不知道吧，你的这位朋友可不是凡人……"

毕岸淡淡道："他是一条水蛇。这个还用你说？"阿隼闪电一样的目光朝公蛎射来，公蛎顿时萎了，缩着脑袋不出声。

薛神医惊愕万分："你们知道，还同他……"

阿隼不以为然道："洛阳城中，这样的非人多得是。只要遵守我大唐的律例刑法，有什么相干？"这句话说的，公蛎几乎感激涕零。

薛神医不情愿道："好吧。请几位公子原谅我的莽撞。"

公蛎吐纳一阵后终于恢复了，恨道："我好好做人，同你有什么相干？"

薛神医鸡啄米似的点头，思索片刻，突然笑了，道："两位公子器宇不凡，料想都不是常人。我还藏有些奇珍的宝物，修身养性最好不过。两颗木魁果、一株千年人参、一颗迷谷果，都送予公子如何？就在偏厦，我这就带你们去取。”

公蛎有些心动，几乎要答应他，但见毕岸和阿隼面无表情，也不敢擅自开口。

薛神医哀求道：“老朽虽然行的是旁门左道，但好歹也救了不少人性命，求三位公子高抬贵手，我日后定然遵纪守法，再不做伤天害理之事。”他可怜巴巴地望着公蛎，眼窝汪出一点泪光来。

公蛎思量着，最好能从他手里多淘出些宝物来。

毕岸突然叫道：“巫琇！”公蛎以为又来了人，却不见有人应声而来。

薛神医一怔。毕岸缓缓道：“你叫巫琇，我没叫错吧？”

（七）

“巫”姓源于上古，算是以技能作为姓氏的族群。巫氏一族极为神秘，黄帝时期，巫氏始祖巫彭便以擅占卜、通阴阳、精医术而闻名，后有商朝太戊时的巫咸、巫妨集巫、医于一身，巫妨还著有《小儿颅囟经》，另有战国时期善于卜筮的巫阳，汉代《养性经》的作者巫都等，皆为巫氏中赫赫有名、神鬼皆惊的人物。隋末唐初，偶尔还听闻巫昭郎、巫罗俊之名，但同其先祖相比，家族声望大不如前。如今这数十年，巫氏几乎销声匿迹，泯然百姓矣。

毕岸道：“巫氏一族长期繁衍生息，至巫咸后，族内渐渐分为两支，一支以巫术占卜见长，一支以文学武略为重。前朝大业年间，两支彻底闹翻，以巫昭郎为首的文武派占了上风，不顾另一支反对，强行将祖坟迁移至闽地。如此一来，以巫术占卜见长的一支逐渐凋零，到最后，只剩下资质平庸的巫琇。”

薛神医背部一挺，冷冷道：“不错，在下正是巫氏不肖子孙巫琇。当年巫昭郎固执己见，断了祖坟的风水，导致家道败落，原来的巫氏子孙死的死散的散，有些甚至改了姓，另作他计。”

洛阳地处中原，巫姓更是少之又少，公蛎还是第一次见到巫氏后人。

巫琇神态黯然，道：“这些年，家族中掌握的占卜、堪舆、治病之术大多已经失传，那些从事医术的巫家子孙也没有了以往在医学界的独领风骚，而且人丁稀少，传至我这一辈，本支只剩下我一个。”

巫琇沉默片刻，继续道：“偏偏我是个极不长进的人，资质平庸，自己又不求上进，对家族之争毫无兴趣，更不用提光宗耀祖了。所以，"他苦笑了一下，道："如今只能通过祖辈们残存的一些口口相传的药材培养之法，勉强度日。"

他仰起脸哀求道："龙公子，我错了。但我今晚同你说的，绝无一句假话。"

公蛎反应不及，问道："什么话？"

巫琇满脸疲倦道："你极像我年轻时。不论性格还是心态都一模一样。"

虽然这话意味着公蛎也是个资质平庸、不求上进的，让公蛎稍有不悦，但他还是动了恻隐之心，偷眼望向毕岸，故意道："死了的那个孩子就不提了，活着的那个，你可有什么办法补救？"

巫琇沉默半晌，道："她脑部生有恶瘤，除非开颅取出，否则定难活命。说实话，我找了她们来，虽然有些私心，但也是想救人的。我祖上曾有以血蚨导出脑瘤而使病人痊愈的成功案例，但具体配方却已失传。"

三人转头看向两个女孩。巫琇沮丧道："研制一个准确的配方，需要多次的临床试验，偏这个血蚨，是拿人的性命开玩笑。不过我已经有些心得，或许再拖个一年半载，我便能找到治疗脑瘤的法子了。"

正说着，大点的女孩抽搐了几下，没了气息。

三人都有些动容，唯独毕岸仍摆着一张冷脸。公蛎过去拉过薄被将她的脸盖上，道："好孩子，你再投胎一定要托生个身体好的，不要受这个苦。"

四人沉默了片刻，公蛎想着自己反正也没大碍，小声道："他虽然害我，但好歹这些年行医也救了不少人。今晚之事不如就算了。"

阿隼喝止道："你懂什么？"吓得公蛎一哆嗦。

毕岸目光冷峻，缓缓道："血珍珠已令二十几个女孩子丧命，你怎么解释？"

公蛎吓得后退了一步，再也不敢多言。

巫琇面无表情，道："公子说什么，老朽不懂。"

毕岸扭头对阿隼道："房前屋后找一下，见到井要特别留意。另外，少量血珍珠，藏在前院左侧第三间巫氏祖像后面。"

阿隼闪身而出。

巫琇无奈地笑了下，道："唯一的一口井在前院风道处，你们可以随便查。血珍珠如今市面上都可以买得到，我这里有也不足为奇。"

毕岸道："六月上旬，魏乐师和刘婆子在你处出没后失踪了。"

巫琇坦然道："我开门行医，来瞧病的人络绎不绝，你说的两个人，可能来过，但老朽记不得了。"

阿隼喝道："你养殖那些血珍珠，到底为了什么？"

巫琇叹了口气，一脸诚恳道："公子怎么能凭空臆猜呢。血珍珠有奇特的养颜之效，我从市面上买了给一些年轻的女病人用，不算犯法吧？"

公蛎见妞妞同死去的女孩仍睡在一起，便抱了她到另一张小床上，自己盘腿坐在了陶墩上。这些陶墩看起来就像一个个腌咸菜的半大陶罐，口被封得严严实实，上面刻着一些已经磨得几乎难以分辨的古怪花纹，摆着屋中很是占地方，不过坐上去敦实厚重，倒也舒服。

正盘问着，阿隼湿淋淋走了进来，对毕岸附耳说了几句。

巫琇听不到，公蛎却听得清楚。阿隼说，此处只有前院有井，但确实是普通水井，井下及周边并无任何可疑之处；搜出来了一大包珍珠，其中有七八颗血珍珠，但卖相普通，略有瑕疵，皆非上品。

毕岸微微皱眉，脸上显出困惑之色。

巫琇面带得色，道："时候不早了，公子还是回去歇息吧。"

毕岸沉默片刻，冷冷道："我会找到证据的。"

巫琇态度更加嚣张，冷笑道："你不要拿那些莫须有的罪名来诬陷我。什么女孩儿被杀，你还是找到女孩儿的尸体再说吧。"

公蛎盘腿陶墩上，正伸着脖子看他们一问一答，觉得两人各有各的道理，听了这句话突然心头大震，惊叫道："尸骨……我知道！那些女孩们的尸骨……"

毕岸和阿隼齐刷刷将目光投向了他。公蛎咽了一口水，语无伦次道："流云飞渡后园……隔壁的枯井里……好多枯骨花，还有骸骨……"

巫琇狂叫道："你胡说八道！"

公蛎激动道："今晚这枯骨花，就是他告诉我流云飞渡里有，我偷偷进去找，发现不是流云飞渡，而是她家后园隔壁，一个废园子……"

巫琇梗着脖子，挣得绳子深深地勒进上臂中，咆哮道："你这个不仁不义的小水蛇，血口喷人，你说有枯骨花同我交换，我何时交代你去流云飞渡偷？"

仔细一想，"流云飞渡有枯骨花"这个信息，还真是从自己嘴里说出来的。当时只顾垂涎木魁果，未假思量便脱口而出，这一下便张口结舌，无言以对。

公蛎手忙脚乱地从陶墩上溜下来，将采摘枯骨花的情形讲了一遍，比划道："反正井下一大堆女人的尸骨，是不是那些做了珠母的女孩儿们，我可就不知道

了。"他一边说着，一边去拿石几上的枯骨花。

巫琇突然一声暴喝："不要动！"把公蛎吓了一跳。

"这花已经被我施了法术，外人是不能动的。"巫琇的声音竟然有些颤抖，"龙公子，我答应你以其他宝贝来换，决不食言。只是这株枯骨花，请一定留下。"

公蛎缩回了手，看向毕岸。毕岸道："枯骨花是采撷血珍珠时给女孩们喂服的药粉原料之一。"言下之意，谁知道巫琇是否用来做坏事。

阿隼马上上前，抓起枯骨花往外一拉。

枯骨花如同长在了石几上，纹丝不动。阿隼惊讶万分，用力拉扯，仍是如此。巫琇苦笑道："公子好歹信我一次。这是我家祖传法术，需在鬼节当日，以枯骨花做诱饵，引地下的血蚨菌丝出来。"

说话间，只见一条细细的红色丝蔓从骷髅的下巴处向上游走，接着多条丝蔓出现，将骷髅紧紧包住。没多久，骷髅已经被血丝缠绕，比白骨森森更瘆人。

巫琇道："我这就带几位公子去取宝贝。能否将绳子解开？"见三人都不言语，苦笑道："好吧，就这样。"由阿隼押着，蹒跚着朝屋门走去。

毕岸不为所动，蹲在地上，认真研究陶墩上的花纹。巫琇似乎有些焦急，点头哈腰道："公子快随我来。老朽不才，还是收藏了几件宝贝的。"

公蛎一想到吃了木魁果便能像毕岸一样英俊，兴高采烈一甩袖子便要跟上，手指却不小心挂到一条细线，勒得生疼。

低头一看，是一根长长的马尾状东西，黄白色，带着一股淡淡的松香味，一头缠绕在公蛎的手指上，一头压在陶墩的封口处。公蛎揉着手指头，不满道："亏你还是大名鼎鼎的巫家后人，太不讲究了，这么大个陶墩放屋里做凳子，石几还砌这么低，又占地方又不方便。"

巫琇扭头看了一眼，赔笑道："是是，过些天我便换些高大舒服的桌椅来。"

毕岸听到公蛎埋怨，走过来附身检查那条细线，用力拉扯了几下，突然后退一大步，拔出长剑猛然朝刚才的陶墩劈去，碎屑溅起，砸在公蛎的脚面上。

（八）

陶墩一分为二，一具蜷缩着的男子骨架完整地呈现在众人面前，他看起来身材高大，骨骼受到严重挤压，脖颈折断，头颅几乎是搁在膝盖上，而他的手里紧紧握着一缕黄白色马尾。

公蛎抱着脚趾，嘴巴微张，忘了埋怨毕岸。阿隼一下将腰刀架在巫琇脖子上。

毕岸用剑尖挑起一跟断骨，道："骨头中部发红，关节处发黑，系中毒身亡。从骨龄判断，此人应该四十上下。"然后又挑起马尾，"上等白色马尾浸过松香，是做琴弦的材料。此人对音律比较精通，他是——"

"是魏乐师！"公蛎率先叫了出来。他很是得意，偷眼看了看毕岸。

毕岸微微颔首，道："没错，从尸体判断，正好符合魏乐师的特征。"他踢了踢旁边一个陶墩，"这些陶墩，只怕个个都有猫腻，可能刘婆子也在里面。阿隼明日安排人手，打开全部陶墩。"他看向巫琇，冷冷道："你发现血珍珠一事败露，便杀了魏乐师灭口，是不是？"

巫琇脸色极为难看，一言不发。

毕岸扫视着房间，深吸了一口气，道："外面确实是口普通的水井。这里，才是真正的井卦之门。"他将长剑指向正中的石几。

巫琇愀然变色，嘴唇紧闭，怨毒地瞪着毕岸。

原来巫琇将这个小院按照易经后天第四十八卦"井"卦布置，取其卦象"枯井破费已多年，一朝流泉出来鲜，资生济渴人称羡，时来运转喜自然"之寓，本卦原是上上卦，为的是重振家族雄风。一方面他故意将"井"卦之门建在屋中，装饰成了一个普通的石几，避免招人耳目，另一方面，他手段阴毒，杀人无数，如此的"井"卦布置，可以为他杀人灭口、施展法术做最好的掩护。

公蛎一看，可不是，这个石几，分明就是一口被封的井。这井里不知道有多少屈死的冤魂和未知的东西，公蛎不由得打了一个寒噤，忙走到毕岸身后站着。

巫琇突然叫道："你就是毕岸？"

毕岸坦然地正视着他。

巫琇咬牙切齿道："我同你无冤无仇，你为何要同我过不去？"

公蛎一想起那些花季少女变成了白骨架，心中又是可惜又是害怕，躲在毕岸身后抢先骂道："那么多无辜的女孩子，同你有冤有仇？还有我，你害我的时候，何曾想到我同你无冤无仇？"

巫琇理亏，气焰低了下去："我本来也没想要取你的性命。"

公蛎想到自己的胆差一点被他活生生挖走，不由一阵后怕，怒道："亏我不计前嫌，还替你说话呢！你好好地复兴你巫家便是，搞这些歪门邪道做什么？"

巫琇嘿嘿冷笑了两声，阴森森道："难道你不知道，我巫家本来便是做这些歪门邪道的吗？"

毕岸淡淡道："怨不得巫家败落。"

这一句，比公蛎扯着嗓子嚷嚷半天有用得多。巫琇瞬间神态颓废，失魂落魄。

公蛎有时很讨厌毕岸这种喜怒不形于色的样子，让公蛎的自卑感油然而生。但偏偏他又不由自主想要模仿，尽管经常模仿成"虚张声势"或"装模作样"。

公蛎不爱多事，本盼着拿到木魁果就算了，谁知道这巫琇竟然是血珍珠的元凶。他干咳了一声，严肃道："我来问你话，你要老实回答。那些女孩子，你从哪里得来的？养这么多血珍珠，干什么？"

巫琇翻了个白眼，道："女孩子是从人牙子处买来的。血珍珠——"他突然阴恻恻一笑，笑得公蛎心里发毛，"你若知道血珍珠的用途，只怕你也想要了。"

公蛎忙问道："什么用途？"

巫琇冷笑道："这个乃是我巫家祖传秘学，我岂能说与你知道？"

公蛎气得半死，大叫道："阿隼，快点将这个丧心病狂的家伙交官府查办！"

阿隼喝道："血珍珠一案，绝不是三个人便能干成的，说，你的同伙是谁？"

巫琇轻蔑了瞥了他一眼，冷笑道："就凭你们几个毛头小子，就想置我于死地？"他一双阴鸷的小眼睛恶狠狠盯着毕岸，一字一顿道："毕岸，我记住你了。"

毕岸神态自若道："毕岸随时恭候。"转身去查看搁架上的陶罐。

公蛎急道："同他废什么话，赶紧扭送官府要紧。"阿隼对着大门发出一声呼啸，很快便听到隐约的脚步声。

巫琇脸上露出一丝诡异的笑，喃喃道："中元节，鬼门开。"他手腕虽然被绑，却掐着一个古怪的手势：两手拇指、食指和无名指相对，中指、小指蜷曲；但左手五指之外，分明还有另一个细长的手指，若隐若现。

公蛎大惊失色，睁大眼睛盯着他的双手。巫琇突然咯咯地笑了起来，六指儿瞬间消失，尖利的笑声远远传出，在寂静的月夜显得尤为刺耳。

脚步声越来越近，已经听到大门响的声音。公蛎正伸着脖子往外看，蜡烛忽然闪了几闪，连同门前的灯笼一起熄灭了。

此时正当子时，皓月当空，屋外明朗，更觉屋内黑暗，伸手不见五指。

毕岸叫道："阿隼小心！"阿隼回应道："放心！"话音未落忽听咯吱吱一声响，接着便听到石头摩擦和水花翻腾的声音。

啪的一声，毕岸打亮了火折子。阿隼推搡着巫琇："老实点！"

扒着门框作势逃跑的公蛎脸色苍白，指着巫琇尖叫道："坏了！……不是他！"

毕岸一个箭步冲了过来，一剑将阿隼手中的人劈成了两半。

阿隼松开了手。倒在地上的不是巫琇，而是一个咧嘴大笑的稻草人，身上穿着巫琇那件花花绿绿的袍服；它的脑袋被劈开，滚出一团蠕动的蛆虫来。

同时不见的，还有石几上的枯骨花。而石几严丝合缝，没一点打开过的痕迹。

毕岸沉声道："是我大意了。"

阿隼懊悔至极，飞起一脚将身旁一个陶墩踹翻。陶墩咕噜噜滚了一段，裂成几瓣，里面是一具已经乌黑的女人骨架。

公蛎倒吸了一口气，跳至门槛外，抖着声音道："时候不早了，我们回去吧。"

几个黑衣人呼啦啦冲了进来，恭恭敬敬地朝阿隼行了礼。阿隼吩咐道："两个孩子，一个已经死了，另一个昏睡，先抱回去，死的放停尸房，活着那个明早通知家长来领。将此院封了，连夜搜查，不得放过任何蛛丝马迹。另外注意保密，不要走漏任何风声。"黑衣人唯唯诺诺，阿隼讲一句，他们便道一句"是"。

公蛎没想到一个不起眼的阿隼，讲起话来条理清晰，气度威严，而且有这么多人听命于他，不禁心生羡慕。

几个黑衣人领命而去。

阿隼表情沮丧，道："我在这里守着，公子您先回去吧。"

毕岸道："不急，你跟他们去看一下。我找下血蚨。"阿隼转身要走，公蛎忙跟在他身后，小声道："那个……那个木魁果，是我用枯骨花换的，你要是搜到了，一定要记得还给我。"

阿隼理也不理，快步去了。公蛎悻悻地转过身，嘟囔道："本来就是我的……"一抬头见毕岸还在检查那些陶罐，顿时起了血蚨的主意。

他亲眼见巫琇将血蚨用白绢裹着放入了下面的鬼脸青陶罐中，却不点破，任由毕岸一个个地详细查看。装模作样地帮着看了几个，磨蹭到鬼脸青陶罐处，手伸进去，故意道："啊呀，还是没有。这个巫琇，真是狡猾……"

说完自己却愣了。原来陶罐真是空的。公蛎不甘心，又认真地摸了一遍，抱着罐子又是倒又是对着灯光看，恨不得将脑袋扎进去，陶罐空空如也，空无一物。

刚才巫琇逃走就在一瞬间，几乎不可能抓了血蚨再逃，血蚨去哪里了？

毕岸似在意料之中，道："这个巫琇，还是有些真本事的。"

（九）

离开医馆，已近寅时。公蛎一溜小跑跟在毕岸身后，感激道："今晚多亏了毕掌柜，否则我便要惨死在这巫琇手中了！"

毕岸沉默不言。

公蛎想了一会，赔笑道："你怎么知道巫琇是血珍珠案的凶手？"

毕岸简短道："我已经跟踪他多日。"

原来这一个多月来，公蛎忙着吃喝玩乐讨好苏媚，毕岸和阿隼却全力投入血珍珠案件的侦破中。经多方查找，翻阅古书，毕岸发现，以人为珠母，原是古老姓氏巫家的绝学。这门法术阴毒至极，便是巫氏先祖也很少用此法，如今突然出现在洛阳，毕岸深感疑惑。

但打听多日，始终未在洛阳城中发现巫姓后人。倒是阿隼利用人脉，经布线走访后发现，魏乐师和刘婆子失踪前几日都曾到薛家医馆看病，于是才将注意力放了薛神医身上，对他的身份背景、医疗手段、医馆设置等进行了详细调查。

这一调查，却有了意外发现。薛老五的身份文牒竟然是假的，他二十年多前来到洛阳，前十几年一直默默无闻，以在洛水码头搬运为生，后来却突然转行行医，不用望闻问切却可做到药到病除，从而获得了"神医"的称号。

毕岸怀疑他就是巫氏后人巫琇。因此，这一个月来，毕岸趁薛老五外出，曾多次夜入薛府窥察，发现院中布局奇特，风脉异常，明明是个井卦，却找不到卦门。而魏乐师和刘婆子活不见人死不见尸，阿隼找遍全城，除了在这个医馆找到一只舞鞋，疑似刘婆子的，再也找不到任何证据。

因此，两人怀疑魏乐师和刘婆子被巫琇杀人灭口，却无法指证。

公蛎得意洋洋道："幸亏我误打误撞，找到尸体，这下巫琇可无法狡辩了！"

阿隼因巫琇逃了而懊丧，不禁怒道："若非你莽撞，今晚他就跑不掉了！"

公蛎瞪目道："关我何事？"

阿隼道："要不是为了救你，我们怎么可能仓促现身？"

公蛎愕然道："什么叫仓促现身？"

阿隼甩袖而去。公蛎不敢多问，追着谄媚道："好好，我错了……你这个月的臭鞋子，我帮你洗了好不好？"

巫氏先祖不乏身负异能之辈，在庙堂享有盛誉。后家族败落，有些胸怀大志的巫氏后人心有不甘，常常恳求先祖庇护，渐渐形成一个约定俗成的家规：每逢月圆之夜，巫氏后人定会举行神秘仪式，以求先祖荫庇，法术增进。

七月是一年阴气最旺的时节，七月十五中元节仪式便尤为重要。因此，按毕岸的安排，七月十四日便要在医馆外设埋伏，以求在其行使仪式时寻求蛛丝马迹。

哪知道公蛎莽莽撞撞地闯了进来，被领进了终日紧锁的上房不说，还被巫琇制服，要挖了他的蛇胆。毕岸无法，只好现身救了公蛎。

如此一来，变得十分被动。特别是当薛神医坦然承认自己是巫琇时，血珍珠案几乎走入死胡同。可巧儿，一根马尾琴弦暴露了信息，不仅发现了井卦之门，也找到了巫琇杀人的证据。但是原本打算观察仪式以求突破的计划全然泡汤。

巫氏多秘不外传的祖传绝学，民间几乎难以查到破解之法，今日因为救公蛎，不仅计划付之东流，更为可恶的是，生生让巫琇在眼皮底下逃走了。

经官府搜查，陶墩中共发现五具尸体，除了魏乐师和刘婆子，其他皆不可辨认；那个被毕岸认为是井卦之门的石儿，费了老大之力打开，却发现下面是实的，并无枯井或通道。

更为诡异的是，第二天晚上，公蛎带着毕岸和阿隼偷偷潜入那日发现枯骨花的废园子，希望能找到井下的骸骨。不料三人绕着流云飞渡的围墙外走了多遍，都没找到公蛎描述的古井，连相似的地方都没有。三人不甘心，在阿隼的安排下，大白天又进去查找了一遍，那个古井像是飞了一般，无影无踪，气得公蛎赌咒发誓，证明自己没有撒谎。

为了不引起民众恐慌，官府将此事压了下来，对外只宣称薛神医治死了人，连夜卷了细软逃走了，善后事宜由官府接手处置。

刘江领回了女儿，又开始愁眉不展，带着孩子四处看病。而那串令公蛎垂涎三尺的翡翠串儿，他还是拿来当了，不过当价高了许多。但不知怎么，公蛎却对它失去了兴趣——当然，这只是暂时的。

（一）

七月下旬，早已过了立秋，"秋老虎"肆虐，天气依然炎热。当铺的生意日趋稳定，一日多则十几单，少则三五单，汪三财一人足能应付，不用公蛎帮手。

这日一大早，当铺还未开张，便听到有人拍门。

胖头开门一看，却是以前曾帮着公蛎一起骗人的小矬子，马上侧身警惕道："你来做什么？"

当日骗人未成功，公蛎答应分给小矬子的一两银子自然难以兑现，两人交情本就不深，这小矬子是个愣头青，讨不到钱竟然将公蛎和胖头痛揍了一顿，抢了他们的烧饼和仅有的四文钱，三人彻底闹掰。

小矬子从门缝里挤了进来，满不在乎道："干什么呀？开了个当铺，连老朋友都不认识了？"

公蛎听到响动，故意穿上最好的衣服，大摇大摆地走了出来。小矬子眉开眼笑，讨好道："哎呀，龙掌柜大喜！"

公蛎压住心底的恨意，摆出做出意外重逢的表情："啊呀，原来是矬子兄弟。"张开双臂作势要抱，待小矬子也张开双臂迎了上来，却转了一个方向抱住了胖头的肩头："我和胖头不过是运气好些，不费吹灰之力就得了这么当铺，如今吃喝不愁，还真怀念当初我们一起混码头的日子。胖头，看茶！"不待胖头冲好茶，装模作样看了看天，道："今日天现祥云，预示着生意兴隆哇。胖头快去开门！将柜台擦了！看这门口脏的，赶紧扫一下，还有招牌，怎么不早早挂了出来？"一时间将胖头指挥得团团转。

小矬子一双三角眼阴沉沉打量着公蛎，眼底透出一丝妒恨的光来。公蛎心底暗爽，道："本掌柜今日还有要事，不好意思啦。"拍了拍衣襟便要扬长而去，却被小矬子一把拉住："我有东西要当。"

公蛎装腔作势道："本当铺正当经营，坑蒙拐骗、偷盗抢劫之赃物一概不收。"

小矬子赔笑道："那是那是。我这可是正当得来的。"说着从怀里拿出一个沉甸甸的银锁来。

这银锁正面浮雕四个字"长命百岁"，背面镌刻"聪明伶俐"，一看便知是孩童佩戴的长命锁，上面两条跃起的鱼儿栩栩如生，花纹流畅，刀法古朴，表面阴刻处略有发黑，手感厚重，算是个传家古物。不过右侧上下各有一排凹印子十分明显，有些影响观瞻。

公蛎斜眼一看，道："偷来的吧？"其实公蛎和胖头都知道小矬子是有一只祖传的银锁，不过从未细看过，不知是不是这只，说这话完全是为了报被揍之仇。

小矬子一拍胸脯："我以人格担保，绝对不是赃物。"

公蛎晒道："你有人格吗？在哪儿，给我看看？"绕着他转了一圈，拍着肚皮哈哈大笑。

小矬子大怒，瞪视了公蛎片刻，勉强挤出一丝笑容，硬生生咽下了这句抢白。公蛎十分得意，正想如何找个法子好好捉弄下他，忽听外面一阵喧哗，胖头叫道："磁河淹死人了！"

公蛎素喜围堆儿看热闹，听说磁河淹死人，顿时顾不上理小矬子了，顺手将银锁塞给正在挂招牌的汪三财，敷衍道："交给财叔就行了。"拉起胖头追着人群去了。

小矬子哎哎叫着，见公蛎胖头头也不回，脸色顿时阴沉下来。

此时又有几个街坊走过，一边走一边议论，有人比划着"头这么大"、"身上都肿了"等，小矬子听到，突然神色慌张，一把夺过银锁，支吾道："哎呀，我还有事……不当了。"转身朝反方向跑了。

出事之地距离忘尘阁不过两条街道，公蛎和胖头随着众人来到出事的河边，周围已经围了一群人，一个热心男子正站在河边用爪篱往水里探。

洛水河道，公蛎最熟悉不过。磁河是洛河的一条小支流，源头为城外邙山溪水，从敦厚坊穿流而过，水流不大，但水势湍急，将河床冲刷得沟壑遍布。到了敦厚坊南部，因此处河床下有巨大岩石，直冲过来的河水在此微微打旋儿转向另一侧河道，所以形成一个相对平静的水面，常有妇人女子在此浣纱洗菜。

今天一早，一个女子洗衣服时，看到水面飘着一件衣服，后来发现竟然是一具死尸，忙叫了人来打捞。

一只肿胀发白的脚丫子先伸了出来，众人一阵惊呼，男子将爪篱勾住尸体的上衣，慢慢拖了出来。

死者个子不高，衣服脏污得分辨不出颜色，浑身上下如同吹了气的糖人儿浮肿厉害，将身上的红色小褂撑得圆滚滚的，脸部更是变形严重，鼻子眼睛都分辨不出，歪斜的嘴巴不停地流水，并伴随着一股令人作呕的腐臭味。

众人掩了口鼻议论纷纷，说了半日也没辨出是谁家的。早有好事者报了官，不一会儿，两个身着作作官服的男子来了，年老的作作上前查看了一番，叫道："死者男性，年龄不超过二十岁，身上无致命伤口，口中有泥沙，系溺水身亡。"命年轻作作记下。旁边候着的两个小捕快用一领草席裹上尸体，放在简易担架便要抬走。

有围观者叫道："这么快就查验完了？"

老作作挥手叫道："如此明显的特征，定是贪凉游泳溺水而亡，赶紧通知邻里，清点下自家人数，两个时辰内认领尸体。天气炎热，若到中午还找不到家属，便按无名尸体处理。"

众人一片唏嘘，让出一条路来。

两个捕快刚要抬上，忽听人群后有人高声叫道："慢着！"毕岸从人丛中挤了过来，走到老作作身边，顺手接过他的工具包，道："借用一下"。

老作作自诩经验丰富，对毕岸横插一刀十分不情愿，但看他器宇不凡，指责的手指又放了下来，嘟囔道："还看什么呀？"

毕岸不语，走到尸体旁边，翻开草席，先用镊子翻看了死者的眼睛和牙齿，又在滑腻的尸体上捏按了一番，沉声道："死者十三到十五岁，腰椎侧弯，头部朝右侧歪斜，左脚微跛，家境中等，死前颈部佩戴双鱼长命锁。"

围观者叽叽喳喳议论起来。有一个妇人叫道："会不会是刘秃子家的瘸儿子？"一个老汉反驳道："不会，刘秃子媳妇看护得紧着呢。"有热心人马上跑去刘秃子家送信打探。

毕岸丝毫不受干扰，重新仔细看了片刻，又道："死亡时间在二十五和二十六个时辰之间，也就是前日凌晨。"

周围响起一阵喝彩声。站在人群中看热闹的公蛎见他大出风头，心里妒忌万分，捏住鼻子走了过去，站在毕岸身后左看右看，可是看来看去就是一句普通的尸体，并不能辨别出任何有用的信息。

　　跟着公蛎一起过来的中年农夫憋了半天，好奇道："怎么看出来的？"

　　毕岸淡淡道："脊柱侧弯，一摸就知。衣服材质做工良好，手指指甲长而完整，自然是家境不错的人家。"

　　围观者恍然大悟，赞美之声不绝于耳，有夸毕岸明察秋毫的，有赞毕岸相貌英俊的。

　　毕岸充耳不闻，从尸体鼻孔从镊出了什么东西，脸色突然一变。公蛎眼神不行，尚未看清镊子上有什么，毕岸已将镊子擦拭干净，放回了工具包，走到老仵作跟前，俯身在他耳边说了句什么。老仵作本来正不自在，听了这话满脸厌烦，甩袖而去，只留下两个小捕快看守。

　　公蛎好奇道："怎么了？"毕岸面色冷淡，朝围观者略一抱拳，翩然而去。恰巧一轮红日从江面升起，朝霞投照在毕岸修长的身影上，拖出长长的影子。周围的人群，特别是女人们，上至头发花白的洗菜老妪下至豆蔻年华的浣纱少女，一起尖叫起来，公蛎更是嫉妒得双眼发红，听到胖头跟着一起叫好，狠狠地踹了他一脚。

　　围观的人群等了一会儿，不见家属哭喊着来认领尸体，有人受不了那股腐尸的臭味，便慢慢散了。

（二）

　　公蛎和胖头回到当铺，见毕岸坐在后园梧桐树下，正在悠闲地喝茶。公蛎绕着他走了几圈，忍不住问道："你这本事，跟谁学的？"

　　毕岸看也不看他，道："天赋。"

　　公蛎哼了一声，又问："你说死者到底是溺水身亡还是被人谋杀的？"

　　毕岸漠然道："这是官府之事，与我何干？"

　　公蛎讨了个无趣，转身走开，小声嘟囔道："还匡扶正义呢，我呸！"

　　走到前堂，看到小矬子又在门口探头探脑，一见公蛎，马上换了一副笑脸。

　　原来小矬子又去了其他家的当铺，但压价厉害，绕了一圈，还是回到这里。

　　公蛎深恨小矬子那次痛打自己，本不想接他的生意，但汪三财却劝说，开门迎客，自然来者不拒，接过了银锁问道："客官要价多少？当期如何？"

　　小矬子看着公蛎的脸色，赔笑道："十两银子，当期六个月。"

　　汪三财文绉绉道："银锁做工精良，但雕花磨损严重，且上下各有一排牙印，不值十两。"

小矬子迟疑了下，回价道："九两！"

汪三财又摇头。两人正在还价，胖头插嘴道："财叔，这个叫做什么锁？"

汪三财絮絮叨叨道："这是双鱼长命锁，寓意孩子长命百岁、一生平安，上次给你看的祥云盘龙锁，镌刻状元及第之类，是求孩子出人头地、光宗耀祖的……"说着突然"咦"了一声，看着银锁上的花纹皱起了眉。

胖头凑过来，虚心求教："怎么判断当物价值？"

汪三财似乎有些神色不宁，未回答胖头的话，却对小矬子道："客官这银锁从哪里来的？"

小矬子恼火道："你什么意思？我这是……祖传的！"

汪三财反复看了良久，最终下定决心道："最高六两，当期半年，三分利。"

汪三财不愧是生意老手，一下子便压下一半价格，公蛎暗暗对他伸出一个大拇指，还故意道："这个破玩意儿，哪里值六两？我看顶多三两。"说着抓过银锁，上下掂量，又对着光线照来照去，看起来好像十分在行的样子。

这只银锁正反面各有一对高高跃起的鲤鱼，两条鲤鱼喷射的水花连接，自然形成锁扣，周围及底端以阴刻镂空手法刻有水波纹，造型别致，花纹流畅，若不是那两排牙印，只怕二十两也不算多。

公蛎看着小矬子阴沉的脸，心中暗爽，道："我是掌柜，你若不愿意，另寻别人家典当便是。"说着将银锁递给小矬子。

日上三竿，明亮的阳光透过窗棂落照在银锁上，公蛎突然觉得一阵眼花，好像上面的水波流动，两条鲤鱼突然动了一下，喷出的水柱带着一股阴冷的白气，左右两边的花纹阴影连在一起如同两个骷髅一般，正张着黑洞洞的嘴巴狞笑。正待细看，忽觉胸口一阵刺痛，不由"啊"一声丢了银锁。

胸口痛的位置，恰好便在佩戴螭吻玉佩的地方。这玉佩是从毕岸身上偷来的，公蛎自然不敢公开佩戴，唯恐毕岸要了去，便用五色线穿了系在脖子里。这当儿竟然如同长了刺一般，扎得他捂着胸口跳脚。

小矬子悻悻地捡起银锁，发狠道："不当就不当！走着瞧！"公蛎苦着一张脸，连连摆手催他赶紧滚。不料后堂门帘一打，毕岸走了出来，沉声道："客官留步。"盯着银锁看了几眼，道："财叔，依这位客官要求，十两银子，六个月，两分利。"

小矬子和汪三财同时怔住。说来也怪，公蛎的胸口突然不疼了，直着嗓子叫

道："你会不会做生意的？不是说好生意方面由我负责的吗？"

毕岸看也不看他一眼，继续道："财叔，请客官先签了非赃物保票，兑换银子吧。"汪三财回过神来，忙去柜台办理典当手续。小矬子欢天喜地拿了银子，还不忘斜睨公蛎一眼，公蛎气得说不出话来。

毕岸接了银锁，在旁边的茶几旁坐下。

小矬子正在签署当票之际，阿隼满头大汗回来了。见毕岸坐在大堂，附耳说了句什么。毕岸道："不用，在这里讲便可。"

阿隼迟疑了下，道："磁河死者已经查明，不是刘家的，是城郊花溪村张发之子，叫张铁牛，刚过了十三岁生日。身体有些畸形，头部歪向右侧，左脚在七八岁时不慎被砸到，有些跛。"

果然同毕岸判定的一样，公蛎暗暗佩服。阿隼继续道："张发五日前去了乡下贩卖粮食，只有母子二人在家。据张妻说，大前日晚上天气闷热，她帮助张铁牛在河边搭了乘凉的竹床，第二天一早不见了他，这两日疯狂寻找，正准备今日报官。"

毕岸道："家属怎么样？"

阿隼道："张妻得知儿子淹死的消息，已经哭得昏死过去。官府刚将发现尸体者、张发以及平时同张家有矛盾的几家都审过了，最终还是判定系张铁牛不小心溺水身亡。"

毕岸微微点头。阿隼道："明日尸体掩埋，还有些手续要处理，我先去了。"

毕岸似乎有些心不在焉，把玩着手中的银锁，听说阿隼要走，又问："他家里情况如何？"

阿隼道："张家为人老实本分，同邻里关系相处良好，经营着一个杂货铺，家境还算殷实。平时深居简出，特别是唯一的儿子左脚受伤之后，更是悉心照顾儿子，少与人来往。邻居说，他家儿子礼貌懂事，嘴巴又甜，这些天天气热，常见这孩子在河边玩水。所以官府判断，他是自己失足落水……"

毕岸打断道："他不是在附近落水，是在鹰嘴潭。"

阿隼辩道："便是在鹰嘴潭，也不能断定他是被人谋杀。他一个残疾的孩子，也不是什么大富大贵之家，谁会要害他？"

毕岸道："我看到死者脖子上一个印痕，死前应该带有首饰，可找到了？"

阿隼搓着手，为难道："老仵作说，那个印痕是尸体漂浮过程中碰巧将脖子里夹了一棵细长的草根形成的，尸体泡得厉害，难以判断是否是银锁，张妻也一句话未说便昏迷了……"他疑惑地看了几眼毕岸手里的银锁，突然朝小矬子看过去。

公蛎瞬间明白过来，一把揪住小矬子，喝道："你谋财害命，见人家的银锁名贵，晚上去偷他的银锁被发现了，所以将他推到了河里，是不是？"

小矬子正支着耳朵听毕岸和阿隼的谈话，被公蛎这么一抓，吓了一跳，辩道："我这是祖传的！我爷爷给我的呢！"

毕岸举起银锁，道："我查验死者时发现，他有颗上齿缺了一块。而他的头歪向右侧，要是他用力咬银锁的话，定会留下如此痕迹。"胖头颠儿颠儿地跑去看，叫道："是哦，锁上面的牙印有一个浅些。"

小矬子顿时语塞，瞪着毕岸摆出一副要打斗的姿势："老子不当了行不行？"

毕岸神色不惊，依然气定神闲地喝茶。阿隼走过来，抱胸而立，冷冷看着他，手臂连同胸部的肌肉隆起，将麻布汗衫撑得仿佛要裂开。小矬子声音越来越低："……是我捡来的……我在河滩捡的……"

阿隼眯起眼，灰黄的瞳孔猛然缩小，亮得如同银针的针尖，公蛎连忙将脸扭开，不敢看他的眼睛。小矬子再也撑不住了，抱头蹲下道："我根本不认识他，真不是我杀的……"

公蛎看小矬子同自己一样害怕阿隼，心里顿时感到一阵痛快，幸灾乐祸道："这些话你留着给官府讲吧。胖头，找根绳子来，将他押解官府！"

小矬子的眼底透出深深的恨意，甩开公蛎，梗着脖子道："一个银锁，我犯得着杀人么！"

公蛎趁机落井下石，抢白道："不是你杀的，死者的银锁怎么会在你手里？"巴不得将他送到官府里吃几天瘪。

不料毕岸却慢悠悠道："我知道不是你杀的。"

小矬子松了一口气，将事情的来龙去脉说了出来。

原来昨晚，小矬子半夜去磁河摸王八，突然摸到一个滑腻腻的东西，打开火折子一看，竟然是个死人，顿觉晦气，本想撒手抛开，见尸体脖子上挂着一个银锁相当精致，便见财起意，把银锁扯了下来据为己有，将尸体重新推入河中。

公蛎忍不住道："笨蛋，偷了东西好歹避避风头，一夜还没过呢就拿出来当，活该被识破……"见阿隼针一样的眼光射过来，顿觉失言，忙闭上了嘴。

小矬子眼底突然闪现一丝恐惧道："这个东西……"看到公蛎一脸鄙视的样子，收住了话头，不服道："我这顶多是贪财，哪里就犯了法了？去官府我也不怕。"

毕岸道："阿隼，永徽律。"

阿隼脱口而出："永徽律第十九卷贼盗卷第一十七条，盗死尸器物者，以凡盗论；侮辱尸体、盗窃尸体佩戴财物者，杖责五十。"

胖头的傻相又来了："整个永徽律你都能背下来？"

小矬子哭丧着脸叫道："我不要了！麻烦你们转交官府或者还给张家。"猛然将到手的十两银子抛给汪三财，趁阿隼注意力被转移，如泥鳅一般哧溜一下逃了出去。待公蛎和胖头追出，他已经不见了踪影。

公蛎回到当铺，见毕岸、阿隼、汪三财正围着银锁研究，阴阳怪气道："好手段好手段！一两银子没出，白白得了银锁！小心张家淹死的儿子死不瞑目，夜半回来找你，哈！哈！"

毕岸收起银锁道："阿隼，你再去走访看看，张铁牛死前有什么古怪。我同公蛎胖头去下鹰嘴潭。"

公蛎觉得十分莫名其妙："管我什么事？我不去！"

毕岸将手一扬，公蛎的脑袋又一阵针扎般疼痛。毕岸冷冷道："随你。"转身而去。

胖头眨巴着眼睛看着公蛎的脸色，嗫嚅道："反正我们也没什么事，不如跟着毕掌柜走一趟，就当出城游玩。"

不知为什么，公蛎总觉得这个银锁有些怪异，不情愿地跟着去了。

（三）

三人出了安喜门，很快到了鹰嘴潭。鹰嘴潭因旁边有块凌空而立的巨石形似鹰嘴而得名，远远听到水瀑飞溅之声，走进一看，三丈白练自空中飞流而下，一弯潭水幽深翠绿，如同翡翠，石壁上红叶如霞，倒影生辉，大大小小的石头随意横陈，周围树木环抱，根须盘曲，若是炎炎夏日过来，定可暑气尽消。

毕岸绕着潭周四处查看。胖头人虚多汗，顺着微斜的石坡走到水边，脱了鞋子踩在水里，乐滋滋道："好舒服！早知道有这么个所在，夏天就不用怕热了。"

公蛎看着因为太深而呈现暗绿色的潭水，阴险道："下面有水鬼。"

这个倒不是公蛎杜撰的。鹰嘴潭下地形复杂，每年都会发生游泳者溺毙事件。洛阳传说，溺死之人不能投胎，除非找到另一个人溺死来替他，即所谓"淹死鬼找替身"一说，因此附近村民谈之色变，严格限制那些半大的小子来此游泳，原本离城极近的鹰嘴潭几乎与世隔绝。

公蛎自己虽为异类，但对鬼神之事向来敬而远之，所以一次也不曾来过鹰嘴潭。胖头十分好奇，皱眉瞪眼，竭力想看清湖底深处的景象："你说，真有水鬼吗？水鬼长什么样？"

公蛎本来站在他身后，突然将嘴巴裂开，脖子伸出，猛地伸到他面前："水鬼就是我！"

胖头毫无防备，吓得哇哇乱叫，脚底一滑，进了潭水深处，声音仍在水面上回荡："就是我——就是我——"

公蛎得意异常，指着在水里扑腾的胖头哈哈大笑。胖头的水性还是不错的，待到看清方向，手脚并用，飞快游到浅水处，捧起一瓢水朝公蛎泼来。公蛎一边躲，一边道："死胖子，让你见识见识什么是老大！"弯腰将鞋袜脱去，放在一块石头上，三下五除二去了衣服，将螭吻珮也摘了藏在衣服下面，摆出一个要扎猛子的姿势，叫道："我来了！"

一抬头，却不见了胖头，他的位置只有一个未来得及平静的漩涡，还有一串串的泡泡和荡漾的波纹。

潭水十分清冽，稍浅些的地方可一眼看到底，连刚才胖头站立的石头都十分清晰，不过后面即是深水区。两人以前经常在水里玩做迷藏的游戏，公蛎也不以为意，一头扎进水里，用脚划出一道优美的弧线，朝潭水深处游去。

一直潜行了有两三丈，仍然深不见底。公蛎心想，胖头不可能游这么深，便折身返回，冒出头来，笑骂道："有种你别躲啊胖头，我们俩比赛，只要你能抓到我，我中午请你吃红烧肘子。"

水面静悄悄的，胖头也不知跑哪里去了。公蛎估计他偷偷躲在哪个大石头后面，更加想要卖弄，肆意地变化着姿势，游得又快又好，若不是忌讳毕岸，恨不得化为原形游个痛快。

游得兴起，不知不觉到了潭心。公蛎探出头来叫道："看我的，我给你来个海底捞月！"一语未了，忽然一阵恍惚，脑袋热热的，十分舒服，但浑身软绵绵的一点力气也没有。

公蛎换了个姿势，脸朝下漂浮在水面上。忽觉身下水流异动，原来潭心的水正在旋转，慢慢形成一个水桶粗的漩涡，旁边还有两个深而细的小漩涡，一眼看上

去，像是一个张着大嘴巴的巨大骷髅，想要把他吞噬。

公蛎的眼皮沉重得抬不起来，不过本能却告诉他绝不能在水里面睡着，便奋力摆动身体，竭力想摆脱水流的卷动。挣扎之际，那个大漩涡之中突然伸出无数只白骨森森的手，拉扯他的尾巴，掐他的身体。公蛎的脑袋突然的针刺一般疼痛，手脚抽搐，犹如一片落叶悠悠跌落潭心深处。

公蛎醒过来，发现自己躺在潭边的大石头上，也不知道什么时候爬上来的。而那个倒霉的胖头，面朝下趴在一块石头上，正一口一口地往外吐水。

公蛎一骨碌爬起来，活动了下手脚，发现浑身上下完好无缺，并无任何不适，若不是身上的短裤还是湿的，真怀疑自己有没有下水。

胖头却仍然昏迷不醒，公蛎毫不客气，一脚踩在他后心上。胖头哼了一声，呱呱吐出一大摊水来，有气无力地睁开一只眼看了看，又闭上了："我这是做了淹死鬼了？"

公蛎不耐烦道："淹死鬼说了，他不喜欢长得丑的死胖子。"

胖头笨拙地从石头上翻将下来，一边自行按压圆鼓鼓的肚皮，一边嘿嘿傻笑："多谢老大。幸亏你水性好。"公蛎本想否认，想想又算了，附和这胖头嘿嘿干笑了两声，对着潭心的一汪碧水发呆。

若不是自己身体有问题，就一定是这潭水有古怪。游水本来如同走路吃饭一般稀松平常，怎么会突然出现幻觉，手脚无力沉入水底呢？

公蛎调整气息，周身运转了一遍，确定身体无碍，这才放下心来，朝周围看了看，疑惑道："毕岸呢？"

胖头呕得脸色苍白，一张肥脸皱着像个苦瓜，啧啧道："怪不得没人来这里游泳，原来真有水鬼！我刚才，就这么一下子，就被拉进去了！"

公蛎有些心惊，脸上却若无其事，嘲笑道："自己笨就承认好了，别赖水鬼。"

胖头费劲地蹲下，揉他的脚脖子，嘟囔道："你看你看，不是水鬼抓的是什么？"果然他的右脚脚踝处一个浅浅的环形压痕，像是被捆绑了之后留下的痕迹，以手触之，还有一些滑腻腻的感觉。

公蛎忙看向自己，奇怪，自己的脚脖子好好的，一点痕迹也没有："你这个，是水草吧？"

公蛎认为是水草，胖头坚持称是水鬼的手，但要重新下水去看，谁也没这个胆量。两人正在研究，只听毕岸的声音从头顶传来："走吧。"

毕岸攀着树根，轻松地从鹰嘴岩上一跃而下。胖头谄媚道："毕掌柜，发现什么了？"

毕岸双唇紧闭，一言不发。公蛎嘀嘀咕咕道："有什么了不起，哼！"穿上衣服，偷偷将螭吻珮戴好，扭头便走，胖头趔趔趄趄跟着后面。

三人爬上堤岸，爬上一块相对平坦的大石，不约而同向下望去。如今已经正午，太阳当空照射，明亮而刺眼，但鹰嘴潭依然冰冷冷的绿色，特别是潭心，深如墨色，透出一种不可预知的阴森感。

公蛎莫名其妙地打了个寒战。毕岸突然以脚尖点击地面："张铁牛是从这里入水的。"

这块石头前低后高，顶端部分向水面伸出，下面便是深水区，若是游泳扎猛子，再好不过，当然，若是想害人，这里也是推人入水的最佳位置。

但石头上并无任何蛛丝马迹。公蛎不明所以，想问又觉得丢面子，索性装出一副深沉的样子。

倒是胖头问道："是不是被人推入水的？"

毕岸摇摇头："很难说。他自己失足落水也不是不可能。"

公蛎忍不住嘀咕道："你怎么断定他从这里落水？"

"他的鼻子嘴巴里，"毕岸用剑尖挑起石头距离水面较近部位的灰黑色苔藓，"都有这种藓。而这种藓，只有这块石头上有。"原来这种藓是黑藓的一种，叫做鬼面藓，放大了看，叶面顶部一大两小三个黑点，一端有白色齿状，形似骷髅，十分少见。

公蛎和胖头还是第一次听到这种藓，爬在石头上将脑袋探下去看。苔藓很小，无花无叶，只能勉强辨出片状的黑点。公蛎不服气道："这种藓虽然少见，也不是没有，怎么就认定他是从这里落水的？"

毕岸忽然抓住胖头的脚脖子，将他头朝下投入水中。胖头毫无防备，吓得哇哇乱叫。公蛎猛地跳开，摆出一个打斗的姿势。

胖头的脑袋在距离水面一尺的地方停下了。毕岸喝道："看看石壁上有什么。"

胖头战战兢兢睁开眼睛。

石头上除了胖头刚挠的印子，还有数条深深的挠痕，有长有短，自上而下延伸至水面以下，露出苔藓下灰黄的石头。毕岸沉声道："上面缝隙里有他的指甲，你留意一下。"

胖头认真一看，果然，一片折断的指甲嵌在缝隙中，还带着一丝血肉。

可以想象，张铁牛被推入潭该多么绝望，用尽全身的力气希望能抓住着力的东西，竟然将指甲生生折断在石缝里。

公蛎提出异议："他家离这里不远，很有可能是偷偷来玩耍失足落水的。"

毕岸不理，只管对胖头道："将指甲取出，再看看下面还有什么？"

胖头依言，小心地取出指甲，凝神朝水下看了一眼，又是惊叫又是舞动双手，带得毕岸一个趔趄，不是公蛎上前帮忙，只怕两人都要落水了。

原来石面上小到难以分辨的鬼面藓在水下长大了许多，有依附在石头上的，有悬浮在水中的，一张张鬼脸清晰可见，配上周围伸展的细小叶片，如一串骷髅拉着手在跳舞。但它们只长在阴影下，阳光照射到的地方一个都没有。

毕岸和公蛎手忙脚乱地将胖头拉了上来。胖头脑袋充血，脸涨得像个红烧过的猪头，一屁股坐到地上，惜了一会儿，将断指甲交给毕岸，心有余悸道："那些鬼面藓，我以前怎么没见到？"

毕岸小心地用剑刮下阴暗处的鬼面藓，同指甲一起包在手绢里，道："这种藓，长在阴寒之地，常见于坟冢的棺材板上，见不得阳气。能长在这里，要不是此处的风水有了问题，便是有人施了法术。"

公蛎只想早早离开这里，埋怨道："你怎么知道其他地方没有鬼面藓？说不定张铁牛就是晚上热得睡不着了，去河里冲凉，一不小心掉水里淹死了。你别想当然啦。"

毕岸转过头，正视着公蛎："刚才你突然沉入水底，是不是头疼？"

公蛎拍了拍脑袋，满不在乎道："没事，也就一会儿工夫。"

毕岸道："一会儿工夫，足以淹死一个人。"

胖头反应慢，并不理会两人讲什么，插嘴道："这里阴森森的，大白天都不见有人来，张铁牛一个残疾人，半夜三更来这里做什么？"

毕岸慢条斯理道："要是有人或者有东西带他来呢？"

公蛎心里愈发不安，小声道："什么？"

毕岸微微摇头道："不知道，不过看到这些鬼面藓，我想同我们正在调查的血珍珠一案有些关系。"

公蛎一听到血珍珠，头都大了，纠正道："注意，是你们，不是我们！调查血珍珠一事，同我和胖头没一点关系！"他拉起正在干呕的胖头："走走走，我们可不想蹚这趟浑水。回去就收拾行李，这个掌柜的我做不起，胖头我们继续去南市那边卖我们的大力丸……"

上次调查巫珛，公蛎越想越后怕，深恨自己莫名其妙卷入此事。今日觉得好玩来了鹰嘴岩，竟然还同血珍珠案有关，顿时急了。

胖头懵懵懂懂爬起来，看看公蛎看看毕岸，不知道公蛎是说说而已还是玩真的。

公蛎厉声喝道："胖头你不听我话了是吧？"胖头眨巴着眼睛，点头道："是，老大，我们回去收拾了就走。"

毕岸突然叹了口气，收起长剑，拉起衣袖，将手臂伸到两人的面前。

（四）

毕岸的小臂上，斑斑点点，竟然长满了这种鬼面藓！

公蛎吃了一惊，后退了一步道："这东西，还能长人身上？"胖头伸手要去摸，被公蛎一把打开："别摸，谁知道传染不传染。"

毕岸将衣袖重新放下，轻轻松松道："放心，不传染。"

胖头小声道："不是说这个是长在棺材板上的吗，怎么您身上……"

毕岸道："意外。"

胖头挠头道："这个可有什么妨碍没？"

毕岸道："沾染了鬼面藓，寿命不会超过六个月。便是以功力压制，也活不过一年。所以，我只有十个月时间。"他表情轻松至极，仿佛说的不是自己一般。

公蛎呆立在一旁，早已转了千百个念头。万万没想到，面孔英俊的毕岸身上竟然长着这种鬼东西，幸亏自己功力不足，没能附在他身上，要不然去了暗香馆，一脱衣服，岂不吓坏了佳人？……怪不得他不管天气多热，总是一身长衫，还以为他斯文有礼呢……刚才自己催胖头收拾离开，确实是做给毕岸看的，但如今看来，真要赶紧这个诡异的当铺远远的，做掌柜虽然不错，但还是性命要紧。

毕岸仿佛知道他想什么，微微一笑道："离开了当铺，头只怕疼得更厉害。还有胸口。"

毕岸很少笑，一笑起来眼神柔和明亮，嘴角上扬，形成一个优美的弧度，煞是动人。可如今公蛎早顾不得这个了，听到毕岸提起头痛、胸口痛，愣了一愣，抖抖索索解开衣服。

螭吻珮下，一圈若隐若现的黑点隐藏在皮肤底下，虽然比起毕岸手臂上的要浅很多，但依稀可分辨出，是一个个骷髅面具般的鬼面藓。

公蛎腿脚一软跌坐在了石头上。胖头忙上去搀扶，嘴里念叨着："老大你别难过，这不还没长出来吗，我们再想办法……"公蛎在胸口那块又掐又挤，直掐它红肿一片，那片鬼面藓不仅没消失，反而更加清晰。公蛎狠下心来，夺过毕岸的长剑，朝着自己胸口刺来。

胖头一声嚎叫，挡在剑前抱住了他的手臂："老大你千万要想开点，能活一天是一天……"哭得涕泪横流，伤心至极。

毕岸若无其事道："感染在血液里，你便是将那块肉割下来，也没用。"公蛎手中的长剑当啷一声掉在地面上，瞪着鬼面藓怔怔发了一阵呆，然后瘫倒在地，上下牙齿咔咔响着，勉强挤出一句话来："我……我怎么得的这个？"

毕岸面无表情，道："从你捡了那颗血珍珠，就已经留下祸根了。你的体质，用来做珠母最好不过，不用药引，只要随身佩戴，便可令珠菌丝生长。"

公蛎后悔得肠子都青了。想当日捡到血珍珠，还高兴的什么似的，没想到起因竟然是因为它。

毕岸淡然道："若是你在北市码头骗人钱财的当日交出血珍珠，便还来得及，可惜你不肯。我的玉佩，只能勉强压住你头部的珠菌丝不再成长，却无法根除。"

公蛎的脸抽搐了起来，一把捂住胸口的螭吻珮，想要哭又哭不出来，心思烦乱至极，傻呆呆不知如何是好。

胖头鼻涕眼泪糊了一脸，抱着毕岸的腿哭道："毕掌柜，你肯定有办法，是不是？求你救救我老大。"

毕岸表情冷酷，道："我的头疼起来更甚。"

公蛎咂摸下这话，马上明白过来，毕岸也感染了这种东西，或者说，他也被选作了珠母。公蛎犹如抓到救命稻草一般，拉住毕岸的裤脚，乞求道："毕公子，毕掌柜，你有办法是不是？"

毕岸道："没有办法。"

公蛎满脸失望，道："没有办法，你四处追查什么？"

毕岸抱着长剑，在石头上坐了下来："不追查怎么办？等死么？"

从始至终，他的表情自然而平淡，哪怕是说起生死也如同讲一件于己无关的事情一样。而公蛎哪怕被针扎一下，都要跳起来嚎叫半天，同他的态度一比，高下立判。

怪不得他对苏青之死平静面对，原来他自己也快要死了。

公蛎突然暴怒，跳起来叫道："那你告诉我做什么？还巴巴地拉我做了当铺的半个掌柜，我又帮不到你，还不如让我不知不觉死了算了！"

毕岸不以为然道："是，那样的话，只怕如今你脑袋的珠子都能采集了。"他顿了一顿，道："或者早就死于非命了。"

公蛎哆嗦着嘴巴道："什么死于非命？"

毕岸道："被砸死，淹死，被意外飞来的工具扎死。"公蛎忽然想起跟踪毕岸之前那块从天而降的砖头，以及在胖头肩上抖动的小叉子，当日只以为是巧合，原来是有人谋害："谁……谁做的？"

毕岸道："若是知道了，还会站在这里么。"

公蛎心乱如麻，听到胖头在一旁嚎哭更觉烦躁，喝道："我还没死呢！嚎什么丧！"胖头吓得忙止住哭，公蛎自己却嘴巴一撇哭了起来。

毕岸实在看不过眼，起身道："你们俩在这里哭吧。我先走了。"走了一步，又回头道："螭吻珮最好不要离身。"

两人深一脚浅一脚，跟着毕岸离开了鹰嘴潭，顺着磁河来到花溪村。

阿隼早在村口张望，见公蛎面若死灰，胖头失魂落魄如丧考妣，低声道："全都知道了？"

毕岸点点头。阿隼今日倒没有冷嘲热讽，丢给胖头几个烧饼，领着三人来到了张发家。

花溪村就在鹰嘴岩下方。张发家正对着磁河，离安喜门不足一里，交通便利，人流量大。小院前面临街两间店铺，中间凌乱地摆卖着犁、钯、锄头、镰刀等农用具，一边摆着锅碗瓢盆、布头针线，一边是些大豆小米等粮食，还有些油腻腻的点心和蔫了的瓜果菜干。毕岸随意打量了几眼，来到后面上房。

张发尚未回来，只有张妻一人在家，面色蜡黄，口唇干裂，正躺在床上闭目垂泪，几个日常一起做伙计的妇人在旁边劝解。

阿隼低声道："因天气尚且炎热，官府唯恐引发瘟疫，刚已经找人将张铁牛的尸体掩埋。"

毕岸点点头。阿隼咳了一声，威严道："各位嫂子大娘请避让一下，官爷有话要问。"几位妇人哪里顾上查验身份，忙不迭地退出。

公蛎早一屁股坐在门槛上，目光呆滞，脸色比张妻强不了多少。胖头手里拿着烧饼，肚子咕咕直叫，却不好意思吃，只好陪着公蛎发呆。

阿隼等几个妇人出了门，将大门关了，返回房间。张妻虚弱地睁开看了看，又闭上了眼。

阿隼正要说话，毕岸打了个手势制止，自行问道："张发在家吗？"

张妻闭眼回道："不在，孩他爹外出做生意，还不知道此事。"阿隼低声道："已经托人捎信了。"

毕岸随手拿起桌上的一只有些豁口的木碗，扫视了一眼无任何妆奁装饰的屋子，道："还是木碗耐摔打。"这话没头没尾，阿隼也十分不解。

张妻无力地看了毕岸一眼，道："是。"

毕岸道："阿隼，你扶大嫂坐起来。"阿隼依言上前，张妻慌忙道："我自己能起。"折身坐起，却似乎动作猛了闪了腰，咬着唇托着后腰小声呻吟了一声，一看到毕岸探询的眼神，忙坐直了，垂头道："官爷有什么要问的？"

毕岸待她平静了片刻，道："我想了解，你家儿子在这几日可有什么反常之处？"

张妻扑簌簌落下泪来，眉间的一道疤十分显眼："前晚上闷热，房间里热得睡不着，他说要睡到河边的桐树下凉快凉快，我就给他拖了一个小竹床，铺了一领席子。我自己回家里睡了，第二天一早我去叫他，见他不在，我只当是他跑去玩了，也没在意。"

毕岸道："后来呢？"

张妻呜咽道："到了中午，还不见他回来，我便去寻找。可是天黑了也找不到。我想他一直想进城玩，可能是贪玩跟着早上卖菜的乡邻进了城……没想到，他竟然失足落水……"

张妻捶着床板号啕起来："我可怎么跟孩子他爹交代……"她身材单薄，哭得撕心裂肺，听者无不动容。

公蛎暂时忘了自己的难过，同胖头一起安慰她。

毕岸等她平静了几分，道："有无这种可能，他是被人推下水的？"

张妻一愣，哭着道："我们家里不富裕，又没得罪过人，谁会做这种缺德事？是我命苦，儿子他的寿限到了……"

她哭得累了，斜靠在床上默默发怔。公蛎见她比自己还要可怜，偷偷拉毕岸道："别再刺激她，我们走吧。"

毕岸忽然拉过她的右手，道："你手怎么了？"她的虎口部位，有一溜点状的破损痕迹，像是被人用力地咬住不放留下的牙印。

张妻慌忙缩手，道："不小心挂在门钉上。"

毕岸的手如同钳子一般拉着紧紧的："手臂上的呢？"说着将她的衣袖往上一拉。

她的小臂上，深深浅浅的牙印形成的红肿和用力掐拧形成的紫红色斑块触目惊心。一块咬得较深的地方，还往外渗着脓水。张妻异常紧张，惊慌失措看着毕岸。

毕岸又道："你儿子铁牛的脚，是怎么伤的？"

张妻瞬间泪眼婆娑，抽泣起来。公蛎觉得毕岸冷血到了极点，简直就是往人伤口上撒盐。

但毕岸的气势不容她不回答。张妻低声道："他七岁那年五月，孩子他爹赶着牛在场里碾麦子，铁牛他调皮，拿石头丢牛。牛受了惊，带着石碾撞翻了他，就这么伤到了脚。"

毕岸点头道："听邻居说，他性格乖巧，听话懂事，非常有礼貌。"张妻低头称是。不料毕岸话锋一转，道："可是他在家里极其蛮横不讲理，是不是？"

张妻惊慌地抬头看了一眼毕岸，道："不……不……我儿子乖得很，他聪明伶俐，五岁就能背诵诗经……"

毕岸冷静道："那你的腰伤和手上的牙印是怎么回事？"

张妻惊慌失措，眼神凌乱，狂叫道："你不要乱说……儿子他只是犯病的时候才会不认得我……"

毕岸咄咄逼人道："犯病？他还有什么病？"

张妻彻底崩溃，号啕大哭。

从张妻断断续续的描述中，公蛎等人了解到，张铁牛生下来便有脊柱侧弯之疾，同时还伴有轻微的癫痫。张发夫妇爱子心切，关于癫痫从未对外透漏过一个字。伤了脚后，两人心里愧疚，对铁牛更加宠溺。

七八岁大，正是性格形成的关键时期。张发夫妇的无限度宠溺，竟然养成了张铁牛极其乖张的性格。他本是个非常聪明的孩子，最会识人脸色，因此见了外人便笑容满面，礼貌有加，但在家里对待父母却骄横跋扈，说一不二。即便如此，张发夫妇仍然舍不得说他一个不字，对外仍旧只是夸奖儿子懂事，背地里却相拥垂泪。

可惜祸不单行，两年前，张铁牛的癫痫突然加重。每每犯病，他就横冲直撞，就地打滚，抓住什么咬什么。而今他年纪渐长，身高体重与一个成人无异，张发夫妇两人都拦他不住。特别是这半年，他几乎每天发病，一病起来便将屋里的家什打得粉碎，并抓住母亲暴打，张妻的腰伤、虎口的咬伤和眉间的伤疤，都是他造成的。

胖头吸溜着鼻涕，劝慰道："大嫂子节哀，他去了，也算是给您减轻点负担。"

张妻流泪道："话是这么说，可毕竟是我身上掉下的肉……"

毕岸在一旁背着手看着，突然道："所以你两夫妇合谋，杀了你儿子！"

众人皆惊。张妻更是惊愕万分，颤抖着嘴唇道："不是，没有……"

毕岸忽然伸出手来，掌心托着几片指甲，道："你儿子落水之后，因腿脚不便不能游泳，只有用力在石壁上划拉，他的指甲生生折断，竟然嵌在了石壁上。"

张妻捂住了眼睛，浑身如筛糠一般："我可怜的儿子……"她突然发出一声尖叫，哭喊道："是我……是我推他下去的，与我家夫君无关……我受不了他的打骂……"一口气未背过来，晕了过去。

公蛎等人面面相觑。

公蛎跟过来，以为背后有什么惊心动魄的诡异故事，本希望能找到关于鬼面藓种植者的线索，没想到，事情背后竟然如此简单，却如此让人震惊。

张妻仍然昏迷。

胖头肥厚的下唇伸出来老长，哭丧着脸道："这做娘的也真是可怜。"

公蛎小声道："谋杀亲子，要受什么刑罚？"

毕岸阴沉着脸，道："当时在张铁牛落水现场的，不是她，是张发。"

三人又是一愣。阿隼道："张发外出，并未在家。"

毕岸小声在阿隼耳边说了句什么，转身出去了。

胖头又是掐人中，又是给张妻灌水，嘴里念叨着："大嫂子，这种孽子，死了活该，你也别太愧疚……"

张妻悠悠转醒，面若死灰，任问她什么，只喃喃重复"是我杀了儿子"。

阿隼大怒，情绪激动地将张妻从床上拎起来，推搡着出了门，大声嚷嚷道："原来你杀了张铁牛！为人父母，制造如此人伦悲剧，你还有人性吗？"

院外围观的人窃窃私语起来。张妻头发凌乱，表情呆滞，脑袋随着他的推搡无意识地晃动，如同傻了一般。

阿隼似乎得了意，不顾公蛎和胖头的劝阻，咆哮道："杀人抵命！亲生母亲如此歹毒，残害身有残疾的儿子，实在天理不容！"

张妻腿脚一软，瘫倒在地上。阿隼却不管不顾，狠命拖她起来，义愤填膺叫道："你还装死！如今证据确凿，看你如何抵赖！"说着举起手便朝她脸掴去。

公蛎和胖头上前阻拦，被他推得一个趔趄，眼看阿隼铁掌一样的巴掌便要落在她脸上，身后一个声音扯破了嗓子叫道："住手！"

一个瘦弱农夫从窗下的一堆柴火中钻了出来，快步跑到张妻身边紧紧抱住她，泪流满面："不是她，铁牛是我推入河中的！"

围观者已有人叫出声来："张发！你不是收粮食去了么？"

张发拉起袖口抹了抹眼睛，大声道："你不要为难我娘子，我跟你们走。"他将脸贴在浑身颤抖的妻子额头上，道："我们养的孽障，我亲自除掉，免得他祸害他人，也算是功德一件。就算是见了阎王爷，我也这么说。我只放心不下你啊。"

张妻抚弄着他消瘦的脸颊，泪如雨下："你出来做什么？我要你好好躲在地窖里，无论听到什么都不要现身，你怎么不听我的话？"

张发哽咽道："你身体不好，又有伤，我怎么能让你顶罪？"

两人抱头痛哭，围观者无不动容。胖头更是哭得凄惨，不知道的，还以为他是张发夫妇的另一个儿子。

阿隼押了张发去官府，围观的乡邻也散了。胖头红着眼睛嘟囔道："早知道这样个结果，还不如就按照官府判定的失足落水算了。"

毕岸冷冰冰道："我只想查出真相。"

公蛎抢白道："你一个当铺的掌柜，整日说的好像自己是正义卫士一样。真相又如何？法律不外乎人情。我看张发罪不至死。"

毕岸淡淡道："法律自有公断，不劳我等挂怀。"

胖头道："毕掌柜，你怎么知道是张发杀了儿子？"

毕岸伸开手掌，道："我在鹰嘴潭的那块石头缝隙中，找到了这个。"公蛎一看，原来是两粒带壳的高粱。

张家院子里晾晒的也有这种高粱。

（五）

公蛎再一次受到了打击。

身为得道的非人，早已不想关于寿命之事了。无病无灾，即使变老，也比常人长寿许多。没料想，人世间的繁华还未享尽，洛阳的美食还未尝遍，竟然身不由己卷入如此莫名诡异的事件之中。若真就此被人开颅采珠，岂不枉在洛水中修炼了几百年？

不仅如此，张铁牛一事，也给了公蛎极大震撼。原来人世间不仅有美食美女，还有这些迫不得已而为之的惨剧，从苏青惨死到张发杀子，这些事件背后的无奈，皆是公蛎混迹洛阳之前从未想过的。

可是日子总要过下去。第二日一早，公蛎还在没滋没味地喝着一碗绿豆粥，毕岸已经收拾停当，正要出门。

公蛎心想，与其在家里窝着等死，还不如跟着毕岸出去走走，看看美女。忙三口两口喝完，追上毕岸，讨好道："毕掌柜去哪里？"

毕岸道："牢狱。"

公蛎一下站住了脚步。

毕岸也不理他，径自走了。

胖头气喘吁吁地追了上来，道："咦，毕掌柜呢。我早上听他同阿隼说，今天去调查鬼面藓，他怕你捱不下去。"

公蛎嘴硬道："明明是担心他自己。"不过觉得心情舒畅了些，一溜小跑追上了毕岸。

三人来到洛阳县狱，一个穿着禁卒服饰的男子带他们来到一处偏门处候着。等了良久，才见阿隼过来，身后跟着两个捕快模样的男子。公蛎不耐烦道："阿隼你做什么呢？等得我脖子都长了！"

阿隼对着毕岸叫了声"公子"，回头吩咐道："安排提审张发。"两个捕快齐声回道："是，县尉大人。"

公蛎一下傻了眼。再一看，阿隼早不是往日小厮打扮，一身墨绿色龟甲绫紧袖袍服，腰间系了一条银垮环扣腰带，头上戴的硬翅襆额头上还镶嵌着一颗绿松石，分明就是朝廷命官的装扮。

怪不得他对这些案子如此上心，原来是主管治安的县尉。

公蛎懊悔不已。阿隼身手矫健，手下众多，早该想到他非一般人物，只是一开始见他是毕岸的小跟班，有了思维定式，便没有往这方面想，真是晕了头了。

毕岸道："张发怎么样？"

阿隼道："昨日已经招了。不过为了不让他受其他囚犯干扰，昨晚单独囚禁在七号牢房。"

公蛎有心讨好阿隼，不伦不类地插了一句话："阿隼……县尉考虑得真周全。"

阿隼充耳不闻，带领三人东绕西绕，来到一个相对偏僻的牢房。

一夜未见，张发几乎老了十岁，原本就瘦小的身子更加显得单薄。他蜷缩在角落里，眼睛微闭，见有人来，颤颤巍巍地站起来，喃喃道："恳求官爷，让我见我家娘子一面。"

阿隼威严道："这位公子有话问你，你若是答了好了，我可安排你娘子来探监。"

张发惶惑望着毕岸。

阿隼道："你先将那日谋杀张铁牛的情形详细讲述一遍。"

张发咧开嘴，无声地哭了起来。

张发老实本分，利用交通便利家里开着杂货店，还趁着时节倒卖点其他时鲜玩意，家境还算不错。虽然儿子生下来略有残疾，但头脑灵活，张发盘算将来子承父业，养活自己应该没问题，虽然后来儿子又不小心伤了脚，张发自责心痛好久，但对未来生活还是相对乐观的。

可是一个隐藏的病患让这个家庭又一次坠入深渊。张铁牛小时偶尔会有癫痫的症状，但十分轻微，加上张妻悉心照料，九岁之前一直很少犯病。十岁那年，他的癫痫突然加重，几乎每一个月都要犯一到两次，发病时牙关紧咬，浑身抽搐，张发夫妇心疼不已，却碍于面子从不声张，偷偷带着铁牛去城里看病。

几乎花光家里全部积蓄，张铁牛的病也不见好转。到了这两年，癫痫发作更加频繁不说，铁牛的脾气也越来越怪异了，像变了一个人似的，不论是否发病，说打便打说骂就骂。半年前，他竟然踢断她娘的一根肋骨，害得她两个月起不了床。

张发捧住脸，双肩耸动："我还好些，有些力气，可是我娘子她……她如今浑身是伤，他死命咬她，踢打她，我在家还好，可是一家子总是要吃饭看病的，我哪能天天守在家里？"

半月前，张铁牛过十三岁生日，因张妻未将饭及时盛好，他竟然抓着碗砸了过去，将张妻的眉头划得鲜血直流。张发抬起头，泪流满面："我若是不管，早晚我们夫妇要死在他手里。可怜我娘子性格绵善，一生胆小谨慎，却被自己生的儿子欺负成这样，这日子还能过吗？”

他猛地挽起袖子，撩起衣襟——他的身上比张妻好不了多少，一样伤痕累累。

张发浑身颤抖，牙齿咔咔直响：“他简直不是个人，是个魔鬼……”

“我谋划了好几日，连伪装的地窖都挖好了，却始终下不去手。我娘子见我神态有异，问我，我什么也没说。”他挺直腰板，一张干瘦的脸显出坚毅的神态来，“七八日前，他又疯了一样打他娘，将她腰里打得乌青，两天下不了床。我终于下定决心，对外放出风去，说要外出贩卖粮食。到了那日，我本想趁着晚上动手，谁知天气闷热，他竟然没睡，我便说背他去河边乘凉。他刚发完一大通脾气，竟然同意了。”

毕岸道：“去鹰嘴岩，是你的意思还是他的意思？”

张发一愣，道：“是他提出的。他如今说一不二，我和他娘从来不敢反抗。”

毕岸道：“当时他可有什么异常？”

张发疑惑地看了一眼不怒自威的阿隼，小心翼翼道：“小的……不敢信口胡说。”

阿隼板着脸道：“但说无妨，只是不要透漏给他人。”

张发脸上突然显出害怕的神色，道：“他这些日，不管犯不犯病，总是乱七八糟说些胡话。那天晚上，他非要去鹰嘴岩。他说有人在叫他。”

“到了鹰嘴岩，我却后悔了……他毕竟是我养了十三年的亲生儿子啊……我说我们回家吧，他扭过头恶狠狠地瞪着我，要我滚……然后他跛着脚，在石头上手舞足蹈，好像是在跳一种极其怪异的舞蹈。这个我从来没见过，他腿脚不好，很少跑跳，也不知道他跟谁学的。”

胖头听得入了迷，追问道：“然后呢？”

张发道：“我站在旁边，心中翻腾得厉害。可是最终还是下了狠心……”

张发看着举止怪异的儿子，越来越举得陌生和恐怖，趁着他跳的全神贯注之际，偷偷溜到他身后。

张发搓着双手，表情极其惶恐：“我想趁他不注意，推他入水，反正他也不会游泳，可是我刚一伸手，他突然转过了头，朝我龇牙……”

张发大惊，闭眼推了一把扭头便跑，躲在远处一块石头后，听着扑通扑通的翻滚声渐渐沉息，这才慌里慌张地回了家。

张妻见他一个人失魂落魄地回来，马上便猜到结果，夫妇两人抱头痛哭。张发又趁着午夜，将小竹床和竹席子摆放在家门口的柳树下，造成张铁牛在河边乘凉失足落水的假象，然后在地窖中躲了起来。

张发捶着胸口，老泪纵横："若不是忍无可忍，我怎么能亲手杀了我养了十三年的亲儿子……老天爷，我上辈子做了什么孽啊，碰上这么个孽障……"

看着张发跪在地上悲声恸哭，四人心情皆十分沉重。

毕岸突然道："那晚你儿子穿的什么衣服？"

张发一怔，道："是一件白色府绸小褂。"

毕岸道："他平时喜欢穿红色衣服吗？"

张发看起来同公蛎胖头一样迷惘："不，他喜欢白色，一见红色就暴躁。而且男娃子，长得又壮，不能再像小孩子那样打扮。"

毕岸若有所思。

张发擤了一把鼻涕，惨笑道："如今我也算解脱了，好歹家里还有那个杂货铺，我娘子可以勉强度日。这牢狱里虽然不好过，却不用担惊受怕。"

毕岸拿出银锁出来，问道："有人说，你儿子有个一模一样的银锁？"

张发看了一眼，道："是……这是两年前，他娘为了治好他癫痫，从城中一个道长那里求来的。"

阿隼将银锁递给他："这种银锁十分常见，你仔细看看，是不是你儿子那只？"

张发拿起认真瞧了瞧，肯定地道："没错，就是这一只。铁牛发病时爱朝着一边咬，这上面还有他的牙印。不过，"他迟疑了下，"你们从哪里找到的？已经丢了半个月了。"

公蛎吃惊道："丢了？"

张发惶惑道："是，半个月前，哦，就是他生日前后，发现银锁丢了，我们也不敢问他。"

毕岸看向阿隼。

阿隼道："当银锁的那个小矬子昨天傍晚抓到了，带他指认了现场，并找了物证旁证，确定他未撒谎，昨晚打了二十大板已经放了。"

张发不知道两人说什么，茫然道："这银锁，难道是被人偷了不成？"

阿隼道："当时求这银锁时，是一个什么样的情形？"

张发见他们不停追问银锁，觉得有些奇怪，仔细想了想，道："当时我听说城东有个神医，包治百病，就带了铁牛去看。但那家诊金极贵，看一次就要十两银子，药费另算。我手头满打满算只有九两，差了一两，便被人赶了出来……"

公蛎忙道："那个神医，是不是姓薛？"

张发认真思索了一阵，道："好像是叫什么薛家医馆。这些年找各种所谓的名医、神医多了去了，记得不是很清楚。"

三人对视了一眼。

阿隼示意张发继续。张发道："被赶出来后，娘子十分绝望，就坐在他家门口不肯走，一直在哭。天擦黑时，一个穿着道袍的人从他家里出来了，看娘子伤心，就过来询问。"

"那人说，铁牛这个癫痫，是小时不小心丢了魂，魂魄不全所致，他有一枚开过光的长命锁，可以低价卖给我们，保孩子长命百岁。我们当时也实在是走投无路，听他这么说，花了三两银子买了下来。那时候铁牛还是乖巧懂事的，看了这个银锁十分喜欢，当即便戴上了。"

阿隼追问道："戴上之后，是否有什么异常？"

张发叹道："刚戴上那会儿，不知是心理作用还是什么，铁牛还真有半月未发病。可是脾气变得大了，说起狠话来像换了一个人似的，一点都不像个十一岁的孩子……到后来简直分不清他到底是癫痫犯了还是借机发脾气……我想着，这就是个普通的银锁，什么开光聚魂，都是骗人的……"

他又落下泪来："我儿子他……他明明很乖的，他之前虽然任性，却不是这样的……"

毕岸深吸了一口气，抖着银锁道："这个，不是长命锁，正确的叫法，应该叫聚魂续命锁。"

张发颤抖着声音道："聚魂——续命锁？聚谁的魂？续谁的命？"

毕岸答非所问，问道："那个男子长什么样儿，你还有印象吗？"

张发道："微胖，稀稀拉拉留着些小胡子，同我的年纪差不多。"

毕岸忽然道："快去！"同阿隼一同冲出，折过小径不见了踪影。

张发失望至极，眼泪又流下来，嘴里喃喃道："求你们……让我见下我家娘子……我实在放不下她……"

公蛎不知道发生了什么事，见门口有两个狱卒把守，过去搭讪道："两位官爷，县尉大人去哪里了？"

其中一个狱卒扭头看了他一眼。

公蛎忙摆出自以为最帅气的笑容，谦卑之中带着一点自得："我是县尉大人的朋友。"

狱卒目不斜视，晃了晃手中的刀。

公蛎忙退了回来，心里暗骂这两个狱卒狗眼看人低。胖头还沉浸在张发的故事里，见公蛎表情不悦，小声道："不会把我们俩关在这里吧？"

正说着，毕岸同阿隼回来了。阿隼脸色铁青，冲着狱卒吼道："昨晚值守的是谁？把他即刻给我叫来！"

一个狱卒飞快地跑着去了，吓得公蛎不敢出声相问。

阿隼答应结案之后让张发同妻子见面，又去忙其他事务，毕岸三人离开了牢房。

公蛎忍不住问道："刚才你和阿隼……县尉大人去了哪里？"

毕岸道："上次巫瑈一案的中年老医童，刚好羁押在洛阳县狱。"

公蛎惊喜道："他就是那个卖银锁给张发的人吧？我见过他假冒道长。"想起苏青，心里有一阵不舒服。

毕岸道："他死了。昨晚死的。"

毕岸和阿隼一听到这个假道士的特征，马上便想到了巫瑈身边那个医童（医童是对医馆中学徒或者打杂人员的统称，并非是指年龄小）。两人来到关押他的牢房，进去一看，他已经气绝身亡，而同牢的其他囚犯以及狱卒还以为他在闭目打坐，并无发觉。

半月前薛家医馆被封，几个医童被羁押，经秘密调查，医童们并不知道巫瑈身份，也未参与血珍珠事件。本来这两天便要放了他们的，没想到这个胖子竟然死了。

唯一的线索又断了。

公蛎回想着张发说的细节，道："那个……我明明记得发现尸体时，张铁牛身上穿着一件鲜红的小褂，张发怎么说是白色小褂？"

胖头唏嘘道："估计他已经傻了，哪里留意这些！——亲手杀儿子，这事儿放谁身上也受不了。"

公蛎道："真希望官府能考虑到他杀子情有可原，能够从轻处罚。"

这一次，毕岸却没有摆出那种事不关己的高姿态来，三人都陷入了沉默。

（一）

关于张发的事情，公蛎未再过问。尽管公蛎不关注刑律，也知道张发这次不可能无罪释放，与其听了心里难受不如不去打听。

可能有几分同病相怜之意，公蛎对毕岸感觉亲近了许多，虽然毕岸还是一副冷冰冰的样子；对阿隼，公蛎更加不敢造次，甚至由原来的颐指气使变成了谄媚讨好，可惜阿隼不领情。

一场绵绵的秋雨，赶走了秋老虎，天气一下子凉爽了起来。公蛎如今虽然不用冬眠，但一旦天凉，便觉得懒懒的，不太想动。

八月初五，太阳总算露出了笑脸。胖头忙搬了躺椅，放在门口，招呼着公蛎躺下。

毕岸用从巫琇住处搜罗而来的名贵药材炮制了一种药丸，吩咐公蛎每日早晨空腹用黄酒送服。事关生死，公蛎自然乖乖听命。几天下来，药效良好，头疼胸痛症状大为减轻，即使痛起来也在可忍受范围之内。

公蛎这几日已经想得开了，反正治病这事儿有毕岸惦记，自己担心也是白费，还是抓紧时间尽情享受为妙。只是偶尔会想起那个逃走的丁香花女孩，不知道她是否也在遭受这种病痛的折磨，而且——还在不在人世？

公蛎不由生出些自怨自艾之意，懒洋洋地躺在椅子上，心安理得地接受胖头的照顾。

刚眯了一会儿，忽然闻到一股丁香花的香味，一阵银铃似的笑声传来："嗨，掌柜的！"

公蛎一个激灵，猛地睁开眼睛，却是裁缝铺子杨鼓家的女儿杨珠儿。杨珠儿不过十四五岁，穿一件红色的窄袖胡服，黑色祥云镶边，脚穿一双黑色小靴，十分醒

目。而她的妆容更加夸张，青色眉黛画得重重的，黑灰色的眼妆浓得一双眼睛如同烟雾弥漫，偏偏唇妆却是金色的，右侧眉梢画着一个同色的小蝴蝶，配上一个时下最流行的高髻，在人群之中显得尤为另类。

她身上虽然带着一股淡淡的丁香花香味，但公蛎的鼻子很快分辨出，她并不是那个逃走的女孩。

公蛎有些失望。他这些天心情不好，连妓院都好久没去了，看到杨珠儿的装扮，恶意地想，不知道妓院是不是也流行这种烟熏妆了。心里想着，脸上不由带出一丝色迷迷的笑。

杨珠儿看到他的眼神，一扬脖子，挑衅道："掌柜的在不？"

公蛎忙正襟危坐："在下就是。"

对面茶馆正在收拾的李婆婆，早已探出半个身子，待看清她的装扮，撇着嘴高声叫道："哟，珠儿回来了？去哪里野了几天？"

杨珠儿眼睛抬都不抬，道："管你何事？"李婆婆吃了个没趣，摔摔打打地走开了，一边搽桌子一边斜眼看着这边的动静。

杨珠儿歪头打量着公蛎，皱眉道："我找毕掌柜。"

公蛎硬邦邦道："毕掌柜不在！"

胖头听到说话声，忙走出来，一见杨珠儿，愣了一下，道："你这眼窝咋的啦？被人打了？"他长期守在店里，同杨珠儿打过几次交道，相对熟悉些。

杨珠儿也不生气，大大咧咧道："瞧你老土的，这是最流行的宫廷烟熏妆。"

胖头傻呵呵笑道："哦，对，像是从烟囱里钻出来的。"

正说着，毕岸出来了。杨珠儿一见，一下贴了上去，笑嘻嘻道："毕掌柜！"

毕岸看了好几眼才认出她来，道："珠儿姑娘好。"说完转身就要走，却被杨珠儿一把拉住："毕掌柜，我有一句话要对你说。"

毕岸甩了几下，未能甩开，便站立不动听她说。

杨珠儿仰起脸，大声道："我喜欢你！你能不能娶了我？"

公蛎从椅子上跳了起来。不仅公蛎，几乎一条街的人都朝着忘尘阁看了过来，胖头的下巴都要掉下来了。

毕岸愣了一下，冷冷道："姑娘去其他地方玩儿吧。"推开她快步走了。

杨珠儿在他身后跳着叫道："我说的是真的！"

毕岸头也不回。杨珠儿将手拢起，冲着他的背影叫道："我是不会放弃的！"

公蛎捧着肚皮，忽然哈哈大笑起来。李婆婆嗑着瓜子斜靠在门框上，嘴巴撇得几乎到了耳朵；酒馆的鳏夫柳大摸着下巴，一边皱眉摇头，一边带着一种无可奈何的笑；连小妖和小花都从流云飞渡里探出头来，一脸不可思议的表情。唯独她的母亲高氏，低着头慌忙闪进了铺子里，再也没出来。

杨珠儿神态自若，甩了甩头，问公蛎："毕掌柜什么时候回来？我等着他。"

公蛎油腔滑调道："他可能会来吃饭，也可能不回来吃饭；可能晚上回来，也可能中午回来；可能三五天都不回来……"

杨珠儿打断道："说了等于没说。行，反正我有的是时间，我明天再来。"

李婆婆远远笑道："哟，珠儿想嫁人啦？好眼光，咱这条街上，想嫁给毕掌柜的人多的是呢。下手可要趁早。"眼睛却瞄着流云飞渡。

小妖小花扭身回了铺子。

杨珠儿站定，故作吃惊道："真的吗？不会是你吧，李婆婆？你男人死得早，我看你每天盯着毕掌柜，你不会也想嫁给他吧？"

李婆婆脸上红一阵白一阵，朝地上地啐了一口，小声骂道："小妖精！"恶狠狠摔门进去了。

杨珠儿摇晃着身体，得意洋洋地哼着小曲儿，走过自家的裁缝铺子，迟疑了一下，目不斜视地走了。

傍晚时分，毕岸前脚刚到家，杨珠儿后脚又跟了来。

她换了发型，顶着鸡窝一样的一头乱发，昂首挺胸，雄赳赳气昂昂地闯了进来，大声道："毕掌柜，你考虑好了吗？"

毕岸看也不看她，冷冷道："这里是当铺，你若是有东西当就找财叔去，不当请离开。"

杨珠儿吊儿郎当抖着左腿道："我就找你。"

胖头见毕岸脸显厌烦之色，忙过来拉她："小姑奶奶，你这是搭错了哪根筋？"

杨珠儿甩开胖头："我是不是发神经，我是认真的！"那些好事的街坊早被吸引了过来，一个个手上装作在忙，眼睛都往这边瞟。

毕岸有些恼火，皱眉道："珠儿姑娘既然无事，胖头，送客。"

胖头一听，推着珠儿便往外推。珠儿一边挣脱，一边急道："谁说我无事？我……我有东西要当。"

毕岸转身回了房。珠儿要跟着去，却被胖头拦住了："当东西在堂口就行。"

珠儿盯着毕岸的背景，磨磨蹭蹭地从怀里淘出一个东西来，"给！"

原来是一张黄裱符，上面龙飞凤舞写了四行字，胖头磕磕绊绊念道："绿杨飞……水……岸……"公蛎凑过头抢着念道："绿杨飞舞水逐岸，一夜东风柳枝软。散尽阴霾迎艳阳，从此心中无牵绊……这是什么？"

珠儿一把夺过，重新折了起来，又腰质问道："当不当？"

胖头为难地挠头："第一次见有人当这玩意儿的。你要当多少？"

珠儿道："三文钱！"

胖头呵呵傻笑道："三文钱哪值得费事一当？我送给你好了。"

珠儿伸着脖子往后院看："不行，我就要当。"

公蛎默念着刚才的那几句狗屁不通的符文，冷不丁道："你这个，是从庙里求的姻缘符吧？"

珠儿嘻嘻哈哈道："正是正是，龙掌柜好聪明。"

公蛎抚掌笑道："怪不得，怪不得。"

珠儿眉开眼笑道："龙掌柜你瞧，不是我强人所难，这是天意。"

胖头听得莫名其妙，追问道："什么天意？"

公蛎同杨珠儿相视一笑，凸生出几分亲切之感。

原来杨珠儿七月七去庙里拜神，顺便求了一张姻缘符，解符的大和尚说，她只要找到自己的贵人，从此便可逢凶化吉，一世无忧，而且指点说，贵人就在她家方圆一里之内。

杨珠儿将这张符在身上揣了快一个月，也未惨透着其中的贵人是指谁。这两日与人闲聊时，突然听说忘尘阁的毕掌柜单名一个岸字，再看第一句"绿杨飞舞水逐岸"，意思可不就是杨珠儿追求毕岸么。所以她大早上一打扮就来找毕岸表白来了。

胖头想了又想，道："这样解，怕有些牵强吧？"

公蛎唯恐天下不乱，故意道："有什么牵强？我看珠儿姑娘理解没错。"

珠儿洋洋得意，歪嘴斜眼地笑。

胖头为了打发她，不情愿地收了她的姻缘符，当价三文钱。杨珠儿抖着脚，大声道："收好了啊。半年后赎当，我要天天来视察，看你们保管的怎么样。"声音大到足以让后堂的毕岸听到。

毕岸和公蛎都将此事当成了一出闹剧，并未放在心上。但杨珠儿高攀忘尘阁的毕掌柜，很快传遍了整个坊区，不知有多少姑娘小姐羡慕她的勇气，也不知有多少媳妇太婆嘲笑她的自不量力，并顺带鄙视她的行为不端。

李婆婆便是其中最不遗余力的一个，几乎每一个到她茶馆里喝茶的人，都要听她绘声绘色地描述一遍当时的情景，她会着重在杨珠儿的恬不知耻和毕岸的断然拒绝上添油加醋，并愤懑地表示，若是毕掌柜真娶了杨珠儿，她决计不会再让他跨入她的茶馆一步。

有茶客笑着反驳道："毕掌柜本来也没来你这里喝过几次茶。"

李婆婆便一脸神秘道："那是被对面那个狐媚子勾走了……"话题从此转到了苏媚身上。直到小妖忍无可忍，跳出来含沙射影地骂几句，或者朝着茶馆门口泼上几盆水，才能消停片刻。

而距离不远的裁缝铺子，杨鼓和妻子高氏头低得更加低了，除了买菜进货，几乎不肯出门，见到街坊们也躲着走。

公蛎晒着太阳，听着这种家长里短，若是不想起自己脑袋里尚未除去的珠菌丝，简直觉得这种市井生活还是十分惬意的。

第二天一大早，胖头刚打开一条门缝，杨珠儿又挤了进来。她今日换了妆扮，头发梳成大大的牛角髻，戴着两个木质的粗大耳环，脸颊涂了两片红彤彤的胭脂，嘴巴猩红，像从魔幻戏文里跑出来的小妖怪，还美其名曰"狩猎晒伤妆"。

胖头见杨珠儿扎着脑袋往毕岸的上房冲去，急得直跺脚："毕掌柜还没起床呢。"

珠儿回嘴道："就是没起床才好，要是衣服还没穿，那就更好了！"正在洗脸的汪三财瞠目结舌地看着杨珠儿，连连摇头。

毕岸看来也听到了这句话，飞快从房间走到院中，皱眉道："你又来做什么？"

杨珠儿眨着眼道："我来看看我的姻缘符怎么样了，不行吗？"

毕岸无可奈何，转身去打水。杨珠儿跟在他身后，笑嘻嘻道："毕掌柜，这都一天一夜了，您考虑得怎么样了？"

毕岸一见她便头大，没了往日的淡定，扭脸看向一边。胖头傻头傻脑问道："考虑什么？"

杨珠儿理直气壮道："娶我啊。"

毕岸竟然急得跺了一下脚。公蛎躲在门口，暗暗好笑，心想毕岸肯定也是第一次遇到珠儿这样的女子。

杨珠儿大大方方看着他，道："我喜欢你，你什么时候娶我？"

毕岸闪身要走，却被她拦住了去路，想了想，正色道："杨小姐，婚姻之事不可儿戏。先不说什么父母之命媒妁之言，起码要两情相悦。你年纪还小，不是我喜欢的类型。"

杨珠儿认真道："那你喜欢什么样的？"说着上前去挽毕岸的胳膊。

毕岸后退了一步，大声道："姑娘请回，此事绝无可能。"

公蛎从未见毕岸如此狼狈过，在一旁幸灾乐祸。

墙头忽然嘤咛一声，原来是苏媚，提着个花囊掩口而笑。杨珠儿转开了视线，惊喜道："苏姐姐你回来啦。"苏媚去了外地购买香料，好久不见了。

苏媚笑道："珠儿你又调皮了。"说着往毕岸的脸上一瞭，吃吃笑道："我采些桂花，你们继续。"

珠儿眼睛看着毕岸，嘴里回道："苏姐姐，我不是调皮，我是认真的。"

毕岸微微皱眉，道："珠儿你不要胡闹。回去吧，别让你爹娘担心。"

毕岸慌乱之下忘了名字后面加"姑娘"二字，杨珠儿眼睛一亮，也不叫毕掌柜了，甜甜道："谢谢毕岸哥哥！"扑上来在毕岸脸颊上飞快亲了一下，咚咚咚跑了。

看到十二个女孩的骸骨都没让毕岸如此震惊。毕岸至今没明白过来自己说错了什么话，捂着脸颊目瞪口呆。待看到公蛎鬼鬼祟祟一副憋着不笑的样子，苏媚倚在墙头前仰后合，更加狼狈不堪，直竖竖地站立了一会儿，头也不回地走了。

公蛎在后面学着杨珠儿的声音，一口一个"毕岸哥哥"，恼得毕岸恨不得回来揍他一顿。

一连几日，杨珠儿天天来找毕岸，一张嘴便是"何时娶我"，等不到毕岸回答，她倒也干脆，扭身就走，下次接着再来、再问。

毕岸厉声呵斥、柔声劝解，各种软的硬的方法都用了，杨珠儿硬是像一张热的狗皮膏药，撕都撕不下来，一副死缠烂打的样子。毕岸被缠得心烦，说外出有事，一连好几天都没回家。杨珠儿情知毕岸不在，也照样每日一个新妆扮，早晚都来忘尘阁等候一会儿。见不到毕岸，她也不急不恼，不吵不闹，手脚麻利地帮着胖头悬挂招牌、打扫卫生，同公蛎开些无伤大雅的玩笑，只要不涉及她个人或与她父母有关的问题，相处还算融洽。

不知是不是因为杨珠儿身上有淡淡丁香花的缘故，公蛎除了对她的妆扮有些不认可外，并不像汪三财和李婆婆那样处处看她不顺眼。几天接触下来，公蛎发现，她并不是表面看起来那样乖张轻浮，更不是像李婆婆说的举止放荡、头脑简单，相反她敏感而聪明，对自己所做的事、要说的话了然于胸。比如，她对李婆婆的冷嘲热讽大多情况下熟视无睹，但一旦开口便能将李婆婆噎得哑口无言。

还有对待不怀好意者的态度。街尾巷子里卖烧饼的张大麻子，素来喜欢在女人面前说些不三不四的荤话。有一次，他见杨珠儿等毕岸，假意过来串门，摆手道："珠儿，来，我知道毕掌柜喜欢什么样的类型。"

杨珠儿理也不理。张大麻子却不知深浅，竟然淫笑着伸手往她胸部摸去，笑嘻嘻道："他喜欢奶子大的，像你这个小葡萄么……"

未等他说完，杨珠儿一把打开他的手，高声叫道："张叔你做什么？您比我娘年龄都大呢，怎么能这样？"杨珠儿严辞厉色，声音大，底气足，这一嗓子几乎一条街都听得到。

一句"张叔"示意把他摆在了长辈的位置，张大麻子当众闹了个大红脸，以后再也不敢言语之间调戏杨珠儿。

凭心说，杨珠儿若不是打扮怪异，样子还是不错的，一双乌溜溜的大眼睛，尖尖的下巴，天生一个美人胚子。公蛎和胖头亲眼见过那个同她年龄差不多的少年躲在街角，只为看她走过，而且看衣着打扮，那少年家境也是不错的。

因此公蛎便觉得纳闷，以杨珠儿的聪明和模样，嫁不进豪门大院，嫁个家境殷实年龄相仿的好人家是没有问题的。她为何要打扮得如此怪异夸张，缠着对她并无感情的毕岸呢？

不过看到珠儿对毕岸的态度，公蛎幸灾乐祸之余还有几分羡慕和嫉妒。他想，若是真有这么一个俗世女子缠着要嫁给自己，对自己死心塌地，好像也挺美好。

（二）

第六日傍晚，毕岸终于回了家。公蛎一看见他，马上不怀好意地笑道："哟，

我还以为你要永远躲在外面呢。"

毕岸恢复了往日的冷淡，道："我有正事要办。"

话音未落，已听见杨珠儿在外面大声问正准备打烊的胖头："毕岸哥哥回来了没？"毕岸听到这一声"哥哥"，表情顿时僵在了脸上。

幸亏刚才已经交代过胖头，千万不要说他已经回来。

公蛎挤眉弄眼，一脸坏笑。

毕岸走了几步，突然回头，有些生硬道："你，有什么好办法？"

公蛎一听，这是求自己帮忙呢。他忙轻咳了一声，摆出一副指点江山的样子，挤着眼睛道："好办得很，第一个办法，利用阿隼……县尉大人的关系，找个穿官服的人吓唬吓唬她；第二个办法，"公蛎瞄着玉树临风的毕岸，酸溜溜道，"打听清楚她喜欢你哪一点，你改了不就成了？小女孩一时冲动，看上了你长相英俊或者以为你有钱，你将最丑的样子展示给她，或者借机让他知道我们当铺的经营情况，说不定她很快就移情别恋了。"

公蛎见毕岸不说话，奸笑起来，"第三个嘛，她小模样长得也不错，不如顺水推舟，就娶了她得了。"

他本来是打趣毕岸，不料毕岸沉吟了片刻，一脸认真地道："第一个不行，她年纪还小，父母也是胆小怕事的，别吓坏了她。第三个不靠谱，倒是第二个比较可行。"说着看向公蛎。

公蛎其实巴不得领了这个美差，免得毕岸觉得他整日无所事事，嘴上却推辞道："不成不成，人家看上的是你，由你出面解决最好。"

毕岸瞬间冷了脸，道："随便。"走了几步，又回头道："说话的时候不要挤眉弄眼，影响形象。你的形象本来就够差了。"转身走了。

公蛎气鼓鼓啐了他一口，嘟囔道："呸，装什么大尾巴狼。"

第二天一早，杨珠儿又来了。天气晴朗，她却穿了一双不知从哪里找的厚底高帮木屐，呱嗒呱嗒响得整条街的街坊都探出头来看热闹。

李婆婆拖着声音道："哟，珠儿小心崴了脚。"

珠儿目不斜视回道："放心，李奶奶，像您这样七老八十的才会崴脚，我年轻，不怕。"

李婆婆急赤白脸道："谁说我七老八十了？我今年才还不到五十五！"

珠儿眉毛一挑，惊讶道："哦，是吗？怪不得嚼舌头根儿的时候精神抖擞，原来还年轻着呢。"李婆婆满脸赤红，骂骂咧咧闪到了门后。

没几天，关于杨珠儿的谣言满天飞，什么做了暗娼，十两银子包夜，连堕胎之类的话都传了出来，要多难听有多难听。

毕岸不在，珠儿大大咧咧站在忘尘阁的门口，热情地帮着胖头招呼生意，那架势，还真把自己当做了未来的老板娘。一些扭扭捏捏慕名来看毕岸的大家闺秀、小家碧玉被她惊得表情像见了鬼，而单纯过来围观珠儿的中年妇女毫不客气地将鄙视挂在了脸上，就差没直接啐她一脸唾沫了。

送走一批客人，公蛎沏了一壶茶，热情地给珠儿斟了一杯，道："过来歇歇。"

珠儿乖乖地坐了下来。公蛎猜她穿那么一双沉重的鞋子脚累了。

胖头受到公蛎眼神鼓励，小声道："珠儿，你干吗整天打扮成这样？"

珠儿愣了下，没心没肺地笑道："好玩儿呀。"接着重复道："就是好玩。"唯恐胖头不信似的。

公蛎轻咳了一声，郑重道："珠儿，你真想嫁给毕掌柜？"

珠儿晃着脚丫子道："当然。"

公蛎不无嫉妒地问道："你是看他长得俊？"

杨珠儿却斩钉截铁说："不！才不是因为这个。"

公蛎见她不肯说实话，厚着脸皮反诘道："那你怎么没看上胖头或者……我？"

杨珠儿一笑，若无其事道："胖头和你，气势不够。"

公蛎不满道："居家过日子，要气势做什么？"

胖头嘿嘿傻笑："对对，毕掌柜那气势，往这儿一站，什么墙壁都生灰。"

公蛎嗤笑道："那叫蓬荜生辉！你个没读过书的'田舍汉'！"

胖头认真道："珠儿，不是我说你，你这么大张旗鼓的找毕掌柜，你爹娘……"

原本还嘻嘻哈哈晃着脚丫子的珠儿腾地站了起来，厉声喝道："管我爹娘何事？你再敢提我爹娘一个字，小心老娘我翻脸不认人！"蹬蹬蹬走了。

正在打扫门口的柳大看着她走过，皱眉道："这丫头小时候不这样的，怎么越长越古怪了呢？这么个年龄，都要找婆家了，还这么喜怒无常脾气古怪。得空儿我要去找下杨鼓，再不管，这丫头真给毁了。"

公蛎道："谁说不是呢。"

李婆婆仿佛长着顺风耳，马上从茶馆里伸出半个脑袋，一脸刻薄道："有人娶

她才怪呢！瞧她那贱兮兮的样子，要不是毕掌柜为人正经，只怕她要脱光钻人被窝里吧。"

茶客酒客们都笑了起来。恰巧杨鼓之妻高氏溜着墙角出来，似乎要去追杨珠儿。李婆婆大声道："杨鼓家的，你也不管管你闺女，在家里丢人现眼还不够，去人家当铺里天天守着要男人，成什么话？"

高氏浑身颤抖，逃一样钻回了店里。

李婆婆见公蛎和胖头不笑，追问道："龙掌柜，你说是吧？"

杨珠儿的背影僵在街口。公蛎觉得他们有些过了，支吾道："小女孩吗，还没定性……"朝胖头使了一个颜色，两人装作去买菜，远远地跟着杨珠儿。

杨珠儿没住在家里，公蛎是知道的，因为李婆婆恨不得拿个大锣敲着告知全城北的人她是个不受管教的野丫头。但她具体住在哪里，谁也不知道，这也是李婆婆污蔑杨珠儿做暗娼的原因之一。

杨珠儿呆了片刻，脱下木屐提在手中，晃晃悠悠往前走。阳光在她的背后拖出一个单薄的影子。

公蛎远远看着，突然觉得有些心疼。

正在门口浆洗衣服的赵婆婆看到杨珠儿，停住了手，心疼道："闺女，天凉了，怎么能打赤脚？"赵婆婆面目和善，从不多事，素来看不惯李婆婆在背后说人长短，而且她家儿子儿媳年纪都不小了也没个后代，所以对这些后生丫头格外疼爱。

杨珠儿挺了挺背，瞬间恢复了活力，笑道："没事，谢谢赵奶奶。"

赵婆婆从门后拎出一双鞋子来："闺女你先换上我的旧鞋凑合一下。这么冷的石板，小心着凉。"

杨珠儿飞快蹬上木屐，大说大笑道："不用啦！冻不死的，我得好好活着给人添堵呢！"

赵婆婆小声埋怨道："傻孩子，你这么糟践自己做什么？"杨珠儿咯咯笑着快步跑开，呱嗒呱嗒的木屐声响得像打鼓一样。

两人跟着杨珠儿七拐八拐，折了好几个弯，来到一处狭窄僻静的小巷子里。这条巷子两边都是高大的货仓，极少有人来，珠儿警惕地左右看了看，打开一个角门钻了进去。

公蛎正要跟进去，忽见那个常常在街头徘徊的少年提着个包裹快步跑了过来，小声叫道："珠儿！"

珠儿一把拉他进去，门关上了。

难道这杨珠儿真做了什么见不得人的事了？公蛎有些犯嘀咕，拉着胖头贴了上去。

只听珠儿道："你怎么又来了？"

少年道："我给你送些活计。"

珠儿道："你放着吧，什么时候要？"

少年道："不着急，随你有时间。"一阵响动，像是珠儿在换鞋子。

珠儿道："行了，你走吧。"

少年迟疑良久，低声道："珠儿……以后不要去找那个什么毕掌柜了，好吗？"

这仓库的外墙没有窗户，只有一个天窗离地甚高，若是晚上公蛎借助原形爬上去倒是没什么问题，如今大白天的，还带着一个笨手笨脚的胖头，只能在外面偷听一下算了。

珠儿并没有像公蛎想的那样大发雷霆或者肆无忌惮地宣称不行，而是沉默了片刻，轻轻道："你也知道的，如今我没什么本事，只有找个好人家嫁出去。毕掌柜你也见过，一身正气，若是嫁了他，我爹娘就不用受欺负了。"

少年急道："若是他不同意呢？或者他根本就是个人面兽心，到时你怎么办？我……"

珠儿道："不会，我观察了好久，他面冷心热，胸有大志而且侠肝义胆，成了亲，即便他不喜欢我也决不会为难我。你放心吧。"

少年哽咽道："那我呢……你可曾考虑我的感受？"

珠儿笑了一声，涩涩道："谢谢你帮我。下辈子我做牛做马回报你。还有，下辈子我要和我娘颠倒过来，我来做长辈，我一定会保护好她，不让她受任何人的欺负！"说到后两句，她的声音已经呜咽。

少年低声道："好吧……这是这几日用的灯油和蜡烛。"

珠儿道："我娘那里……"

少年道："我已经交代家丁了，把你这些活计的钱一同留给她了。放心，没说是你给的，只当是他们出手阔绰。"

珠儿小声道："谢谢你，要不是你，我就要露宿街头了。"

两人又聊了一会儿，珠儿便催着少年回去读书，自己开始做活计。

公蛎和胖头听了半天，觉得珠儿一回到这里，完全是一个乖巧懂事的正常人，她为什么有家不回，非要承担巨大的人情住在这么个地方呢，而且听她的语气还是很惦记爹娘的，难道这背后有什么隐情？

（三）

杨珠儿第二天天未亮就来了，还鬼鬼祟祟地带着一大包东西，用红油纸包得严严实实。

汪三财等对她的行为见怪不怪，早已习以为常，该做什么就做什么，不再受她影响。

不过公蛎很快觉出她情绪的变化，以往她总是一副满不在乎、大说大笑的样子，今日却心神不宁，安静地坐在椅子上发怔。

胖头劝她："珠儿别等了，今天毕掌柜出城，估计不回来了。"

珠儿故作轻松道："没事。"看到公蛎欲言又止，神态很是奇怪。

公蛎笑道："珠儿今儿转了性了？"

珠儿突然拉住公蛎，老气横秋道："龙掌柜，请借一步说话。"不顾胖头诧异的目光，拉着公蛎来到后堂。

公蛎心怦怦直跳，心想难道这丫头改变主意，准备嫁给自己？心里正盘算着该怎么应对她的表白，是接受还是不接受，只听珠儿道："龙掌柜，我有一事想求你帮忙。"

公蛎泄了气，道："什么事？"

珠儿低下头，道："我如今同我爹娘不来往，他们很担心，我想麻烦你去我家铺子里走一趟，告诉我娘我好得很。"

公蛎瞪目道："你天天经过铺子，直接告诉他们不就完了？"

珠儿绞着手指，半晌才道："你不懂。"

公蛎越发看不懂这个珠儿，道："既然怕他们担心，怎么不搬回来同他们一起住？"

珠儿神情大变，眼底的恐惧一闪而过。公蛎不忍，道："好好，我不问了。我这就去。"

"不，我还有些要求。"珠儿拉住他，从怀里拿出两条绣得极其精致的荷包，"这两个东西，算是我给您和胖头哥哥的报酬。"然后又费劲巴拉地将早上带来的一大包东西拿给他："你带着这个去，在我家门口，神态越是倨傲越好，动静越大越好，而且，最好能让街坊围观。"

公蛎感到莫名其妙，道："那我讲什么？"

珠儿垂下眼睛，道："你就说，是毕掌柜让你送来的，以后有什么事尽管吩咐，没有毕掌柜解决不了的。再告诉我娘，珠儿很好，请她放心，然后就可以回来了。"

公蛎恍然大悟，啼笑皆非道："你这是想要虚张声势，给你娘壮胆？"

珠儿咬着嘴唇，小声道："实在没有其他办法了，珠儿不孝，没能力带她离开。"公蛎暗叫幼稚，同时心想，到底是什么事情刺激得这丫头又是离家出走，又是叛经离道，行为乖张？

不过看在她给的荷包实在精致的份上，公蛎毫不犹豫答应了，道："我去一趟没问题，忘尘阁也随便你来，但你莫要再缠着毕掌柜娶你，行不行？"

珠儿思索了一会儿，小心翼翼道："那我能不能叫你和毕掌柜哥哥？"

公蛎点头道："这个可以。你那张姻缘符，本来就是骗人玩儿的，不能信。"

珠儿十分高兴，连连点头，三人正商量过会儿要如何表现，阿隼回来了，他仍是一身便装，看到杨珠儿，疑惑地打量了一眼，转身要走，却被珠儿怯生生地叫住了。

珠儿甜甜道："你是阿隼哥哥吧？"她今天的妆容虽然厚重，却没前几日那么夸张，特别是当她带着一脸甜美笑容，不再抖腿、龇牙、笑骂的时候，看起来还有几分可爱。

阿隼点点头。阿隼已经从毕岸那里听到了关于杨珠儿之事，从他疑惑的目光来看，他显然质疑毕岸描述得过十夸大了。

珠儿施了一礼，大眼睛扑闪着，一脸诚恳道："我求龙掌柜办点事，想麻烦您也跑一趟，好不好？不会耽误您多少工夫。我日后定然绣个最精致荷包给您，行不行？"

阿隼是洛阳县尉之事，这条街并无人知道。一是阿隼早出晚归，从不在家，二是他只要回来便是一身小厮装扮，性格沉闷，从不多言，街坊们了解不多。

珠儿这么一副柔弱样子，着实让人不好拒绝。

阿隼看向公蛎。公蛎赔笑道："阿隼……大人，要是有空……"拉过阿隼，附

耳道："我这是替毕公子打发呢，只要做了这件事，我保证以后她不缠着毕公子。"

等珠儿走了，三人雄赳赳气昂昂地去了杨鼓家。

有了阿隼出马，一切极其顺利。阿隼不用说话，只是往旁边一站，便有种不怒自威的气势，加上公蛎巧舌如簧，最擅长狐假虎威，这出戏演得极好。

倒是公蛎，对杨珠儿的好奇更增进了一层。杨家的裁缝铺子小而阴暗，只有一些中低档的面料整整齐齐地挂成一排，家具摆设都十分简陋。杨鼓个子虽高，但弯腰弓背，看起来松松垮垮，粗大的指关节在衣襟上蹭来蹭去，眼神胆怯，表情拘谨；高氏不知是惊喜还是害怕，颤抖着嘴唇，不时拉起围裙擦拭眼泪。

公蛎按照珠儿交代的，气派十足地代表毕掌柜说了一番充满豪气的话，拍着胸脯道："以后杨家的事儿就是我忘尘阁的事儿！"然后送上那包红布包着，看起来极像是提亲的聘礼一样的东西。

高氏颤颤巍巍接过，泪流满面。杨鼓却躲躲闪闪，吭吭哧哧半天，才说出一句"多谢"。

围观者大哗，有羡慕杨珠儿好福气的，有祝贺杨家时来运转的，有质疑毕岸鬼迷心窍的，也有断言两人决不会长久的。一个少妇不无嫉妒地道："龙掌柜，您今日来杨家，是提亲吗？"

公蛎一愣，他可没想想到这么一茬，脑袋一转，大声道："不要胡说，毕掌柜这是认了珠儿姑娘做妹妹呢。"

李婆婆夹枪带棒讥讽道："杨鼓家的，没想到你家闺女本事还挺大，这做不了人家老婆，做个妹妹也不错。"

高氏脸色通红，默默无言。

柳大忙出来打圆场，大声道："不错不错，要是珠儿以后认了毕掌柜做哥哥，以后你们两个也少操几分心。"正在斟茶的杨鼓手一个抖动，竟然将茶倒在了桌子上。高氏慌忙拿布来擦。

柳大笑道："这事情倒也圆满。还喝什么茶，我这刚好拎着一壶酒，赶紧给毕掌柜和阿隼胖头倒上。"说着驱散了围观的众人，径自去到厨房拿了几个碗来，喜滋滋道："这是好事。你家丫头性子急脾气暴，有个人领路也好，免得误入歧途。"

高氏突然抬起头，目光炯炯道："谁说我闺女误入歧途？"她同珠儿十分相像，不过身材瘦弱，面带菜色，平日里一副唯唯诺诺的样子。

柳大一愣，忙赔笑道："是是，嫂子原谅我口无遮拦。"

高氏瞬间没了锐气，低头坐着。

公蛎殷勤地端了一碗酒给阿隼，拍着他的肩膀吹嘘道："你们还不知道，我这位兄弟，是衙门……"

阿隼咳了一声，公蛎慌忙改口："认识很多衙门的兄弟，连县太爷都高看他一眼呢。"

柳大睁大了眼睛："真的？"上去同阿隼握手，满脸堆笑："我看阿隼兄弟器宇不凡，是大富大贵之相，以后请兄弟多关照。"

"啪"一声，杨鼓手中的酒碗掉在了地上。只见他慌里慌张，不知是哭还是笑，捡起缺了半边的碗，逃一样去了后堂，再也没有出来。

三人坐了片刻，阿隼有事先走了，胖头回去招呼铺子，杨家只剩下公蛎和柳大。

公蛎有心问问关于杨珠儿的事情，斟词酌句道："珠儿在外面很好，你不用担心。"

高氏的眼泪一下子出来了。柳大劝道："嫂子你莫要这样。珠儿又聪明又能干，心灵手巧，年轻嘛，谁没做过头脑发昏的事儿？等她想明白了，就回来了。"

公蛎道："正是，你放心，有我们这些街坊看着呢。我回去再劝劝她。"

高氏低声道："谢谢龙掌柜，你和毕掌柜都是好人。"

公蛎试探道："当初珠儿为何离开家？她年龄还小，独自在外总不是个事儿。"

高氏嘴唇抖动，说不出话来。柳大忙给公蛎使眼色，一边安慰道："嫂子你别激动。孩子不听话，爹娘打骂管教是正常的，你也别太过自责。"

公蛎见高氏性格懦弱，毫无主见，也问不出个所以然来，寒暄了几句，两个人便告辞了。

公蛎见高氏回去了，将柳大拉到一边问道："你刚才不停挤眼，什么意思？"

柳大小声道："关于珠儿离家出走的原因，你以后可别再问了。"

公蛎奇道："为什么？"

柳大欲言又止，嘿嘿地笑。公蛎捅了他一拳："还兄弟呢。快点告诉我。"

柳大嘿嘿笑了半天，道："我告诉你了，你可不许告诉别人去。"他咬着公蛎的耳朵根道："今年春上，有一晚上我半夜起来撒尿，听见他家里有些异常的响动……"

说了一句，柳大又不说了，神色凝重起来："算了，这种事情，知道还不如不知道。"急得公蛎跳脚："你说一半不说一半算怎么回事？我保证不告诉别人，快说，下月我请你去暗香馆喝花酒。"

柳大远远看了看杨家黑乎乎的裁缝铺子，小声道："我撒尿撒到一半，忽听珠儿一声尖叫，接着便看到杨鼓赤裸着上身从她的房间跑了出来。你知道我家同他家院子一墙之隔，墙又低矮……高氏哭了一夜，第二天便听说杨珠儿离家出走，偶尔有人看到她在北市晃悠，打扮怪异，行为夸张，从不回家。"

公蛎惊得一口气提不上来，好久才"呃"了一声。柳大痛心疾首道："你说这杨鼓，看着老实巴交一个人，怎么会做如此禽兽不如的事？好好一个闺女，就这么给毁了。"

公蛎仔细想刚才杨鼓的行为，确实反常，心里也信了七八分。越想越觉得可恨，低声道："高氏怎么不报官去？"

柳大道："怎么报官？要报了官，以后闺女怎么嫁人？一家人的脸都没地儿搁去。所以啊，"他絮叨叨道："高氏也是个可怜人，嫁了杨鼓这么个没本事的不说，好不容易养个聪明伶俐的女儿，还出了这么一档子丑事。"

公蛎恨恨道："这种禽兽，留着他祸害人吗？真是该千刀万剐！"

柳大叹了口气，道："我同杨鼓十几年邻居，我是了解他的，他其实不是什么坏人，那晚也不知怎么鬼迷心窍动了这个心思，一念之差……你看看他那个样子，自己把自己折磨成什么样儿了？"

公蛎啐道："他那是活该！"

（四）

珠儿果然是个守信之人，那天之后，她没有再来纠缠毕岸，忘尘阁恢复了清静，胖头念叨了好几次，说有些不习惯。

公蛎心里空落落的，心里惦记珠儿，却又巴不得杨珠儿不来，因为他一想起杨珠儿那晚的遭遇，便觉得心惊肉跳，实在难以想象人世间还存着如此丑恶的一面，甚至觉得无法面对珠儿。

这事儿非同小可，杨鼓的行为已经触犯大唐律例。可是具体如何处理，公蛎犯了愁。若是贸然告诉毕岸和阿隼，又没什么证据，知道的人越多对珠儿越没有好处；但就这么放下，像柳大一样压着心底，好似也不妥当。

中秋节很快过去，天气越来越凉。毕岸和阿隼每日都忙得不见踪影，街坊们还以为是珠儿事件造成的，公蛎却知道，如今正是盗贼猖獗的时候，听说城东发生了一起入室盗窃案，孟家百万家产一夜之间被洗劫一空；南市附近两家商户斗殴，死伤多人，主犯逃走；还有东郊采花案，两个农家女子受辱……光这些，就够阿隼忙上一阵子了。

但忘尘阁又一次陷入了困境。当年丢失的当物，好多已经到期，碰上脾气好的，虽然不满，但估价置换便也算了，而碰上有钱有势的或者性子执拗的，无论怎么商量，都不肯接受忘尘阁的折价赔偿，非要原来的当物才行。比如铜驼坊朱三公子的轩辕宝剑、胡秀才的欧阳询字画等，汪三财几乎跑断了腿，才找到差不多质地的物件，还说了无数好话，另外补了对方一大笔钱，差一点害得忘尘阁便要关门大吉了。

幸亏胖头购进的那些小玩意儿利润还算客观，总算勉强支撑了下去。

这么一来，经济骤然拮据，公蛎想出去喝酒游玩的机会更少了，同汪三财讨要一次零用钱，汪三财顶多给他十文，只能在柳大的酒馆打壶酒喝。

闲着无事，自然得找点事儿做。公蛎决定，单独去找杨鼓试探一下。

吃过中午饭，公蛎想去柳大的酒馆坐坐，刚巧看见杨鼓畏畏缩缩地从酒馆出来，怀里抱着一个米袋子，想来是生活过不下去，又来找柳大接济了。

公蛎从后门朝他肩头一拍。杨鼓吓得一哆嗦，惊慌失措回过头来，挤出一个笑容，道："龙……龙掌柜。"

公蛎厌恶地看着他。杨鼓更加不自在起来，一双浑浊的眼睛眨巴着不知道看向何处。

公蛎越发觉得他面目可憎，强忍着厌恶问道："珠儿这些天回来了吗？"

杨鼓小声道："没……没有。"

公蛎盯着他的脸，道："她一个人住在外面，你这个当爹的就不担心？也不去找找？"

杨鼓眼神躲闪，道："我找了，她不肯见我……"

公蛎憎恶道："这倒奇了，你是她爹爹，她为何不肯见你？"

杨鼓关节肿大的手指无意识地在米袋子上划来划去："我……不配做她的爹……"

这么说，那件事确凿无疑了。

公蛎看他一副可怜相，冷笑道："她当然不肯，有这么个禽兽不如的爹，她怎么敢回来？"

杨鼓嘴唇嚅动，良久才道："她恨我……我知道……"眼中泪光闪现，低下头去。

公蛎看着他那张看似老实木讷的脸，恶狠狠地朝地上吐了口水，小声骂道："畜生！"

杨鼓也不还口，呆呆地站着，如同木雕泥塑一般。

柳大见状，高声叫道："龙掌柜，老哥这里进了杜康陈酿，来一杯尝尝？"又轻声喝骂道："杨鼓你还不赶紧回去，站在这里做肿神 ① 哪？嫂子还等米下锅呢。"

杨鼓慢吞吞走了，步履蹒跚，脚步轻浮，看上去没有一丝活力。

公蛎坐在酒馆，尤自气愤不已，柳大劝道："你同他这种人有什么好计较的？消消气。"他给公蛎斟了一杯酒，道："你同他谈什么了？"

公蛎端起酒杯一饮而尽，慨然道："他承认了。"

柳大吃惊道："真的？"接着摇摇头，嘴里啧啧有声，道："这家伙，唉。"

公蛎一想起杨鼓那张呆滞愚笨的脸和珠儿明亮的眼睛，只觉得一股血气往上涌，一拍桌子道："不行，我要去报官！"

两个酒客看了过来。柳大忙赔笑："没事没事。各位慢慢喝。"拉着公蛎去到柜台僻静处，低声道："龙掌柜，这个可要从长计议。"

公蛎也不知哪里来的那么大的火气，道："这种人，留着说不定还祸害别人呢，不行，报官！"

柳大急道："不可！要报官早报了，那还能等这么多天？"他用指甲蘸酒，在桌子上写了一个"珠"字："要是杨鼓因为这个被抓，她怎么办？以后还怎么嫁人？难道真嫁给毕掌柜？毕掌柜也不肯啊。"

公蛎心中一动，差一点说出"毕掌柜不要就嫁给我"的话来。

公蛎想了想，觉得柳大说得在理。如今知道此事的外人只有自己和柳大，若是

---

① 肿神：洛阳土话，意思是毫无反应的死人。

闹得众人皆知，虽然杨鼓是罪有应得，可高氏和珠儿以后真没办法做人了。

柳大又道："与其在这里气愤，不如我们帮帮珠儿。这丫头是我看着长大的，本性不坏，可不能让她就这么堕落下去。"

公蛎道："怎么帮？"

柳大道："我觉得，首先就是这件事按下不提，只要不让杨鼓接近珠儿，我们就当此事没发生过，时间久了，珠儿也会慢慢淡忘。第二个，帮珠儿找个正当的事情做，免得她……"

柳大没有继续说下去，但公蛎明白他的意思。珠儿若是长期这么混下去，谁知道会怎么样，或许真抵挡不住诱惑去做暗娼也说不定。

公蛎想了想，道："不如这样，我去找下珠儿。那丫头聪明得很，分得出好歹，我想不管她听不听，总是会考虑下的。"

柳大道："是是。可惜不知道她住在哪儿。"

公蛎忙道："我知道。"说着将那日同胖头跟踪珠儿的事简单讲了一遍。

柳大激动道："这样就好。唉，这丫头小时候天天在酒馆里玩，同我自己的女儿一样，看她如今这样子，我真心觉得难受。"

正在商议，李婆婆来打酒，见两人脑袋抵着脑袋窃窃私语，笑道："你们两个色鬼，又在编排哪位良家妇女？"

柳大笑道："李婶果然最了解我们两个的脾性。这不刚走过去一个美人儿，皮肤白的跟凝固的猪油一样。"

公蛎笑道："肤若凝脂！"

李婆婆也笑道："读书人就是不一样。哪像你，说出来的都粗俗不堪。"三人都笑起来。

李婆婆口风一转，凑近道："那个谁，最近不来啦？"

公蛎装傻："谁啊？"

李婆婆挤眉弄眼道："小妖精啊。"

公蛎有些反感，故意道："毕掌柜认她做妹妹，正给她找事儿做呢，所以要她回去等着。"

李婆婆半是妒忌半是疑惑，道："有这等好事？这丫头真不知哪辈子烧高香了。"瞬间连带着对公蛎和毕岸也不待见了，撇着嘴走了。

柳大送走了李婆婆道："龙兄弟真有给珠儿找事儿的打算？"

公蛎笑道："我就这么一说。"

柳大皱眉道："这事儿我也盘算好久了，可是我这里是个酒馆，来的都是不三不四的醉汉，而且我和弟弟两人都是个单身汉，瓜田李下的，她来我这里不合适。否则我倒是宁愿收留她做个干女儿呢。"

公蛎有些感动。

柳大道："不过我这里也正想招个人。弟弟身体不好，我也不忍心让他干重活。"

公蛎这才留意了一眼。柳二看起来年纪不大，又聋又哑，还瘸着一条腿，身子趔趄扭曲，整日里木木呆呆的，只能在店里后台做些杂工。若是能招了珠儿来，倒是一桩美事。

这些天下来，他同柳大越来越投缘。柳大既不像李婆婆之流刻薄恶俗，又不似毕岸阿隼等冷冷冰冰，高高在上，他随和大气，为人真挚。两人整日混在一起，吃吃喝喝，偶尔结伴去喝个花酒找个姑娘，或者就坐在酒馆里听那些酒客吹牛聊天，表情猥琐地评判下过往的女子，议论下谁家的婆娘长得漂亮，表达下对当前生活的不满，甚至探讨下苏媚到底喜欢什么样的男人。这种感觉，带着一点点温馨和惬意，都是公蛎以前不曾有过的。

公蛎第一次觉得自己有了朋友——胖头是不同的，在公蛎心中，他只是自己的小跟班。朋友之间，自然不能有秘密。公蛎看看四周无人，忍不住悄声道："我那个兄弟阿隼，可是个大人物，他是我们洛阳县的县尉大人。"

柳大的眼珠子都快瞪出来了。

公蛎存心卖弄，自然得意，道："想不到吧？别看他整日跟在毕掌柜屁股后面，其实威风着呢，手下一大帮子人，连上面的大老爷都给他一个面子呢。"最后一句话，却是他自己想象的。

柳大终于能说出话了，激动道："真没想到，阿隼大人真是真人不露相哪！"

公蛎得意洋洋道："我打算让阿隼帮忙，给珠儿找份正经事儿做。有县尉大人帮忙，谁还敢欺负她？"

柳大鸡啄米似的点头，眼神飘忽得像自己做了县尉。

可惜晚上毕岸和阿隼又没回来。

公蛎本想在毕岸面前表功，吹嘘下自己如何机灵如何善良，也想借机求下阿隼。不过想了又想，决定还是自己独自一人完成此事。

整整一个晚上，公蛎都在构思，如何规劝珠儿却不伤到她，如何让她走出阴影尽快开始新生活，甚至连说哪句话时该用哪个表情，都仔细地想得妥妥的。

公蛎第一次做事如此上心。他突然觉得自己的生活有意思了许多，浑身都充满力量。可是，这件事明明和自己没任何关系，既不能满足口舌声色之欲，又不能带来名利，为何反而有一种奇妙的感觉呢。连照个镜子，都觉得自己比以往英俊些。

（五）

第二日吃过早饭，公蛎独自一人去珠儿的住处，可是珠儿却不在，公蛎有些沮丧，只好回来，把打了多遍的腹稿温习得滚瓜烂熟。

幸亏下午时分公蛎看到喜欢珠儿的那个少年在街口晃悠，便叫胖头跟踪，想多了解下关于珠儿的情况。哪知胖头一去不返，直到晚上戌时末，才气喘吁吁地回来。

公蛎忙问："怎么样？他是哪家的少爷？有什么新发现？"

胖头嗫嚅了半天，道："跟丢了。"

公蛎怒道："那你还出去这么久？"

胖头委屈地道："我迷路了。"公蛎叹道："瞧你那副蠢样儿！不跟着老大，你能做什么？！"胖头忙不迭地点头。

公蛎顿时优越感暴增，临时决定，先去了解下珠儿的生活，再做打算。于是简单收拾了一下，带着胖头重新出了门。

此时已经亥时一刻，闭门鼓即将敲响。胖头担心道："马上宵禁，不要撞上官爷了。"

公蛎满不在乎道："要是宵禁之后都能撞上官爷，那些盗窃案是怎么发生的？"

这句话说得有理有据，公蛎觉得要是毕岸在场，定然会夸自己聪明。嘴里说着，脚步不停，循着上午走过的小巷子拐了进去。

胖头恭维道："多亏老大你来了，要我一个人，肯定又迷路了，这里真难找。"

公蛎轻蔑道："你也不想想老大我靠什么吃饭。"说着在阴影中将分叉的舌头飞快一探。胖头并未看到，惊讶道："难道你父辈是猎户？"

公蛎对他的迟钝十分不屑，但对他的各种恭维崇拜却十分受用。

闭门鼓敲过，城内很快一片沉寂。两人趁着月光，来到了珠儿租住的仓库前，只见灯火微明，她果然在。

空气中有一股熟悉的味道，公蛎觉得很奇怪。

胖头小声道："大半夜的，来一个单身女子的房间，似乎不太好。"

公蛎低声骂道："你傻啊，要明目张胆进去，我们还不如白天来。"胖头将耳朵贴在墙壁上，忽然紧张道："里面还有一个人。"

是一个成年男人的声音。公蛎也听到了，不知怎么，心里有些小失望。

声音很低，似乎在争吵，两人屏住呼吸可勉强听到。公蛎想了想，糊弄胖头道："我要变个戏法，你可别大惊小怪的。我爬上去看，你给我放风，躲远些，别被人发现了。"说着摇身一变恢复原形，顺着墙面爬上了天窗。

当年两人一起在街头卖大力丸的时候，胖头亲眼见公蛎的脑袋能扭上三五圈而毫发无损，所以这个榆木疙瘩还真以为他在变戏法，毫不怀疑公蛎的身份，乖乖地去对面墙角处藏了起来。

杨珠儿租住的这个地方，只是木料仓库的一角，用废旧木板隔出来，里面摆着一张小床、一个绣架还有一个简单的木台，剩下的位置就只够一人进出，木台、床铺上堆满了各种半成的绣品和衣料，显得十分拥挤。

珠儿坐在绣架前，背部紧贴着墙壁，冷冷的眼神中显出同年龄不相符的成熟。绣架对面站着一个裹着灰色斗篷的男人，脸隐藏在灯光的阴影处，道："你什么时候搬回去住？"

公蛎心想，难道是杨鼓来找女儿？可是看身形和说话的语气，又不像。

杨珠儿声音小而清晰，道："我不会回去的。"她今晚素面朝天，放下了发髻，一头乌发垂顺地搭在肩上，恢复了纯净自然的少女模样，比以往那些怪异打扮动人多了。

仓库浓重的木料味道呛得公蛎鼻子发痒，却压不住杨珠儿身上的那股清澈的丁香花味儿，公蛎恍然有种错觉，觉得她就是自己一直惦记的丁香花女孩。

灰衣人朝四周打量了一下，皱眉道："这破地方，哪有家里住着舒服？回去吧，别赌气了。"

公蛎突然听出是谁的声音了，心中一喜，若不是化为原形，差一点要跳下去拍着他的肩膀打招呼了。

下面那个穿灰色斗篷的人，是柳大。看来柳大同自己想的一样，来这里劝解珠儿。

柳大叹道："这些天我找你找的好苦。"

杨珠儿冷冷地看着别处，一言不发。

柳大打量着周围堆积如山的活计，道："你这丫头，从小就要强。这么些活，怎么做得完？"他打开一件绣品看了看，赞道，"小小年纪，手艺真不错。心高气傲，比你娘强多了。"

杨珠儿突然暴怒："别跟我提我娘！"抓起剪刀，一剪子扎在面前的绣布上，将绣了一半的绣品划得稀烂。

柳大后退了半步，碰得身后的木台一阵摇晃，笑道："瞧你这臭脾气，叔叔来看你，你怎么这样？"

公蛎也觉得珠儿有些过分，心想这丫头是应该有个长辈好好管教一下。

杨珠儿斜了他一眼，冷笑道："叔叔？你也配人叫叔叔？"

柳大佯怒道："你再这样，我可生气了啊。"

杨珠儿厌恶地扭过了头。

公蛎思量，要不要变回人形，帮着柳大一起劝劝珠儿，商量个对策。刚从天窗上往下溜，忽听柳大嘿嘿地笑了起来，笑得极其淫荡。

这声音公蛎相当熟悉，他们俩一起去喝花酒时，柳大就爱这么笑，公蛎曾嘲笑过他的这种笑声"淫荡得天下无敌"。

公蛎忙折回了脑袋。

杨珠儿挺直了脊背，将剪刀护在胸前。

柳大往前凑了凑，笑眯眯道："你不会真做了暗娼吧？"

杨珠儿瞪着他，眼神冷如小刀一般。柳大道："你以为逃了出来，再攀上毕岸那个高枝儿，就能逃出我的手掌心？"他伸出强壮有力的大手，在珠儿面前一张一合："你那个小朋友也真够小气的，找这么个破地方给你住。我抽空儿去找找他，和他理论理论。哪有想玩女人还不想花钱的道理？"

公蛎有些发懵，脑袋乱作一团。

柳大道："一个月了，我看你天天往忘尘阁中跑。听说毕掌柜认你做了干妹妹了？"珠儿不答。柳大淫笑着道："说来听听，睡上了没？"

珠儿如同泥塑一般。

柳大啧啧道："估计是没睡上。人家看不上你吧？哦，我知道了，没睡上毕掌柜，勾搭上了那个龙掌柜，是吧？怪不得龙掌柜对你的事情如此上心。你看看，我就说了，你细皮嫩肉，不做娟妓，真是可惜了。"

公蛎又惊又怒，竖起身体，发出咝咝的恐吓声。

柳大又嘿嘿地笑了一阵，道："你这地方还真是难找，我跟了几次，都跟丢了。若是不是姓龙那个傻子，我还找不到这里。"

公蛎竖起了鳞甲，抖动身体。自己当柳大是朋友，柳大却当自己是傻子！这一条，尤其不能忍。

柳大侧耳听了一下，道："什么声音？好像有蛇。嘿嘿，小心，蛇性最淫，要是晚上钻你的被窝去，可就好玩儿啦。"

杨珠儿双唇紧闭，眼神冰冷，任凭他污言秽语地侮辱。柳大说了一阵子，忽然停住，瞄着珠儿紧绷的脸，挑逗道："生气了？"他的眼神就像老猫在戏弄股掌之下的小耗子。

柳大将手指握得咔咔直响，笑道："你和你娘一直想要逃得离我远远的，是吧？以后可不要动这种念头了，麻烦。我虽然没什么大靠山，但这个洛阳城中还没有我找不到的地方。知道吗，忘尘阁那个阿隼，是我的兄弟，他是洛阳县尉。"

公蛎觉得自己的肺要气炸了。

柳大道："你跟着我，难道我会亏待你？"他突然转换了神色，叹了口气，一脸疼惜道："你这丫头，还是这么倔强。你就不肯说句软话？"

杨珠儿如同没有听到一般，但不屑和愤怒分明写在眼底。柳大爱怜地看着杨珠儿靓丽姣美的脸颊："你小时候头发黄皮肤黑，又干又瘦，哭起来满地打滚谁都哄不住。谁知道一夜之间就出脱成了个小美人，我一看你笑，心都要化了。"

杨珠儿恶狠狠地从嘴角蹦出一个字来："滚！"

"滚？"柳大飞速伸出手一把钳住了她的手臂，剪刀掉在绣架上，穿过绣布上的洞摔在了地上，"小心肝，你还是不要激怒我的好。"他一脸邪魅狂狷的淫笑，眼里闪着奇异的光。

珠儿抖动了一下，眼里显出惊恐之色，但瞬间有挺直了脊背，一字一顿道："你杀了我好了！"

柳大反而松开了她的手，脸色恢复了和善："唉，其实我就是喜欢你这一点，活像一只小刺猬，永远充满勇气，哪怕再恐惧都不肯表露一点。"

珠儿直视着他，咬牙冷笑道："恐惧有用吗？"

柳大爱怜地看着她，突然恳求道："你乖乖听话，我们好好谈一谈，行不行？"

珠儿揉着手腕上的手指印，缓缓道："你想谈什么？"她的神态，无尽的憎恨中带着点点警惕、恐惧和冷漠，一点都不像是一个十四五岁的小女孩，而像是一个历经沧桑的妇人。

柳大眼圈一红，好像受到了莫大的委屈："你搬回去住，白天就在我的酒馆打杂。我一个月开双倍的工钱给你，不过你要跟人说，是你自己想回来照顾父母……"

珠儿的嘴角挑了一下，冷笑道："双倍工钱，嫖资是吗？"

柳大摸着下巴，真诚地道："话不要说得这么难听。我真的想好好待你和你娘。你给我个机会，行不行？"

珠儿直勾勾看着他，尖刻道："给你个机会让你奸污我？给你个机会让你欺侮我娘，威胁我爹？"

柳大皱着眉头，道："奸污这个词，从小女孩嘴里说出来，可不太文雅，以后不要用了。"珠儿冷笑道："做的人不怕，说的人有什么怕的？"

柳大笑着摇头，接着眨巴着眼睛道："哟，刚听你的意思，我和你娘的事情你都知道了？"他的眼神黯淡了一下，"哦，那时我家娘子刚刚去世……"转而表情变得更加淫荡："你娘还是个珠圆玉润的小少妇，你好像才……七岁？"

公蛎原本以为柳大只是垂涎杨珠儿，万万没想到，他竟然长期霸占高氏，并威逼杨鼓——他才是逼走珠儿的罪魁祸首！

珠儿的瞳孔缩小，五官开始扭曲起来。

柳大邪恶地盯着珠儿，道："看来你对我误解很深。你娘，她是自愿的。"

珠儿尖叫起来，捂住了耳朵。

柳大笑得极其开心，上前将珠儿的手拉下来："你娘一定一脸委屈地跟你说，我怎么怎么坏。其实是你娘勾引我。你爹没本事，养不了家，你娘她图我的钱财。唉，恰巧我当时娘子去世，一时把持不住，就这么……真是一失足成千古恨。"

看他懊悔的表情，倒好像自己是受害者一样。

珠儿浑身颤抖："不是，不是这样……"

柳大道："你可以回去问问你娘，到底是她离不开我，还是我霸占她。上次你们不是搬走了吗，我还以为你娘放下了，不需要我资助了，可是没过一个月，怎么自己又搬回来了？"

珠儿呆呆地看着柳大。柳大似乎觉得珠儿的样子很好玩，提醒道："你好好想想，是不是你娘坚持要搬回来的？"

珠儿无声地张大了嘴巴。

柳大砸吧着嘴道："你娘这样就不对了。通奸么，你情我愿的事儿，摆出一副受害人的样子算什么？真是越老越不地道了。"

珠儿突然张牙舞爪朝柳大扑来："不对！我不信！我娘是最好的人……"

柳大一把抓住她的手腕，皱眉道："别往脸上挠呀……你娘比你的脾气好多了，就是太爱哭，动不动哭得肝肠寸断的，没想到能生出你这么个爆炭脾气的丫头来，真是有趣得很。"

珠儿的样子，像是一只落入狼口的小羊，愤怒而无助。

柳大亲亲热热道："既然事情你都知道了，我们来算下账吧。我每年接济你家差不多十五两银子，十几年来，不算利息，最少一百五十两了。我同龙掌柜去暗香馆喝一次花酒，也不过花费三两银子，你娘连个低等娼妓的姿色都不如，不过看在她陪我这么多年，算上人情折算五十两，另外一百两，就算你一次五两，你陪我二十次，我们两家的恩怨从此一笔勾销，如何？"

杨珠儿发出一声撕裂的低吼，一头朝柳大撞来，但她哪里是柳大的对手，未曾近身已经被柳大按倒在了床上。

柳大捉住珠儿的四肢，用嗔怪的口吻道："我老早就说，让你去告我，你总是不肯去。你放心，我好汉做事好汉当，定然不隐瞒一点儿事实。公堂上要是县老爷问我，我就实话实说，你娘贪图我的钱财，一直缠着我，如今我厌烦了，想讨个老婆开始新生活，她还不依，还要把女儿送给我……嘿嘿，李婆婆之流肯定最喜欢听这样的故事，很快你和你娘便能名震洛阳城了……你觉得怎么样？"他腾出一只手来，勾住珠儿的下巴，"暗娼的消息，就是我放出去的。你以为你打扮得像个混混，故意做出一副叛经离道的样子，就能吓到我了？"

杨珠儿的绝望，隔着空气公蛎都能感觉到。他紧张得浑身僵硬，拱起身子便要冲下来，但见柳大挽起衣袖，露出手臂上爆着青筋的大块肌肉，顿时有些胆怯，尾巴吊在天窗上，脑袋往前远远地探出，并吐出长长的舌头，希望柳大能一惊之下住手。

柳大色眯眯地打量着在他身下挣扎的珠儿，喘着气道："你逃不掉的。除非你一家三口全死了，否则不管你走到哪里，都是我的……"他淫笑着，一把将她的外衣撕成两半。杨珠儿闷声翻滚，玩命地挣扎，两人都不曾留意头顶的水蛇。

柳大挥手给了杨珠儿一巴掌，瞬时打得她嘴角出血，头昏脑胀。柳大抓住她的头发朝后扯去，狞笑道："你逃不了啦，我的小心肝，今晚你就是我的猎物啦。"说着伸着嘴巴朝杨珠儿的脸上凑去。

情况再也不容公蛎多想，他鼓起勇气，用力弹跳起来，准准地落在了柳大的肩头上，在他鼻子狠狠咬了一口，然后紧紧缠住了他的脖子。

柳大先是鼻子一阵剧痛，低头一看，一条花花绿绿的水蛇如同衣领环绕着自己的脖子，吓了一大跳，松开了杨珠儿，两手用力拉扯水蛇。

杨珠儿颤抖着拉过一条绣布围在身上。

公蛎觉得自己的腰要断了，忍着剧痛，继续用力缠绕。但柳大手上力气极大，公蛎亲眼见他能够单手提起一大瓮黄酒，很快公蛎觉得，自己坚持不住了。

恰在此时，房门响了。胖头在外面叫道："珠儿开门，你怎么了？"

柳大大惊失色，扯下脖子上的水蛇甩在一边，裹紧斗篷，猛然拉开门，并顺手推得胖头一个趔趄，飞快逃走了。

胖头一见杨珠儿衣衫不整的样子，忙捂住了眼睛，惊叫道："珠儿，你怎么了？"拔脚便要去追，杨珠儿静静道："站住！不用追了。"

她冷静地起身，重新翻出一件衣服穿上，道："我没事了。你回去吧。"

胖头吓得不敢多问，小声道："要不要我帮你报官？"

杨珠儿擦掉嘴角的血迹，厉声道："不用！"

胖头嗫嚅半天，道："那个坏人……"

杨珠儿暴躁道："不用你管！"

胖头手足无措地看着杨珠儿将乱成一团的绣品一件件整理好，两人都不曾留意，一条奄奄一息的水蛇挣扎着爬过他的脚面，从门缝中溜了出去。

杨珠儿并没有流泪，眼睛亮亮的，像藏着两团火："我没事，你走吧。我要休息了。"

胖头却迟疑着四处张望，嗫嚅道："我老大呢？"刚才他一直躲在路对面的阴影处，听到里面有争吵，想着有公蛎在，所以一直未现身，到最后听到动静越来越不对劲，这才过来叫门。

一个微弱的声音从外面传来："我在这儿呢。"

胖头推门一看，公蛎托着腰，龇牙咧嘴地靠在门口墙壁上，原本一丝不乱的头发松松散散。要不是刚才胖头亲眼看到那人跑掉，还以为图谋不轨的是公蛎呢。

胖头朝屋里努努嘴巴，小声道："老大，刚才……"

公蛎摆摆手，示意他闭嘴，强忍住疼痛走到房间。本来想安慰珠儿几句，但见她的样子，又觉得还是装做什么都不知道为好，打个哈哈道："我和胖头出来玩儿迷路了，哪知道你住这儿……"

杨珠儿抬起头，看着他道："龙掌柜，谢谢你。天色不早了，你们回去吧。我真的没事。"她表情平静，语调平缓，若不是半边脸红肿，真的像是什么也没发生一般。

公蛎隐隐觉得杨珠儿的眼神很不对劲，却不敢多说，唯恐她问起刚才水蛇一事，拉着胖头匆匆告辞。

两人行之门口，杨珠儿突然叫住他，改口道："龙哥哥。"

公蛎看着她。

她眼圈发红，却没有眼泪流出："龙哥哥，胖头哥哥，你们都是好人，请务必答应我，今晚不管你们听到什么看到什么，都装作没听到没看到，不要告诉任何人，好不好？"

公蛎心中五味杂陈，不知该说些什么。

杨珠儿眼睛亮晶晶的，低声道："谢谢两位哥哥。"

（六）

公蛎睁着眼睛，一直熬到天亮。他的心里被一股气堵着，痛心、失望、难过、愤怒，各种情绪交织在一起，像是一条锯子在他的心上来回拉动。

难过和愤怒，是对杨珠儿的遭遇；而痛心和失望，却是对自己。柳大，唯一的"朋友"，竟然是个人面兽心的禽兽。公蛎一想到他故意引导自己相信杨鼓与女儿乱伦，并利用自己找到珠儿住处，气便不打一处来，深恨昨晚没勒死他，顺便替珠儿报仇。特别一想到一向自诩聪明的得道灵蛇竟然着了他的道，更深感耻辱。

公蛎一直睡到第二天下午，觉得腰好了些，这才起床。

胖头不知道发生了什么事，但见公蛎心情不好，便更加殷勤，伺候公蛎吃了饭，道："我扶您去对面酒馆坐着？"

这个蠢货，竟然没看出昨晚从珠儿房中逃出的灰袍人就是柳大。

公蛎装作突然想起的样子，道："啊呀，昨晚我本来约了柳大喝酒呢，给忘了。他今天有没有跟你说什么？"

胖头忙道："哦，他问我昨晚去了哪里，我说去北市玩了。"

公蛎警觉道："他有没有问起我？"

胖头老老实实道："问了，他说我们俩是否一起去了北市，怎么也不叫他，我想着答应珠儿保密，便撒了个谎，说你没去。"

公蛎松了一口气，哼道："脑袋里还算有点料。"

胖头憨笑道："你别老窝在床上，还是去酒馆坐坐吧？"

公蛎断然拒绝道："不！"说完却想，看看柳大如何表现也好，又改口道："好吧。"

柳大站在柜台处，一看到公蛎，忙迎了过来："龙兄弟这边坐。"

他的鼻子上，还有昨晚留下的伤痕。公蛎那一嘴可够狠的，竟然将他的鼻翼撕裂了一部分。

柳大见公蛎盯着他的鼻子，苦笑道："唉，昨晚不小心滑了一跤，刚好那边酒桶上有个钉子。"他往旁边一指。

果然有个酒桶，露出一个小小的尖头钉子，对应的地面上，还有几处颜色稍深，看起来就像血迹。

这场面布置得真是毫无破绽。公蛎心中暗暗冷笑，假惺惺道："万幸，幸亏没伤到眼睛。"

柳大道："谁说不是呢。"打了一壶酒给公蛎，热情道："尝尝，上午刚到的老窖杜康。"

他的神态丝毫没有做了坏事的躲闪和心虚感，一如既往的自然亲切。公蛎在心中大骂，抿了一口酒，装模作样咂摸道："入口棉柔，味道香醇无刺激，好酒！"

柳大喜滋滋道："是吧。"接着看似十分随意地说道："今日上午就送来了，也不见你出来。"

公蛎倏然警觉，他这是探自己的底呢，忙拧出一脸猥琐的笑："我昨晚偷了财叔的钱去喝花酒，喝多了，如今脑袋还疼呢。"

柳大嘿嘿笑道："你怎么不叫我？"

公蛎看着他的脸，道："我来找你了，结果你不在。"

柳大神色自若，一拍脑袋道："对了，我昨晚去万家酒庄结账，回来时已经宵禁，就没敢再出去。"

隔壁有人来取做好的衣服，高氏送出门来。柳大高声叫道："嫂子，米够吃吗？没了再来拿！"

高氏低头微微施了一礼，快步回了铺子。

靠着门框招揽客人的李婆婆，用力地将一颗瓜子皮吐到杨家门口，冷笑道："柳大，你钱多得没地儿花，也不见接济下你李婶。整日往这家不知好歹的穷坑里填，图什么呀？"

柳大笑道："李婶你可是咱这条街的瓷实人家，哪里还用得着我这仨核桃俩枣？"说着收起笑脸，一本正经道："大家街坊一场，杨鼓是我的兄弟，我总不能看着他揭不开锅。你说是吧，龙兄弟？"

公蛎冷眼看着他，恨不得上去将他的嘴撕烂。

柳大关切道："龙兄弟怎么了，脸色不大好？"

公蛎敷衍道："昨晚的酒还没醒呢。我再回去眯一会儿。"拍了三文钱在桌上，转身回了当铺。

公蛎突然明白，为何柳大一个小小的酒馆老板，竟然能够霸占高氏十几年：他心思缜密，城府极深，非常人可比，而高氏懦弱，杨鼓无能，只能忍气吞声。

第二天傍晚，公蛎又偷偷去了一次珠儿租住的仓库，却发现珠儿已经搬离，只残留些珠儿身上淡淡的丁香花味道。公蛎也曾试图利用自己的异能进行追踪，但偌大一个洛阳城，很快香味便淡得难以分辨，最终无果而返。

那个姻缘符，静静地躺在忘尘阁的搁架上，三文钱的当物，或者主人已经忘了它了。

如今事情已经远远超出了自己的预料，下一步要怎么做，才能帮助高氏和珠儿摆脱魔爪？

公蛎犯了难。他答应了珠儿保守秘密，自然不能从毕岸和阿隼处寻求帮助，可是胖头又过于愚笨。

思来想去，公蛎决定单干。

（一）

一夜北风，气温骤降。公蛎脸颊干涩，双目困顿，很想回去洛河之中自己那个温暖的洞府里，可是珠儿之事未毕，不得不打起精神。

如今的当务之急，是先一步找到珠儿，然后劝他们一家尽快离开，再想办法找柳大的晦气。

可是不但找不到珠儿，连惩治柳大的办法，公蛎也未曾想明白。投毒、绞杀、下黑手等这些最为直接的方法，公蛎无不想过，可是一来公蛎下不去手，二来他根本不是柳大的对手。

前几日，公蛎辗转打听到那家仓库是官商孟家的，行贿了二十文钱给门房才探到消息说，孟家一个儿子同珠儿同岁，似乎便是常去找珠儿的少年；可是门房说，这半月来，老爷立了家规，要他闭门读书，一步也不放他出来。

耽误的时间越久，珠儿遭遇不测的可能性越大。都怪自己当初没有好好修行，如今的道行竟然连个常人都不能制服，公蛎烦躁至极。

正心里盘算着要不要找毕岸帮忙，可巧毕岸急匆匆地回来了。

公蛎大喜，慌忙上去献殷勤，一边倒茶，一边赔笑道："珠儿一事已经搞定了，你干吗还躲着不回家？"

毕岸端起茶盅一饮而尽："城里出了大事，我要帮阿隼。"

公蛎心里想着如何讲述珠儿之事，道："珠儿她……"

毕岸打断道："事情紧急，我这就要出去。当铺的事儿就交给你和财叔了。"

公蛎挺胸道："放心！珠儿那件事……"

未等他说完，毕岸已转身走了，走到门口，又折身说道："这些日留点心，若是有人来当以下东西，先稳住他，赶紧去找阿隼，或找人跟着。"说着从怀里拿出

一张纸塞给公蛎。

公蛎打开一看，纸张上是各种宝物的图样，一对盘龙玲珑樽，一个长柄祥云如意，还有多件造型别致的西域首饰，忙问道："怎么回事？"

毕岸简短道："回纥国进贡武皇后的宝物在驿站被盗，武后大怒，此事事关两国交往，情况紧急，正在秘密追查。"说完转身离去。

怪不得这段时间两人忙得不见踪影。不过什么武后、皇宫、回纥等，这些距离公蛎生活甚远，珠儿之事如何解决才是公蛎目前最为关心的问题。公蛎急忙叫道："等等，我还有事……"追出门去一看，毕岸早已大踏步走远，顿时沮丧。

正在打扫门前道路的柳大笑着招呼道："龙掌柜早！毕掌柜总是这么急匆匆的，忙什么呢？"

公蛎忙将图样收起，敷衍道："他也是瞎忙。"

柳大收起笑容，拄着扫把站了片刻，突然郑重道："龙兄弟。"

公蛎吓了一跳，道："怎么？"

柳大叹了口气，极其真诚道："我看你这些日心神不宁，毕掌柜也是早出晚归，当铺里可是有了什么麻烦？我虽不才，也没什么实力，但长兄弟几岁，出点主意也是有的。"

公蛎心思转得飞快，摆出一副苦相道："唉，这个当铺的生意……"扭头看汪三财未注意，低声道："当时接手这个当铺，有些当物丢失，如今人家找上门来了，这一顿赔的，差点关门。"

柳大摇头叹道："先前你们没来时，我就曾听说有这么一档子事儿。"

公蛎见骗过柳大，心中长出了一口气。

柳大凑近了几步，小声笑道："风清苑新来了一位清倌人，人长得标致不说，还唱得一口好曲儿，今天下午哥哥请客，我们去听一曲儿如何？"

公蛎忙道："不巧，我下午约了人了。"

柳大揶揄道："约了佳人了？哈哈，那哥哥我就不打扰了。"拍了拍公蛎的肩膀，笑着回去了。

若只是道听途说，没有亲眼看到他威逼珠儿时的狰狞，公蛎决计不会相信柳大是坏人。

公蛎突然觉得，自己对人一点也不了解。

正茫然间，忽见珠儿之母高氏夹着一个包裹低眉顺眼地走出来，看样子是去送货。

公蛎灵机一动，心想或者高氏知道珠儿的住处，刚好劝他们一家离开。便趁人不备偷偷跟上，直到看不见柳大的酒馆，这才追上去打招呼。

高氏还是一副形容枯槁的样子，神色胆怯，犹如一只受惊了的兔子，见了公蛎，惶然道："龙掌柜。"

公蛎张嘴欲讲珠儿的事儿，但看到高氏这副样子，又打住了，寒暄了两句，道："我看这条街上生意不好，高婶子可有打算换个地方重新开张？"

高氏木然地"啊"了一声，半晌才低声道："能搬去哪里呢。"

公蛎忍不住道："洛阳这么大，随便搬去一个新地方，一家人和和美美不受打扰地过日子，不好吗？"

高氏似乎听出了什么，看了公蛎一眼，喃喃地重复道："洛阳这么大……搬去哪里……"

公蛎心想，若是劝得杨鼓高氏带着珠儿一起离开，不再受柳大的控制，此事岂不完结了。越想越觉得可行，急切道："树挪死人挪活，不一定非要在洛阳，去长安、幽州都是可以的嘛。"

高氏呆呆地听着。公蛎鼓动道："若是您缺盘缠，我倒可以赞助一些。"

高氏眼中露出几分憧憬，接着忽然摇头不止。

难道真是高氏自己不愿意离开柳大？公蛎心中暗暗鄙视，忍住怒气劝道："这么个破铺子，有什么好留恋的？"

高氏神态木然，不为所动。公蛎烦躁起来，压低声音提醒道："您不要总为着自己，也得为珠儿想想吧？"

高氏突然泪眼婆娑，道："我正是为了珠儿……"

公蛎不知道柳大觊觎珠儿之事高氏是否知晓，小心翼翼道："既然珠儿……厌倦这里，您带她换换环境总是好的。"

高氏眼底突然显出惊恐之色，喃喃道："不不，我不能离开……"

公蛎真有一种哀其不幸怒其不争的感觉，道："在这里有什么好处？非要把闺女毁了你才舒服？"

高氏愣了一愣，呜咽道："你不知道，你们都不知道……"

说话之间，公蛎眼前一暗，依稀觉得高氏眉间一团黑气萦绕不断，也不在意，随口道："婶子莫非有什么难言之隐？"

高氏的表情突然呆滞，一双眼睛毫无生气，道："没有。"公蛎刚想再劝，只觉眼前一花，高氏的脑袋后面出现一个重影，定睛一看，分明是一个咧嘴大笑的稻草人，顶着一个破布做成的脑袋，浓墨画成的弯眼睛邪魅地看着公蛎。

如今正当午时，晴空万里，凉风习习，公蛎却没来由地出了一身冷汗。

公蛎心中发毛，下意识重复道："婶子还是搬走为好。"

高氏摇了摇头，稻草人的脑袋倏然同高氏重合，再也看不见了。

公蛎揉着眼睛，心想自己的眼神越来越不好了，大白天竟然眼花，看高氏似笑非笑地看着他，忙道："哦，我昨晚没睡好……那个，婶子最好回家同你家掌柜商量下……"

高氏发出咯咯一声尖笑，道："不劳龙掌柜挂怀。"她看向公蛎的表情极其古怪，五官抽动似要哭泣，眼睛却带着一丝弯弯的笑意，盯着公蛎看了一阵，忽然转身掩面飞奔而去。

公蛎突然想起重点还未询问，遂高声叫道："你知不知道珠儿住哪里……"

高氏听了此话，跑得更加快了，气得公蛎在后面跳脚。

看来这条路也走不通了。

如今最为直接的办法便是报官，将此事一五一十告诉阿隼，将柳大绳之以法，珠儿和高氏便安全了。但是公蛎不明白的是，珠儿为了母亲的名声，所以不肯报官，高氏也口口声声为了珠儿，为何选择隐忍，非但不报官，还不肯逃走呢？

（二）

转眼到了傍晚，汪三财清点今日的账簿，胖头正在准备打烊，忽然一个贼眉鼠眼的男子夹着一个包裹走了进来。

胖头慌忙迎了上去："客官当还是赎？"

男子眼神闪烁，神色慌张，嘴里说道："我看看。"在堂中东瞅瞅西望望，良久才道："我有东西要当。"

胖头打开包裹一看，是一只寻常桐木旧匣子，镂空部分的花纹几乎磨得难以分辨，不由摇了摇头，道："当这个？"

男子慌忙打开，道："宝贝在里面呢。"在一堆劣质的红色绸缎里扒拉了一番，小心翼翼捧出个玉樽来。

原来是个盘龙羊脂玲珑樽，高不过三寸，晶莹剔透，细腻温润，不带一点儿杂色；一条小巧的玉龙自下而上盘在樽上，龙口大张呈喷水之势，同玉樽浑然一体，唯在眼睛处镶嵌了两颗红宝石，设计得极其巧妙。玉龙虽小，但爪牙如钩，鳞甲生辉，颇有几分王者气势，实属不可一见的精品。

公蛎同汪三财对视了一眼。这个盘龙羊脂玲珑樽，像极了前些日图样上描绘的回纥被盗宝物！

男子小心翼翼地护住玉樽，道："这是我家传的宝贝，如今家里揭不开锅，想当了它。"汪三财的眼神追随着玉樽："好好，您开个价。"

公蛎抢先道："样子虽然不错，但小了些，而且这种东西要一对才值钱，只有一只，只怕价格要大打折扣。"说着朝胖头打了一个眼色，要他出去找阿隼。

胖头拔腿欲走，男子十分警惕，马上道："你们干什么？到底收不收当，不收我走了！"

公蛎一看来不及，而且估计阿隼等人过会儿便要回来，为了不让男子怀疑，忙叫住胖头。

那边汪三财赔笑道："当然当然。一百两，你看合适不？"

男子迟疑了下，道："成交！"三下五除二签了当票，揣了银两便走。

看来确是盗贼无疑了，寻常人家，哪有这样当东西，被如此压价竟然不还口的。

男子看看外面无人，鬼鬼祟祟地走了，胖头忙换了衣服跟上。

吃完晚饭，毕岸等还未回来。为了慎重起见，公蛎决定亲自保管这个玲珑樽，小心翼翼捧回了房间，喜滋滋地想，自己发现如此重要的线索，不知官府有什么打赏，最好能赏上黄金百两、艺妓两个。

正想得涎水直流，忽然心中一动，轻手轻脚溜到大门口朝对面酒馆望去，碰巧看到柳大正在锁门，他那个哑巴弟弟歪歪斜斜地挑着两大坛子好酒，看样子是给哪家人家送酒去。

这真是天赐良机。公蛎大喜，飞快回到房间，换了衣服，将玲珑樽塞入怀中，冲着外面叫道："财叔，我不舒服，先睡了啊。"

汪三财提着账本出来，皱眉道："天都黑了，胖头怎么还没回来？"

汪三财对公蛎只知道吃喝玩乐、出去鬼混十分不满，只是好歹他算是半个掌

柜，不好说什么。如今见他不等胖头等回来便要先行休息，更加觉得他一无是处。

公蛎故意吸溜鼻涕，装出十分难受的样子，探出半个脑袋，道："不怕，他皮糙肉厚的，没事。哎哟，我不行了，要先去躺着才好。"说着缩回身子，先将房门从里闩好，把被子叠成一个筒状，伪装成睡觉的样子，然后将窗子推开一条巴掌宽的缝隙，如同纸片一般轻巧巧地滑了出去。

深秋天凉，街上人影寥寥，几家尚且开门做生意的店铺门前挂起了灯笼，发出惨淡的光。公蛎趁人不备，顺着街道地面的缝隙，飞快滑过，绕着酒馆墙根爬了一圈，轻松地找到一处破损的窗角，一下子便钻了进去。

公蛎来酒馆多次，从未到过他家后院。进来一看，不禁心生羡慕。

本以为柳大一个中年鳏夫，家里定然凌乱不堪，没想到小院打理得甚为齐整。一堵平平常常的影壁之后，右侧是一弯引流活水形成的池塘，养着几尾鲤鱼，池塘周围种植着错落有致的花树，不过因为时节，叶子有些稀疏了。鹅卵石铺就的小径绕塘而行，弯曲着盘向一座造型别致的假山山洞，假山上种植着几蓬竹子，经山洞拾梯而上，刚好行至假山山顶，却是一个自然凹进去的低洼，毫无人工雕琢痕迹，约五尺见方，刚好可以摆放一张石几、两三张石凳。若是月圆夏夜，知心好友在此小酌一番，实为人生之幸事。

最为特别的，是他家院子里摆放着各种儿童玩具。会摇动的木马，长长的滑梯，小小的转椅和秋千架等，甚至一面假山石上还雕刻着一个咧嘴大笑的小猴子。这些玩具虽然陈旧，却一尘不染，极为整洁。

公蛎绕着院子游荡了一番，回到左侧房屋。

通向房屋的甬道两侧，不合时宜地种植着两株盘曲的老桑树，伸着光秃秃的枝桠，看起来像两个守门的怪物。顺着甬道，最里两间低矮的是柴房和厨房，另一侧是三间住房。全部乌木门窗，红漆雕镂，带着长长的回廊将房间和后面厨房柴房联通起来，便是下雨也不怕，十分方便。

对着小径最大的一间，应该就是柳大的卧室了。

房屋亮着灯，估计是刚才走的时候忘记吹灭了。公蛎见房门没锁，毫不犹豫地闯了进去。只见内里装饰相当奢华，青砖砌成的圆顶，厚重大气，只是一个窗户或者天窗也没有，空气稍微有些闷。当屋摆着一张巨大的紫檀木书桌，一侧是及顶的搁架，上面摆放着一些精致的酒具：青铜酒爵，黑玉铭文酒鼎，青玉龟型酒觥，以及公蛎叫不出名字的金玉摆件；另一侧立着四扇高大的朱漆雕花屏风，屏风后面的墙壁上挂着十几块金边黑色木牌，上面写着各种酒的名字；旁边是一个大衣柜，打开一看，里面挂着的却是几件女人的衣服，还有一个针线筐，里面放着一些已经发黄的婴儿衣服。

公蛎曾听李婆婆说过，柳大媳妇几年前死于血崩，腹中胎儿也未曾保住。这些妇婴用品，估计是他妻儿的遗物。

衣柜对面，摆着一张桃木双人大床，上面羽绒软枕，狐裘锦衾，铺的盖的都是绫罗绸缎，比公蛎如今的被褥舒服千百倍。

公蛎心中暗骂，这个俗气猥琐的柳大，真他妈的会享受，没想到一个小小的酒馆竟然如此赚钱，早知道自己就不该经营当铺，也去开一个酒馆。一边骂着一边不甘心地钻到他的被褥上盘腾了一阵，这才恋恋不舍地起身。

要栽赃，当然要栽得像样才行，但玲珑樽放在何处，又成了一个让人头痛的问题。

公蛎先是将它放在一个高脚青铜酒爵后面，觉得如此名贵的东西，不应该放在明显的位置上，便拿出来放在下层一个空着的檀木盒子里，想想仍觉得不妥，转悠了半晌，索性将其放在床下抽屉的最底层。

欲要离开，实在舍不得如此舒服的床铺，一时童心大起，弹跳起来像根棍子一样落在柔软的床上，悠几下，滚下来；再弹跳起来，悠几下，又下来，心想要是胖头也在，两个人一起更好玩。

公蛎玩得浑身发热，便躺在锦衾上闭目养神，忽听窗台上的沙漏发出一阵微响，发现已经亥时，连忙不情愿地爬起来，将床铺恢复原样，准备打道回府。

门吱呀一声，被人推开，有人走了进来。公蛎一个闪身钻入床下。

来的竟然是个女人，穿着一双翠绿的绣花鞋。她显然并未发现什么异常，窸窸窣窣地走过来，脱了鞋子，躺在床上。

难怪这个柳大鳏居多年不肯续弦，原来竟然金屋藏娇——这就更可恶了，他有相好，还不放过高氏和珠儿。

公蛎心想，估计这傻女人不知道柳大在外面如此风流，改日找到机会，一定拆穿柳大的嘴脸，给她提个醒儿。

女人在床上翻了一个身，发出幽幽的叹息声。公蛎突然有些触动，觉得家里有个女人等着自己，这种感觉也不错。顿时想起那个浑身散发丁香花味儿的女孩儿，不由耸起鼻子嗅。

奇怪，没有脂粉味和女人特有的肉体香味，倒是有一种奇怪的干草霉味。

女人不再发出声息，似乎睡了。公蛎贴着地面，溜着墙根，顺利逃出房间。

走了几步，忍不住好奇，想看看到底是哪家的女人和柳大厮混，轻轻攀住门把手探头往里看，但一抬头，却发现，房间的布置陈旧了许多。

东西还照老样子摆着，但檀木大桌变成了一个平平常常的杨木桌子，简易搁架上，摆着大大小小十几口普通的鬼脸青酒坛子；而原本的红漆雕花屏风成了一个磨损得看不清花纹的旧隔板，后面也没有什么桃木大床，而是一个普通的桐木简易木床，上面堆着两个蓝底白花的粗布被褥，并无女人的踪影。

难道走错房间，进了他弟弟的屋里？

公蛎慌忙退了出来，可回头一看，对着鹅卵石小径，两侧各有一棵桑树，最大的一间卧室，门上祥云牡丹雕花，确定是刚才进去的那间无疑。

但从外看，明明是高脚挑檐的瓦房，门侧还有两个五尺见方的格子栅栏窗，怎么里面会是青砖砌成的无窗圆顶房呢？

公蛎大感奇怪，正想去另外两间看看，忽然感到身后一阵风掠过，猛一回头，见一条黑影嗖地闪入花树之后，行动之快，犹如鬼魅，不由一阵心慌，迟疑着要不要追过去看看，又听到柳大的说话声，忙急匆匆穿过竹林，跃进酒馆，从鼠洞返回。

柳大弟弟先回了酒馆放扁担，柳大站在门前，仰脸看门口的灯笼，嘴里说道："你晚上要是冷了，去换一床厚被子。"

公蛎冷不丁出现在当铺侧门，笑道："柳哥这是上哪里了？"

柳大回身笑道："龙兄弟还没休息？我去了孟家送酒。"

公蛎裹紧衣裳，道："我晚上没吃好饭，刚叫胖头出去街口买几个烧饼。你家还有什么吃的没？"

柳大道："有有有，晚上的卤肉还剩半斤，还有些五香胡豆，要不，咱哥俩整两盅？"

公蛎笑道："那敢情好。不过太晚了，我不好意思打扰你。"忽然扭头听了一听，埋怨道："山羊胡子又在骂我了！瞧我这个掌柜做的……我先回去，给您留个门，柳大哥您能否偷偷给我送过去，放在我窗下即可。"

柳大一愣，旋即笑道："好好，没问题。财叔年纪大，看不得我们吃喝玩乐，不务正业。"

公蛎愤愤不平道："你说有这么做伙计的吗？不过仗着在这里做得久了，倚老卖老。我没出钱，人家毕掌柜还不说什么呢，他倒好，天天念叨，说我不做正事，恨不得赶我走。"

这也不是杜撰，柳大果然信了，劝道："龙兄弟做大事的人，不要同他一般见识。"

公蛎犹自愤懑，道："如今吃个宵夜，还得偷偷摸摸的，这叫什么事儿！——那就劳烦哥哥了。"

柳大忙道："放心，过会我就给你送过去。"

公蛎口中称谢，心中暗笑，飞快转回原形，从窗缝中溜回房间。

柳大不知是计，过了片刻，果然偷偷送了半斤卤肉、一碟胡豆和半斤酒来，放在窗下石板上，隔窗小声叫道："龙兄弟，我放好了，您慢用。我帮你把门掩上，你过会儿记得上闩。"

公蛎躲在门后一言不发，听到汪三财的咳嗽声，更加得意。

及至午夜，公蛎衔着空碗碟，分几次从天窗爬进柳大的酒馆，将器具全部送了回去，照样摆放整齐。

一想到自己如此聪明，将此计谋划得滴水不漏，公蛎兴奋得几乎失眠。

（三）

可是胖头一晚上也没回来。公蛎总归是担心，天刚蒙蒙亮便醒了。

出来洗脸，便见汪三财红着眼睛，正在院中来回转悠，估计一晚上都没睡好。他一看到公蛎便皱眉道："胖头这孩子，不会出什么意外吧？"

公蛎满不在乎道："能出什么意外？放心，拐卖人口也怕他吃穷了人家。估计是昨晚宵禁回不来了。"

汪三财更加不满，哼了一声，嘟囔道："好歹是你兄弟……认不清好赖人儿……整日跟着柳大鬼混，小心把自己绕进去……"

公蛎听得心烦，厉声呵斥道："山羊胡子！不要蹬鼻子上脸，到底我是掌柜还是你是掌柜？"

汪三财住了嘴，气得山羊胡子一吹一吹的，指着公蛎的手抖了半天，颤巍巍道："我这就跟毕掌柜说去，我不干了！"

汪三财要是辞了工，这当铺真经营不下去了。公蛎忙换上一副笑脸，讨饶道："财叔您教训得是，我贪玩、自私，年轻不懂事，您不要同我一般见识。我现在手头有件大事要做，等这事了结，我一定虚心跟您学经营，行不？"殷勤地跑去屋里搬了把竹凳，扶他坐下，一脸谄媚地看着他。

汪三财见他服软，便就坡下驴，不再计较，只是脸色仍不好看。公蛎唯恐他再摆长者的谱儿教训自己，忙道："我也惦记胖头呢，一晚上都没睡踏实。我这就找他去。"

恰巧开门鼓敲响，公蛎一溜烟儿地跑了出去。柳大的酒馆还未开门，倒是李婆婆在门口生火煮茶，高氏低头站在她身旁，两人不知说些什么。

几日未见，高氏更加枯瘦，身上干巴巴的，一双大眼睛布满血丝，空洞洞的样子，看起来就像是一具行尸走肉。

公蛎忙蹲下来，装作鞋里进了沙子，一边捣腾鞋子，一边侧耳细听。

只听李婆婆小声道："你还不搬走？"

高氏垂着头，有气无力道："……不管搬到哪里，都是一样的。"

李婆婆骂道道："瞧你那没出息的！要是我，早不同他过了，也就你这个面瓜，就这么熬着……"

公蛎心中一动。难道李婆婆也知道柳大同高氏的奸情？

高氏茫然道："不熬着……又能怎么样？"

李婆婆声音高了一些："就这么个窝囊货，有什么好留恋的？听我的，甭想着什么一日夫妻百日恩，自己带着珠儿赶紧走！"

原来她说的是杨鼓。她眼睛朝流云飞渡一示意，压低声音道："你瞧瞧那个妖精，人家多有主见，自己过自己的，任你说三道四，我认定了便要做。你呢，就会哭哭啼啼，有用吗？我是老了，折腾不动了，若是黄花一朵儿，我都想学苏媚了。多好！不依赖男人，自立自强……"

公蛎不由得想笑。这个李婆婆整日诽谤诋毁苏媚，心底竟然艳羡如此。

高氏似乎被说动了，空洞的眼睛有了一点光彩。李婆婆又道："唉，人说宁拆十座庙，不毁一桩婚，我也是心疼你，才跟你说这些。老早听说你总是梦魇，好些了没？"

高氏迟疑了一下，低下头去："没有，如今越发严重了。一天最少三次鬼压床。"

李婆婆道："到底是什么样儿的？你说给我听听。"

公蛎见惯了李婆婆说三道四嚼舌头根儿的嘴脸，今儿看她正正经经地像个长辈，反倒不习惯。

高氏的身体晃了一晃，原本无血色的脸上更加苍白："以前不清晰，这半年，越来越清晰了……我跟一个稻草人打架，可我打不过它。它死命地挤我，挤得我透不过气来……"

李婆婆疑惑道："这算什么？莫非你招惹了什么不干净的东西？"

高氏抖抖地道："七年了，只是这半个月我才看清它的样子……我还看见，我的手臂小腿都变成了稻草，被人一把火烧了……"

她的恐惧如同一束无形的光线，迅速传导过来，公蛎竟然打了个寒战。

李婆婆想了想，道："我告诉你个破法。你今晚睡觉，放一把刀在床下，准保就好了。"

高氏苦笑道："什么法子都试过了，没用。我也去找高人破过，人家说是我罡火太低，容易做噩梦。"

李婆婆也没了主意。两人对着愣了片刻，李婆婆道："可能还是宅子的问题。我还是建议你搬走为好。"

高氏道："龙掌柜找过我了，说让我带着珠儿搬走。"

李婆婆撇嘴道："他人倒不坏，不过是个草包。我看那个毕公子，倒是有些木事的。"高氏不出声，自然也认同这种说法。

公蛎气得要死。

李婆婆打量着高氏，道："如今越发不成人样儿了……树挪死人挪活，依我看，再这么熬下去，只怕……"

高氏凄然一笑："这是我的命，是我下贱……"

李婆婆一听她形容自己"下贱"，顿时来了兴趣，瞬间恢复原本的长舌妇模样："什么下贱？发生什么事了？难道你做了什么对不起杨鼓的事儿，被他抓了把柄？"

高氏顿时慌乱起来，双手摇动："没有没有！"

李婆婆原本和善的表情变成了嫌弃，还带着一点点嘲讽道："哟，还瞒着你李婶呢。"板着脸用力地搅动茶汤，不再搭理高氏。

高氏怔了片刻，垂着头慢吞吞回去了。

公蛎站起身，踱着方步走过来。

李婆婆随即换了一副笑脸，大声招呼公蛎："龙掌柜早上好！"

公蛎恨她说自己是草包，冷哼了一声，道："李大娘起这么早，赶着编排谁呢。"

李婆婆嗔怪道："你这拧嘴铁舌的小子，大娘哪里得罪你了？"

公蛎有心打听，故意道："刚看到杨家婶子也在。是不是珠儿回来了？"

李婆婆轻蔑地笑了笑，道："珠儿早玩疯了，还能惦记着回来？"

公蛎道："杨鼓怎么也不出去找找？"

李婆婆快嘴道："找什么找？在外面总好过家里。"

公蛎一听话里有话，忙道："什么？"

李婆婆撇嘴道："就这么一对父母，能养出什么有出息的孩子？"说着轻轻打了一下自己的嘴巴，好像后悔自己说错了话，转口道："那丫头疯疯癫癫，一看就不是善茬，谁知道在外面做什么呢。你想想，在外面吃香的喝辣的，怎么会惦记着回来？"说着朝公蛎身后招呼道："柳掌柜今儿怎么起晚了？"

柳大站在酒馆门口伸懒腰，道："今儿天气不错！"

李婆婆挤着眼睛，淫笑着继续道："女孩子嘛，只要丢的下身段，怎么都能赚到钱，你说是不是？"

公蛎对她刚产生的一点好感也没了，道："你又没亲眼看到，不要乱说。"

李婆婆高声道："我没乱讲！像这种伤风败俗的丫头，就不应该在我们这街上做生意！没得连带着坏了我们的声誉。我每次看到那丫头，都恨不得离得远远的。柳大掌柜，您说我说的对不对？"

柳大嘿嘿笑道："珠儿还小呢，谁年轻时候没有混账过呢。"说着亲切地朝公蛎招呼道："昨晚的酒怎么样？"

公蛎支吾了一声，恰巧来了两个胡人打酒，柳大忙过去招呼，算是给公蛎解了围。

李婆婆羡慕道："柳大这个酒馆生意还真不错。"

公蛎装作十分随意的样子，道："生意好是好，就是缺个女主人。以他的条件，再找个黄花姑娘也不是难事，李婆婆你怎么不帮他做个媒去？"

李婆婆撇嘴道："这个钱，我可赚不起。以柳大的本事，还能缺了女人？"

公蛎惊讶道："不会吧？难道他……"说着故意猥琐地挤了挤眼。

李婆婆越发来了兴致，眉飞色舞道："我同他街坊好多年，还不了解他？"看柳大不在门口，将嘴巴凑到公蛎耳根上："我好几次听到他家里有女人的声音。"

公蛎异常感兴趣，热切道："是哪家的女子？"

李婆婆摇摇头，悻悻道："这个却不知道。我试探过几次，他不承认。不过定是个不要脸的贱货，见不得光。否则两人光明正大交往，成亲不就好了？"

公蛎心里琢磨着昨晚的见闻，李婆婆以为他不相信自己所说的话，道："你同他关系好，他可曾邀请过你去他家？没有吧。别说是你，我同他街坊多年，也从没去过他家里呢。"

这倒是真的。

公蛎又道："那婆婆你打量会是谁家的女子？"

李婆婆咯咯一笑，道："自然是附近的女子，若是远了，怎么有这样的便利？"说着下巴朝流云飞渡的招牌一点，满目鄙夷道："喏。"

公蛎顿时对李婆婆心生厌恶，断然道："苏姑娘心高气傲，不可能看得上柳大。"

李婆婆不屑道："她？——当年还不是混上一个有妇之夫，名声扫地，没人要了，自己绾起头发做了老姑娘，躲到这里开了个胭脂铺子。"

公蛎第一次听到关于苏媚的过去，不由得有些呆滞。

李婆婆看公蛎没有表现出惊愕，有几分失望，强调道："我一个远房表姐家在城东，曾认识小妖精的哥嫂。当年那件事闹得满城风雨，哥嫂都同她断绝了关系呢。"

李婆婆虽然言之凿凿，公蛎却不怎么相信，坚决道："过去之事先不提，晚上去柳大家的，绝对不是苏媚。"

苏媚身上的味道他很熟悉，昨晚见到的女人，绝对不是苏媚。

其实公蛎还有另一层原因：公蛎自诩比柳大层次见识都要高些，凭什么苏媚会看上他而看不上自己呢，这种打击比毕岸同苏媚在一起还要让人难受。

李婆婆一副看透世事的表情，拖着腔调道："不信算啦。一个个被这狐狸精迷得颠三倒四，吃了亏你们就知道厉害了。"一扭一摆都走了，还不忘朝着流云飞渡

吐一口口水。

　　行至街口，又碰到赵婆婆，正在浆洗衣料。看到公蛎，热情地招呼道："龙掌柜这是去哪里呢？"

　　公蛎一向喜欢她和善，忙回到："出去逛逛。"话音未落，一颗黄豆大小的硬物砰地打在公蛎的额头上，打得生疼，很快鼓起一个包。陈婆婆手忙脚乱地洗净手，凑过来看了看，道："还好，没什么事。"转脸喝道："王宝，你又淘气了！"

　　一个六七岁的小男孩从对面杂货铺门后露出一张脏兮兮的脸，看到公蛎气急败坏的样子，不仅不害怕，还冲他嘻嘻嘻地笑。赵婆婆忙拿出一点棉油给公蛎搽上，歉然道："你看这孩子，真是调皮。"又叫道："二狗，赶紧看好你家王宝。"

　　王二狗灰头灰脸地出来，冲着公蛎嘿嘿一笑，把孩子抱走了。

　　公蛎心中有事，懒得拉扯，通过赵婆婆寒暄了几句就要离开。赵婆婆却跟着他，似乎有话要说。

　　公蛎站住了脚，疑惑道："赵大娘还有事？"

　　赵婆婆迟疑了片刻，小声道："龙掌柜，你同柳掌柜相熟，他是不是新找了个婆娘？"

　　公蛎愣了一下，反问道："怎么了？"

　　赵婆婆略有歉意道："唉，你可别讨厌老婆子我背后说人闲话。"公蛎好奇道："什么新婆娘？"

　　赵婆婆踌躇道："我……或许是我眼花了。"想了一会儿，道，"我瞌睡少，今天闭门鼓没响就起床了，在院里浆洗衣裳，从门缝里看到……看到柳大扛着一个麻袋，麻袋一动一动地挣扎，里面似乎是个人。"

　　公蛎一惊，首先想到的是珠儿。

　　赵婆婆道："我看到一只穿着绣花鞋的小脚，翠绿鞋面，绣着一朵桃花，肯定是个女人。"看公蛎不说话，她又道："或许是柳大买来的，或者是做那个什么……的女人？我不敢多事，这事也不敢告诉别人。看你同柳大关系甚好，想请你留意些，可别闹出什么人命来。"

　　公蛎试探道："他掳的那个女人，大娘可认得？"

　　赵婆婆摇头道："没看到脸。"

　　公蛎觉得，今天早上这些街坊一个个怪怪的，连赵婆婆这么不爱多事的人，也巴巴地赶着告诉自己这么个消息。想了想，道："要不我们去报官？"

赵婆婆双手齐摇，惊恐道："可不敢！要是官府让我作证，柳大还不恨死我？算了算了，当我没说。"说着又是叹气又是绞手，一脸懊悔。

公蛎见她胆小，忙道："赵大娘放心，这事儿我会私下提醒柳掌柜，保证不告诉别人。"

赵婆婆长出了一口气，回去浆洗衣服去了。

（四）

公蛎心中七上八下，心想若是珠儿已经被掳，栽赃一事便是做成，只怕也来不及了。顿时也没心思去找胖头，转身回了忘尘阁。

回来一看，阿隼竟然也在，还有两个穿便衣的彪形大汉，显然是捕快。阿隼一看到他便问道："昨晚收的玲珑樽，在哪里？"

几日未见，阿隼眼窝深陷，满脸胡须，憔悴了许多，一副风尘仆仆的样子。

公蛎巴不得当即就引他搜查柳大的酒馆，忙道："跟我来。"带着阿隼等人来到自己房间，装模作样地钻入床底，拖出一个旧箱子，再打开一层旧毛毯，在一堆衣服下面取出个盛玉樽的破盒子来："就在这里。啊呀，这么贵重的东西，害得我一晚都没睡好。"

两个捕快松了一口气，脸上露出喜色。阿隼接过，打开盒子，失声叫道："空的？"

公蛎大惊失色，慌张道："不可能！"作势去找，将箱子里的东西全部抖搂出来——心里却想，要是能找到才怪呢。

公蛎看着阿隼三人在忘尘阁里东翻西找，暗暗好笑，脸上却惶恐不安，不住念叨："不可能的，我明明收藏得好好的……"

连汪三财都出来帮着找，几个人连急带忙，个个满头大汗。

足足有半炷香工夫，几人将忘尘阁翻了个底朝天，也不见那个玲珑樽。阿隼的脸色越来越阴沉，盯着公蛎上下打量了几眼，突然道："龙掌柜，你一大早出去做什么？"

公蛎躲避着他的眼神，道："你怀疑我出去藏玉樽是吧？还不是因为找不到你和毕掌柜，胖头跟踪那个孟贼，一个晚上都没回来，我惦记得慌，便出去找了。不

信你问财叔。"说着解开衣服，抖搂给阿隼看："这种东西事关朝廷，我哪有这么胆大，敢打它的主意？既不能藏在身上，又不能拿去换钱，要来何用？"

汪三财也连连点头，不过小声嘟囔了一句："让你去找胖头，拉泡屎的工夫你就回来了，好吃懒做，哼！"

公蛎悻悻地翻了他一个白眼。

阿隼的脸色缓和了些，道："你好好想想，昨晚你收好东西之后，还有谁来过？"

公蛎装得极像，摇头道："我昨晚不舒服，早早儿就睡下了。"故意问汪三财道："财叔，我睡得死，你昨晚可听见有人来吗？"

汪三财一拍大腿，惊叫道："是……有人来！"拉过阿隼和公蛎，小声道："昨晚亥时左右，我刚躺下，忽然听到外面有脚步声，我以为是胖头回来了，隔窗一看，对面柳大鬼鬼祟祟端着一个托盘。"他不满地瞪了一眼公蛎，道："我还以为他同龙掌柜约了喝酒，便没有吱声。"

公蛎见嫌疑成功地引向了柳大，心里乐开了花，脸上却是一副紧张兮兮的样子："我真不知道。然后呢？"

汪三财道："我只拉开一条缝，看到他去了你屋的窗前，其他的便没看到了。反正他磨蹭了一会儿，又鬼鬼祟祟地走了。"

公蛎懊丧道："可能就是那时，他进去拿走了玲珑樽。哎，真是人不可貌相，亏我还当他好朋友呢。"

汪三财纳闷道："按说不至于，柳大自己做生意多年，不会这么眼皮子浅吧。"

公蛎忙道："定是昨晚那人来当的时候，柳大碰巧看到了。他对宝物在行得很，比财叔都不差多少。莫非是他见财起意？"

阿隼沉声道："不管怎么说，不能放过任何一个可疑之人。王进，高阳，你们马上换了官服，拿了令牌去柳大的酒馆搜查。"

公蛎故意皱眉道："这么贵重的东西，肯定不会放在酒馆，我估计会是卧室。"

阿隼理也不理，吩咐道："多带几个人，分两队从街头街尾同时检查，若百姓询问，便说是例行检查，没什么大事。尽量动静小些，态度要好。"

二人领命而去。公蛎本想跟着那二人一起，想了想还是算了，一想到柳大因为偷盗宝贝被治罪，不用牵涉高氏和珠儿，顿时兴奋得手舞足蹈。

汪三财去招呼生意，阿隼抱胸站在窗后，观察柳大那边的动静。公蛎没话找话，道："那个蟊贼抓到了？"

阿隼点点头。公蛎惊喜道："那岂不是顺藤摸瓜，找到回纥丢失的宝贝了？"

阿隼脸上无一丝喜悦之情，面无表情道："他叫王六子，是一个惯偷，在南市素有神偷的称号，官府早已经盯上他了。据他交代，这个玉樽是他前天下午刚从一个人身上偷的，他根本不知道这是回纥进贡的宝物。"

公蛎有些失望，道："找到被偷的人了没？"

阿隼烦躁道："要是找到被偷的人，我还能站在这儿同你瞎扯？"

公蛎不甘心道："那人什么模样，神偷有没有交代？"

阿隼摇摇头。

可能到手的赏银泡汤了，公蛎十分沮丧，道："毕掌柜去哪里了？好些天没见他。"

阿隼仍然摇头。

公蛎心怀侥幸道："说不定毕掌柜已经查出什么线索了呢。要是能找到宝贝……"

阿隼忍无可忍，道："安静！"

公蛎戛然而止，悻悻地闭了嘴。

（五）

根据阿隼的指令，两个捕快到了敦厚坊，从街口赵婆婆家开始搜起。当然，其他家都是敷衍了事，唯独对柳大的酒馆详详细细地搜查了一遍。

但结果却出乎意料。柳大家里并没有那只玲珑樽。

等两个捕快装作搜查忘尘阁，向阿隼汇报这一消息的时候，公蛎急得脸都白了："怎么可能？这不可能！明明就是柳大拿的！"

阿隼剑一样的目光朝公蛎射来。公蛎顿时蔫了，小声道："又没其他人来，除了他还有谁？"追着那两个捕快问："卧室都细细找了一遍了？"

两个捕快瞧都不带瞧他的一眼的，朝着阿隼回道："所有的地方都搜过了，卧室作为重点，柴房、假山洞等细细翻查了一遍，确实没有发现玉樽。那个柳大态度和善，十分配合，言语之间并无任何异样。因为不敢大动干戈，所以……"

公蛎急道："我有人证，财叔可以证明昨晚就他来过这里，除了他还有谁？赶

紧抓他起来，用下刑，定然招了！"

大胡子捕快王进忍不住喝道："你懂什么？柳大说是给你送酒菜来了，隔壁开裁缝铺子的那个也作了证，说听到你亥时左右同柳大的对话。如今没有一点证据，如何抓人？"

竟然是杨鼓。公蛎气得牙根痒痒。

阿隼皱眉道："好，你们搜完忘尘阁，就可以撤队了。交代城中各个当铺、柜坊、赌坊，有可疑人等或发现相似宝物立刻上报。"

公蛎猛然想起赵婆婆提到的掳人事件，忙道："两位官爷，可曾搜到他家有女子？"

王进傲然地看了他一眼，满脸的厌恶和不屑，倒是那个叫高阳的，回道："除了他和聋哑弟弟柳二，家里不曾有其他人。"

公蛎心想，赵婆婆难道在说谎？

两个捕快施礼告退，但对公蛎十分不满，临走还狠狠地剜了公蛎几眼，估计若不是看在阿隼的面子上，便要追个公蛎失于保管之罪。

街上安静下来，公蛎回到后堂，见阿隼正在检查那个破木盒子，嘟哝道："我也是受害人……谁知道会这样呢。"

阿隼冷冷道："自作聪明。"

公蛎一惊，心想原来阿隼已经知道了，但仗着有汪三财这个人证，兀自嘴硬道："明明就是他……"

阿隼板着一张脸，道："擅自将缴获的赃物转移，并涉嫌嫁祸他人，该当何罪？"

公蛎的腿一下子软了，张口结舌半日，哀求道："我也是逼不得已……"结结巴巴将珠儿之事讲述了一遍。

阿隼震怒，一拍桌子道："你发现这档子事儿，第一反应该是报官才对，怎么能以恶制恶，擅自行动？"

公蛎辩解道："报官之后，珠儿和高氏名誉扫地，怎么在洛阳立足？"

阿隼冷冷道："正是因为你们这种心理，才让他无所顾忌。若是高氏在第一次受辱之后及时报官，还会造成如此后果？还有你，知道了事情真相，不依靠国法，却想出这么一出蹩脚的栽赃把戏。你脖子上顶的，是挖了几个洞的南瓜吗？"

阿隼同毕岸一样少言寡语，没想到挖苦人起来如此狠毒。公蛎十分不服气，但自从知道他是县尉之后，再也不敢对他颐指气使，憋了半晌才道："我将玲珑樽放在他床下的抽屉底层，按说很容易找到的。"

阿隼怒极反笑，道："原来你的脑袋不是南瓜，而是一盆子浆糊——柳大如此一个老谋深算的人，若真偷了玲珑樽，会藏在床下？"

公蛎翻了翻白眼，委屈道："我还不是为了方便你们搜查……"

阿隼指着他似要训斥，又摇头自嘲道："算了，我同一个笨蛋置什么气。"深吸了几口气，转身欲回房间。

公蛎大怒，一大早李婆婆说他是草包，如今阿隼又说他是笨蛋，实在太伤自尊了，大喝一声："阿隼！"

阿隼站住，冷冷道："做什么？"

公蛎立马怂了，结巴道："我……我昨晚去柳大家里，还碰到一些异常的现象。"说着将卧室变化的情形说了，又提到高氏身上隐藏的那个稻草人影子和赵婆婆看到的女子，讨好道："这些情况，重要吧？"

阿隼冷冷道："玲珑樽若是顺利找到便罢，若是找不到，只怕我们都不好过。我谅你也没胆量把玲珑樽藏起来，姑且饶你这一次。剩下的事情不用你管了，你最好待在家里，不要给我添乱。"

公蛎满头虚汗，扶着桌子说不出话来。

傍晚时分，公蛎正背着手看胖头收拾招牌，却见柳大柳二推着三大坛子酒回来了。

公蛎正想躲开，柳大已经看到了他，叫道："龙兄弟！"

公蛎只好止步，攒出个笑脸道："柳掌柜进货去了？"

柳大抹了一把汗，道："万家酒庄新近了十年陈酿的女儿红，上午碰上官府普查，下午才得空前去，都被人预定了。我这求了半天，才匀出一坛来。"说着指使柳二，拿了提子和酒碗："来来来，我们几个先尝尝鲜！"打开贴着女儿红标签的酒坛，倒出一碗递给公蛎。

公蛎真心佩服柳大的心理素质，端起酒碗一饮而尽，赞道："好酒！"

柳大得意道："不错吧？还有一坛子竹叶青，一坛子高粱烧，要不要都尝尝？"

公蛎摆手道："可不敢，三碗下肚，直接就躺下了。"

两人又寒暄了几句，柳大费力地推着车子回去了。

入夜，公蛎翻来覆去睡不着。本以为计谋周全严谨，没想到弄巧成拙，柳大没扳倒，玲珑樽又不翼而飞，连累得阿隼交不了差。

越想越觉得不甘心，恢复原形，推开窗子溜了出去。

腹部贴着冰冷的地面甚是不舒服——再有半个月，自己就要蜕皮了，会不会变得英俊一点呢——这件事了结了，还是回洞府吧，那里安全些。

公蛎一边胡思乱想，一边滑动得飞快，十分轻易地爬上酒馆的天窗，进入柳大家的院子。

圆月当空，清冷的月光洒在地面上，让人感到一丝寒意。公蛎见柳大的房间竟然还亮着灯，欲要转身回去，又觉得不甘，迟疑了片刻，小心地贴着窗檐爬上屋顶，掀开一小片明瓦，无声无息地滑了下去，盘踞在房梁上。

柳大的房间同他第一次看到的并无变化，不过床尾多了今日刚购进的三大坛酒，发出浓郁的酒香；床头挂了一个脸盆大的青铜镜。檀木大桌上，摆着笔墨，柳大端端正正地坐在桌前，正在一块布帛上作画。他的脚下丢了一堆沾染了墨水的废弃布帛，看来已经画了不短时间了。

公蛎心想，没想到这个外表粗鄙的柳大还有这种修为。但探头看了一会儿，不由咧嘴发笑：原来他在画一幅仕女图，刚画好一个头部，口眼歪斜，丑陋不堪，毫无美感可言。

柳大左右看了看，眉头一皱，丢开毛笔，将布帛团成一团丢在地上，脸上的表情甚是烦躁，突然扭头道："你瞧瞧，我哪能做这种事？每次画这个，都心烦得要死。"

公蛎吓了一跳，以为柳大发现了自己，但仔细一看，柳大却是对着床尾的方向说的，并未抬头往上看，忙缩紧身体，不发出一点儿响动。

柳大重新取了一块白帛来，道："最后一次，若是再画不好，可就没办法了。"这一次，他更加小心，先拿出一幅工笔仕女图帖来，举着笔对着空气描了好久，这才下笔，道："这次肯定好看了。"

这一张果然画得好些。柳大道："你喜欢哪一张？"

床头的衣柜突然发出砰的一声，柜门被踹开一条缝，露出半只翠绿的绣花鞋。

公蛎吃了一惊，心想，阿隼的捕快也太不顶用了些，找不到玲珑樽，竟然也没发现柳大房里藏着个女人。

柳大笑道:"别着急,我这就放你出来。"耐心地将最后两笔画好,放下笔,打开柜门,抱出一个麻袋裹着的女子来。

难道是珠儿?

公蛎紧张得心怦怦直跳。

柳大将女子小心翼翼地放在椅子上,心疼道:"我跟你说不要出去,你总不听。若是给人瞧见了,或者碰上什么高人,可怎么办?"

女子嘤嘤地哭泣,却不说话。

柳大说着,小心翼翼地扯下麻袋,将女子搂入怀中,柔声道:"你知道我一刻也离不开你,你怎么能这么调皮,又离家出走?"

女子似乎低声说了句什么,或者什么也没说,只是发出吱吱的哭声,听起来极其怪异。柳大道:"我知道,我知道,你不是调皮,你是去了大宝小宝的坟上了。"

女子突然激动起来,拼命挣扎。柳大将她紧紧抱在怀中,道:"大宝小宝若是活着,也差不多要七岁啦。按照当时计算的预产期,今天应该是他们的生日。"说着呜咽起来,道:"都怪我没本事,没能看护好你们娘俩。如今我落得个孤家寡人……"

听这口气,柳大不仅同这个女子相识,两人似乎还有两个夭折的孩子。

柳大哭得极其伤心,公蛎亲眼看到他泪流满面,悲痛欲绝。

他怀中的女人渐渐平静下来,不再来回扭动。柳大抹了一把泪,松开女人,哄道:"你乖乖坐着,我有好东西给你。"

柳大走开去剪灯花。公蛎的眼睛顿时直了——坐在椅子上的,哪里是什么女人,而是一个稻草人!

白帛画的脸儿上,浓重的眉眼,呈现一副咧嘴大笑的表情;头上松松地挽着一个发髻,却是用黑色丝线做成的;身上裹着一件月白色华文锦半袖襦裙,戴着一把双鱼长命锁,脚上穿着一双翠绿色绣着桃花的绣花鞋,但裸露的脖子、脚踝、手腕却是一扎稻草。

但不知道这个稻草人被施了什么法术,竟然如活人一般,稳稳地坐着,手虽然不能持物,却能够活动。

柳大将灯头拨亮了些,从怀里拿出一个东西,欣喜道:"你看这个宝贝,喜欢吗?"

公蛎的眼睛亮了。那个企图栽赃柳大的盘龙羊脂玲珑樽，在灯光下发出莹润的光泽。

柳大把玩着玉樽，揽住稻草人的肩膀，唠唠叨叨道："本来还以为这个玉樽只剩下一个，没想到上天垂怜我们，竟然给送了回来……这一票风险大了些，不过我一看是你最喜欢的，就顾不得啦。我保证，以后洗手不干……啧啧，你看这成色，这雕工，真不愧是贡品。嗯，有了这对玉樽，等风清月明之夜，你我坐在假山顶上，听风赏竹，恣意对饮，好不好？"

怪不得柳大的酒馆叫做"听风酒馆"——难道柳大竟然是盗窃回纥宝物的大盗？

柳大说着，似乎陷入了无限憧憬之中，嘴角露出笑意。

但笑意渐渐变得凄惶。稻草人伸出毛糙的手指，勉强握住柳大的手。

柳大黯然道："可惜你变不回原来的模样，孩子们也……"稻草人瑟瑟抖动起来，同柳大相拥。

柳大将脑袋抵在稻草人的胸脯上，喃喃道："你放心，你会回来的……到时我们生上十个八个，好不好……明日我们就离开这里，这个地方待得够久啦。"

稻草人的脑袋搁在柳大的肩头，那张木呆呆毫无生气的脸看起来极其可怖。若不是惦记着柳大手中的玲珑樽，公蛎早就逃走了。

一人一物就这么相拥而泣，过了很久，柳大才道："你累不累？要不我抱去床上躺着吧？"说着抱起稻草人，小心地放在床上，并盖好被子，温柔地道："乖，你躺着别动，看我的。"

然后将玲珑樽塞进稻草人的怀里，俯身在它额头上吻了一下，道："我还得再画一张。你瞧瞧，你这个田舍汉相公，如今也附庸风雅起来画画呢。你早点睡吧。"那种戏谑的口气，分明是两个感情深厚的夫妻之间的调笑。

稻草人果然听话，一动不动，像是睡着了。

柳大站在床前看着稻草人的睡姿，眼含笑意，满目怜惜，仿佛一个热恋中的人深情凝望他的恋人一般，让公蛎更觉得毛骨悚然。

过了片刻，柳大温柔一笑，转身在床头的大酒坛上轻拍了一下，道："该你们啦。"接着拿出一张白帛，重新画了起来，道："你们两个气质不同，当然要有所区别。"

公蛎慢慢调转身体，一心盘算着如何将那个玉樽偷回。

柳大慢慢吞吞，将画好的仕女图平铺在桌上，又细心地补了几笔，然后走到床头，从墙壁上取下两块金边黑漆酒牌，一个上面刻着"女儿红"，一个上面刻着"竹叶青"，嘴里说道："女儿红醇香柔媚，韵味悠长，竹叶青刚烈，后劲十足，刚好符合你们两个的性格。"

原来柳大同酒说话。

公蛎试着将身体吊下来。但房梁太高，够不着稻草人。若是贸然跳下惊动了柳大，只怕自身难保，顿时心急，只盼望着他赶紧休息，或者哪怕出去撒个尿也好。

柳大翻着牌子看了一会儿，又拿出一柄刻刀来，在酒牌的背面沙沙沙地刻了起来，一会儿桌上掉了一层细木屑，一边雕刻一边道："不知谁发明的毛笔，一点也不好用。还是这种刻刀，用起来最顺手。"

公蛎耐着性子等着。足有一盏茶工夫，柳大终于起身，提着两个酒牌走到坛子前，道："你们看看，怎么样？"

酒坛子自然不会回应。柳大拍掉衣襟上的木屑，道："出来看看吧。"说着打开了两个酒坛的盖子。

一汪明晃晃的酒水反射过来，浓郁的香味熏得公蛎几乎陶醉。

吧嗒一声，公蛎的涎水滴落，刚好落在女儿红里，荡出一圈小涟漪。柳大貌似警觉，抬头往上看去。公蛎急忙缩回脑袋，恰巧见房梁上一只半死的牛鼻虫，一把将其丢了下去。

柳大将牛鼻虫捞出来，骂道："该死不死的虫子，毁了我一坛好酒。"说着，双手用力，竟然将硕大一个酒坛子搬了起来。

——不对，不是整个酒坛子，而是沿着酒坛子搬出一小桶酒。酒坛下面，是空的！

公蛎还未顾上惊异，柳大已经将两个酒坛上面的伪装搬开，接着从里面拉出两个人来。

（六）

珠儿和苏媚！

若只有珠儿，公蛎尚不觉得震惊，但看到苏媚，公蛎的眼珠儿差点掉下来。

上次巫瑈之事，公蛎总觉得苏媚可疑，但之后苏媚外出采购香料，好久不在洛阳，公蛎曾去找小妖套过几次话，小妖只说，枯骨花之事她家姑娘也是听人说过，一直想培育，但总是培育不成；加上公蛎带着毕岸阿隼去她家隔壁寻找，没找到那个长满枯骨花的古井，自然无法证明那口古井同苏媚有无关系，而且巫瑈下落不明，这件事便渐渐淡忘了。

珠儿缠着毕岸之时，曾见苏媚在墙头采花。第二天公蛎去拜访，她已经重新出了远门。所以这两个月来，竟然只见了苏媚一面，公蛎只当她外出未归，不想她竟然也被柳大囚禁。

珠儿穿着家常的粗布衣衫，身体蜷缩，脸色苍白；苏媚却依然装扮精巧，朱唇粉面，风情不减。

柳大从怀里拿出一个小瓶子，取出两颗黑色药丸分别送至两人嘴里。苏媚眉头微微一蹙，伸了个懒腰，眯眼打量着房间的布置，道："这是……哪里？"

柳大忙倒了一杯茶来，笑道："苏姑娘醒了。"

苏媚抬眼看了看柳大，娇嗔道："原来是你，柳大你好坏。"接着在珠儿的鼻子上拧了一下："丫头醒醒。"

珠儿动了动，突然闭眼挣扎起来。苏媚一把拉住，道："小傻瓜，一惊一乍做什么？"珠儿睁开眼睛，看到苏媚，松了一口气，转脸看到柳大，顿时又浑身僵直，怒目而视。

柳大笑嘻嘻道："苏姑娘，你看看这丫头，浑身都是刺。"

苏媚揉了揉脚脖子，扶着酒坛颤巍巍地站了起来，媚笑道："当然，谁像我，如此好脾气。"

柳大哈哈大笑，道："那倒是。刚才我本想你醒了要么是又惊又怕抖成一团，要么就该破口大骂，扑过来咬我才对，没想到如此淡定。"

苏媚眼波流转，道："我哪有那么蠢。我一个大美人儿，总是要顾着形象，再说也可以作为缓兵之计。"

柳大道："姑娘真是聪明人。跟你说话，真是一点都不费劲。不像珠儿，小刺猬一个，怎么说她都不听。"

苏媚道："同龄人中，珠儿已经算是聪明的了。"珠儿冷冷地瞪着柳大，一言不发。

柳大笑道："你看你看，这丫头就是这么个佞性子。"

苏媚走到搁架处，拿起一个青铜酒爵，惊叹道："真没想到，柳大你还真是个行家呢，这些藏品，价值连城。我若是有这么一个，就不用辛辛苦苦经营胭脂水粉了。"

柳大飞快地将酒爵从苏媚手里拿过来，皱眉道："这是贱内的遗物，她素来不喜欢人家动她的东西。"

苏媚也不以为意，打量着柳大，吃吃笑道："包括她的相公？"

柳大似乎有些不安，朝床上看了一眼，道："苏姑娘请这边坐。"

苏媚咬着手指，斜睨着柳大，眼里满是挑逗之意："你这么晚请了我来，不会就是这么喝酒聊天的吧？"

柳大的眼睛亮了起来，像两团跳动的小火苗："苏姑娘……"

苏媚解开胸前的两颗扣子，用手扇动，露出圆润的肩头和雪白一片胸脯，娇声道："好热好热！如今都九月中了吧？"白花花的胸脯晃得公蛎眼花，只觉得血脉贲张，浑身燥热，再也顾不上玲珑樽了。

柳大眼睛已经发红，扑过去抱起酒桶咕咚咕咚喝了几口女儿红，淫笑着朝苏媚走去。

苏媚单手扶着椅子，挺胸翘臀，摆出一个最为诱人的姿势："柳大，你老实交代，是不是垂涎我好久了？"

柳大嘿嘿地笑，笑声极为淫贱："原来你都知道了。这条街上，我最想要的，就是你。"

苏媚腰肢一摆，逃离柳大的拥抱，嘟嘴嗔怪道："我才不信。听说你霸占高氏多年，还垂涎珠儿，有没有这回事？"

柳大早已欲火焚心，脱口道："傻瓜，那些传言你也相信？高氏同珠儿，不过是我的人俑……"说完似乎觉得失言，改口道："高氏那样子，我怎么看得上？"上去一把抱住苏媚，在苏媚雪白膀子上亲吻个不停。

苏媚一边躲闪，一边媚笑道："好，姑且信你一回。如你真对我有意，不如娶了我，如何？"

柳大一愣，手臂定住了："这个嘛……"他朝着床上的稻草人看了看，开始拼命摇头。

苏媚推开他，冷冷道："若不能娶我，自当好好对待你家娘子，这般吃着碗里瞧着锅里的，算怎么回事！"一巴掌甩在柳大的脸上。

柳大的手臂僵在半空中，喃喃道："你是……你是……"

苏媚飞快地将衣衫整理好，冷笑道："我是阿妹，你不认得我了？"撩开左鬓角的头发，露出一条隐隐的疤痕来。

柳大突然羞愧不已，退后道："不是，阿妹已经嫁人了……"

苏媚冷眼看着他，半是自嘲半是讥讽道："我当年真是瞎了眼，怎么会在初见面时觉得你老实可靠，是个好人呢？"

柳大嘿嘿一笑，瞬间恢复了正常，正了正衣冠，若无其事道："我说怎么总看着面熟亲切，原来是老情人。"

公蛎震惊得差点从房梁上掉下来。他心里一直当苏媚高不可攀，虽然垂涎，却从不敢轻举妄动。而且不管公蛎如何嫉妒毕岸，他也承认，似乎只有毕岸那样的人品模样才能降伏得住苏媚这样美丽聪慧的女子。却没想到，苏媚当年的品位如此之低，竟然能看上柳大这样的人，还是个有妇之夫。

苏媚秀眉微蹙，道："你还是同以前一样厚颜无耻。"

柳大微笑道："当然，江山易改本性难移么。"

苏媚家在城东，十六岁时适逢叛逆期，同珠儿一样性格乖张行为浮夸，家里人也难以管教。一日同街上混混打架，被一砖头砸到左鬓角，鲜血直流。碰巧遇上柳大，帮其做了简单包扎。

彼时年轻，正是春心萌动之际，苏媚竟然对柳大动了心，觉得他虽然识字不多，但老实可靠，性格平和。柳大也十分体贴，但每逢提起婚约之事，却支支吾吾，躲躲闪闪，借口良多。

苏媚先还以为他手中拮据，后来终于心生怀疑，找人一打听，发现他已经婚配，顿时气恼万分。以她的性格，自然不会纠缠，于是故意约了他在人多之时，当面对质，便有了"若不能娶我，自当好好对待你家娘子"之类的话。

这么一闹，苏媚自己名声扫地，年逾二十，竟然无人说媒提亲。苏媚毫不在意，依然我行我素，早早自立门户，先外出学了几年手艺，又在长安一家胭脂水粉铺子里做了几年学徒，去年回到洛阳，在城北开了流云飞渡。

而柳大当年因为此事，在城东不能立足，便来了这里开了酒馆。

若不是身为蛇形，公蛎很想问问，苏媚是不是有意寻找柳大，才故意将店铺开在同一条街上。

苏媚摆弄着手指，道："这么些年，我一直想不明白。你同你娘子恩爱有加，感情极好，为何当时会在外撩骚？"

柳大嘿嘿笑道："我娘子温柔贤惠，大方得体，岂是那些外面闲草野花能比？"

苏媚咬着嘴唇，表情忽然变得阴郁："那我呢？"

柳大上前一步，用手指挑起她的下巴，轻佻地道："娘子有了身孕，我年轻少壮，自然要找个地方泻火。嘿嘿，你至少比那些站街的暗娼干净多了。"

公蛎听了这话都觉得难受，不料苏媚却笑了："果然同我想的一样。"

柳大似乎有些后悔，道："其实也不完全是，我当时……"

苏媚反而十分开心，眉开眼笑打断道："没事没事。谁年轻时没爱过一两个人渣呢。"转脸看着满眼恨意的珠儿，笑道："珠儿别被吓到了。我同他，不过数面之缘，心动是有的，却在我得知他是有妇之夫时及时泯灭了。"

柳大看看苏媚，又看看珠儿，叹道："我突然知道为什么喜欢珠儿了。"

苏媚道："珠儿的性格，同我当年一模一样。不过她比我聪明多了，不管你用什么讨好她，她都不买账。"

珠儿一言不发，只是用眼神表示她的愤怒。

柳大笑道："好好，今晚十分开心，没想到我惦记了这么些年的阿妹，竟然在此种情景下相认。"

苏媚吃吃笑道："你还敢提惦记两个字？你不怕你的稻草人娘子吃醋不开心？"

柳大听到"稻草人"三字，眼中的杀气一闪而过："这世上，我唯一爱的女子便是我的娘子小月，所以小月向来信得过我。因为她知道，不管我在外面做什么，我都对她不离不弃。"

苏媚道："哦，你娘子对你的要求可真不高。要是我的男人，在家里温柔体贴，转脸就将这温柔体贴给了其他女人，我若是自己不气死，就一定不放过他。"她用手比出一把剪刀的样子，"信不信我咔嚓一刀，剪了他那玩意儿？"

两人的话题十分露骨，听得公蛎心跳耳热。

柳大淫笑道："怪不得你只能孤家寡人。不过孤枕难眠之时，有没有想找个男人来陪？"

苏媚嘻嘻笑道："有啊，但绝不会是你。每次想起我年轻时曾对你动心，我就恶心得不得了，忍不住嫌弃自己。"

柳大嘴角挑动了一下，笑道："不要以为你看上的那个毕岸就是个好人。如今哪个男人不渴求左拥右抱？守着一个女人白头到老的，只是没机会没资本外出瞎搞罢了。像我这种虽然在外厮混，但对自家娘子一心一意的，也算是好男人了。"

苏媚道："呸，你倒会往自己脸上贴金。"脸上带着一副娇笑，眼神却冰冷至极。

珠儿动了一下，脸上露出不屑的表情。柳大笑道："我倒忘记了，这丫头也是眼巴巴想嫁给人家毕大掌柜的。我要是毕岸，就将你们两个都收了，多好。"

苏媚笑道："可惜你是又老又丑的鳏夫柳大。"柳大脸色变了一变，哼了一声，转身去拨弄桌上的青铜灯。

苏媚拿起那张刻着女儿红的酒牌，突然道："你今晚将我掳来，不会就是为了跟我聊天吧？"

柳大将灯里加了些桐油，道："哦，你不提，我都忘了。我正想问你，你这些日跟踪我做什么？"

苏媚咬着指尖，吃吃笑道："我看你对珠儿围追堵截，泛酸吃醋，行不行？"

柳大微笑道："这么说是我多心了。我还以为你这些年学了什么厉害的本事来报复我呢。"

苏媚道："你经营这么一个小酒馆，外表看来真是勤谨本分，同李婆婆之流的街坊相处良好，若不是珠儿这件事，谁也想不到你会做如此淫邪之事。"

柳大正色道："不要说得如此难听。高氏同珠儿不过是救娘子的道具而已。我只是偶尔出去喝个花酒，也并不逾矩。不信你可以去问对面的龙掌柜。"

苏梅嗤笑道："我问这个做什么？你爱跟谁鬼混便跟谁鬼混，你还真以为我跟踪你是对你旧情难忘？"

柳大笑道："难道不是么？"

听苏媚同他闲扯，好像一点也不担心自己的处境一般。倒是公蜥，在房梁上急得不行。如今不仅要把玲珑樽偷回来，还得想办法救珠儿才是。

（七）

墙壁上的沙漏即将流尽，慢慢倾斜。

苏媚突然道："这个酒牌背后的花纹好别致。嗯，好像中间还刻着我的名字。"

柳大道："正因为是你的名字，所以我才刻得用心些。"

公蛎伸长脖子。但牌子正好在阴影处，看不到上面刻画着什么。

苏媚道："你的人俑，需要很多个？"

柳大嘿嘿笑道："什么人俑？你口里总是新词频出。"

苏媚头一歪，笑道："你还想瞒我？人俑，不是高氏么？"

柳大道："你不要胡说。"

苏媚看着珠儿，道："多年不见，你的手段精进了许多。"

柳大一愣，道："你……说什么？"

苏媚道："你当年不是在习练巫术么？"

柳大盯着苏媚的脸，阴晴不定了片刻，笑道："原来你早知道了。"

苏媚道："我听说人俑是以极阴之人为皮囊，取其一半生魂，然后将阴魂置入。这样便可使得原本不能白天出来的阴魂四处走动。是不是这样？"

柳大突然笑道："真聪明。这么说我也不瞒你了，要给我娘子续命，只有她的命数最合适。而且这个房屋里阴气太重，我需要采阴补阳。再说了，"柳大脸上显出几分真诚，"小月的魂魄附在她身上，我是真心把高氏当做半个娘子看待的。"

苏媚啐道："呸，还半个娘子，你不过是……"忽然往后退了一大步，一脸嫌弃道："听说城外发生了几起采花案，莫非也是你做的？"

柳大哈哈大笑："你看我像是那种需要通过做采花贼满足兽欲的人吗？"说着从苏媚手中拿过酒牌，放在桌子上，小有得意道："随便下一道迷情符，就有女子乖乖送上门来，何苦做那些同官府作对的勾当。"

苏媚眼睛一亮："那有没有能够迷住男子的符？"

柳大哼了一声，道："我看毕岸没那么蠢。"

苏媚嫣然笑道："谁说我要迷倒毕岸啦？哼，以我的手段，还需要借助这些东西吗？"

柳大看着苏媚的眼神忽然透出一种柔情："那倒是。"

苏媚忽然道："续命之法，我只听说给活着的人续命，你娘子已经死了，还怎么个续法？"

柳大愠怒道："我娘子只是肉身不在，怎么不能续命？"

床上的稻草人似乎听到了这句话，动了一下，发出吱吱的声音。柳大快步跑过来，将手按在它的额头上，柔声安慰道："小月别急，过会儿就好啦。"

公蛎瞠目结舌。这柳大疯魔了，竟然扎个稻草人当做老婆。

柳大取出一根银针，扎向自己的中指，挤出几滴在它的眼睛上。

血液渗入布帛，殷红的一片。稻草人的眼睛眨了几眨，睁开了。

柳大激动道："小月，你看到我了吗？"稻草人慢慢撑着身子坐了起来，微微点了点头。

柳大忙抱了两个被子出来，一个给它靠着，另一个细心地盖在它身上。苏媚在一旁抱胸而立，忽然咯咯笑起来，道："一扎稻草而已，装什么人！"

稻草人发出呃的一声，仰面躺倒，再无声息。

公蛎道术不精，却知道这个属于"说破"之术。据说巫术在施展之时，最忌讳有人说破，说破便不灵了。

柳大拂袖而起，似要发怒，但看到苏媚盈盈的笑脸，又忍住了，自己闭目抚弄胸口，自言自语道："平静……平静……时辰已到，如今可不是发火生气的时候。"将稻草人仰面放好，回头阴恻恻一笑。

最后一粒沙流尽，沙漏倒转了过来。

子时正中。

灯光一闪，突然变成了莹莹的绿色，照得众人脸上惨绿一片，写着女儿红和竹叶青的两块木牌突然跳了起来，直竖竖地立在桌面上。

苏媚一句话未说，软绵绵地倒了下去。而原本冷眼旁观的珠儿，眼神渐渐呆滞，竟然机械地站起来，慢慢躺倒在稻草人的身边。

公蛎只觉得脑袋一阵剧痛，差一点跌下房梁，只好用尾巴紧紧缠住檩条。挣扎之际，却见柳大将苏媚抱起来，放在了珠儿的身边。

苏媚、珠儿和稻草人，并排躺在床上。柳大拿过今晚画的仕女头像，小心地一张张贴在她们的脸上。

如此一来，两人一物，脸部全部变得一样的呆滞。猩红的嘴巴，咧嘴大笑的表情，在绿莹莹的光线下显得极为诡异。

公蛎心中更加焦急，却无能为力，他头疼欲裂，自身难保，实在不知道该如何去救珠儿和苏媚。

柳大脱去外衣，露出里面花花绿绿绣满怪异鸟兽的长袍，拿出长剑挥舞起来。

两个酒牌随着剑的舞动左右跳跃。不仅它们，墙壁上的酒牌全都动了起来，发出啪啪啪的声音，十分刺耳。

柳大一脸虔诚，嘴里念道："收之生魂，归之精魅；以我执念，还你血肉；往生念念，魂兮归来哉……"连续念了多遍，床头的铜镜微微抖动起来，一丝若有若无的白气从铜镜中穿出。

白气首先萦绕至稻草人的门面，盘旋片刻，朝着珠儿飘去，接着转向苏媚。苏媚眉间闪出一道淡淡的精光，融入白气之中。

苏媚的生魂，被控制了。

柳大的剑挥舞得像一个水桶，带动着灯光一明一灭。不断有微弱的精光从墙面上跳动的酒牌中飞出，融入白气之中。

白气更加厚重，渐渐凝成一个人形，绕着稻草人呼啸盘旋。

稻草人胸前的双鱼长命锁忽然发出一道亮光，水波纹一闪一闪，如同荡起的涟漪，而上面镌刻的鲤鱼，忽然动了一下，张开的嘴巴变成两个小黑洞，猛地将白气吸了进去。

公蛎猛然想起，那个溺死的的张铁牛，脖子上就挂着这么一个银锁，同样是双鱼水纹，毕岸曾说过，它不是长命锁，而是被人施了法术的聚魂续命锁。

惊愕之间，只见白气消失之处，稻草人的脑袋率先发生变化，满头黑线变成秀发，白帛画出的面孔越来越丰满，五官精致，面带微笑，成了个有血有肉的真实少妇。

柳大的咒语念动得越来越快，声音也越来越小，但发音越发怪异，一些单音的古怪词汇，公蛎一个字儿也听不懂。

白气终于全部消失，稻草人裸露的手臂和脖子已经完全看不到任何稻草的痕迹，而显出一截白嫩的皮肉。柳大丢了长剑，颤抖着声音道："月儿！"

女人的睫毛抖动了一下。柳大粗暴地将苏媚和珠儿推至一边，轻轻抚弄她的脸颊，深情道："好好，你别动，如今还很虚弱，你闭目躺着就好。"

女人轻轻呻吟，发出一丝声响，似乎在叫柳大的名字。

柳大泪流满面，拥着她仰脸长叹道："七年啊，整整七年，你终于回来了……"而旁边的苏媚和珠儿，一动不动，不知死活。

柳大抱着那个不知是人是鬼的女人，嘴里喃喃地诉说着这么些年对她的思念，既没有日常的圆滑世故，也没有对珠儿高氏的狠毒下贱，哭得像个孩子。

公蛎几乎被感动了。

旁边那个未开启的大酒坛子忽然发出一声沉闷的咚咚声。柳大擦干眼泪，笑道："我倒忘了，还有一个呢。娘子，我给你看我新招的小伙计。"

柳大温柔地将女人放下，并将被子掖好，跳下床打开高粱酒坛的封盖，提出上面伪装的酒桶，费力地从里面又拉出一个人来，嘴里道："这家伙死沉死沉的，还是叫柳二过来帮忙。"说着对着门外吹了一声口哨，柳二趔趄着身体走了进来。

柳大柳二共同将酒坛里的人拖了出来。

公蛎愣了。

酒坛里出来的，竟然是胖头。他手脚被缚，嘴里塞着一块破布。

那晚胖头受公蛎之托去跟踪当玉樽的蛊贼，怎么会被装在柳大家的酒坛子里，还说是他家的小伙计？

柳大拍了拍胖头的脸："喂，醒醒，到家啦。"转而朝着床上笑道："小月，你看这个伙计怎么样？"

胖头挣扎了几下，对柳大怒目而视。柳大一把扯掉胖头嘴里的抹布，嘿嘿笑道："没想到？不服气？"

胖头舌头麻木，哇啦哇啦了半天才说得清晰了些："……我老大呢？你没害我老大吧……你怎么能这么做！……你赶紧投案自首，如今还来得及……"

柳大轻蔑地道："放心，你家公子好着呢，我这里，没人进得来。哼，两个榆木脑袋，竟然还想跟我斗。"

胖头辩解道："我是笨了些，我老大可是很聪明的……"公蛎见他生死关头，还不忘维护自己，心中一热。

柳大扭头对稻草人道："小月你瞧，喜不喜欢这个伙计？比柳二强多了吧？"接着转头对胖头道："你以后，就叫柳三。"

公蛎听得莫名其妙。胖头瞠目结舌道："谁说我要做你的伙计？我跟我老大好好的，来你这里做什么？"

柳大轻蔑地吐了口吐沫，阴恻恻笑道："你还有的选吗？"

胖头摇摇头："我不做你家伙计。你赶紧松开我，我一天一夜没回去，老大会担心的。"

公蛎有些惭愧。今日发生事情太多，原本想去找胖头，结果给忘记了。

柳大笑道："你是真傻还是装傻？"亮光一闪，将右手按在了胖头的后脑勺上。

胖头叫道："你做……""什么"二字尚未出口，只见胖头五官错位，如同一个小老鼠在皮肤下乱窜，到处鼓起一个个的包块。

胖头双手抱头，呜啦啦乱叫，用力撕扯自己的脸。瞬息之间，胖头容貌大变：方面大耳，扁鼻阔口，眼睛外鼓，完全换了一个人。

柳大解开了胖头的手脚，嘿嘿笑道："柳三，同柳二回房去。明天一早起来套车，我们离开洛阳。"

胖头目光变得同柳二一样呆滞，顺从地应了一声，蹒跚着跟着柳二离开了房间。

公蛎怒不可遏。胖头虽然又笨又能吃，但自己的"东西"就这么一下子莫名其妙成了柳大的，实在难以咽下这口气。

可是打又打不过柳大，也不知如何破解这些邪术，公蛎在房梁上气得肚子都鼓了起来。

柳大做完这些，似乎十分开心，对着苏媚和珠儿命令道："向前三步，对墙站立。"两人如同牵线木偶直竖竖地站起，整齐地迈着方步，面对墙壁站着。

柳大走到床边，满脸柔情蜜意看着那个女人，柔声道："感觉好点没有？还是试着起来走一走吧？"

女人微微点了点头。柳大将她的绣花鞋摆好，小心地撩开了盖在她下半身的被子，却突然叫了一声，跳了起来。

（八）

公蛎探出头去。原来那女人上半身虽然已经化成人身，下半身却未变化完全：白森森的大腿骨上挂着未成形的肌肉，蛛网一样、几乎透明的血管突突跳动着缠绕其上，而脚趾处，竟然还露出几丝稻草来。

柳大头上浸出一层细汗，失声道："这……这是怎么回事？"飞快地走到酒牌处，一边翻看一边乱抛，嘴里喃喃道："不可能，这不可能……"

公蛎看清楚了。这些所谓的酒牌，正面写的是酒名，背面画的却是索命符，并雕刻着所索之人的姓名。高月娥，杨鼓，柳瓶儿等等，有公蛎认识的，也有不认识的。有的牌子年代久远，已经十分陈旧，有的却是新的。

柳大翻完了牌子，又去检查灯光，一边拨弄着灯油，一边烦躁道："不对，十八个人的头发和指甲……全部熬在桐油里……不会错，不会错……"

公蛎早已忘记了头疼，心里暗爽，巴不得柳大就此疯傻，不再害人。

床上的女人似乎突然反应过来，呼地折身坐起，看着没有血肉的脚丫和白森森的腿骨惊声尖叫。柳大快步跑过来抱住她，急切道："……不怕不怕，还有半个时辰，还来得及……"在她的额头上亲吻了一下，跳起拉过苏媚，吼道："是不是你？"

苏媚木然地看着前方，一动不动。柳大越发暴躁，拉过珠儿，恶狠狠道："凭你一个小丫头，能逃出我的手心？"说着平托双手，默默念动咒语，霎时灯光大炽，几盏灯如同鬼火一般跳跃了起来，整个房间都变成了绿色。

柳大的左右手心同时出现了一根银针。他狞笑道："我本来不想有如此阴毒的手段，可是没办法……"说着毫不犹豫地将银针朝着苏媚和珠儿的眉心扎去。

公蛎"啊呀"一声叫出了声，扑通一下跌落在床上，刚好跌在女人的大腿骨上，咯得腰部生疼。

原来不管真女人还是假女人，都是怕蛇的。那个稻草化成的女人一看一条花花绿绿的水蛇缠上自己的腿，箭一般地跳了起来，扑到柳大的怀里。

柳大一分神，手中的银针倏然消失。公蛎趁他安慰女人之际，哧溜一下钻入了床底，盘曲在角落里一个坛子后，摆出一个打斗的姿势。

只听柳大柔声道："你乖乖躺床上，错过时辰可就不好了。"那女人却不肯，指着床底吱吱地叫。

柳大的语气听起来十分焦急，道："不行，必须躺在这里，仪式才能完成。"女人抱住柳大，嘤嘤哭泣。柳大顿时心软，无奈道："好，我先收拾了这条蛇。"

公蛎拱起腰身，挺直脑袋，目光炯炯地盯着柳大的脚。见柳大移动至床前，飞快上去在他的脚踝处啄了一口，然后箭一般地弹开。

可是他还是低估了柳大的能力。公蛎弹至门边，尚未落地，长剑已经飞了过来。眼见剑尖朝着自己的七寸部位钉落，公蛎闭上眼睛，心里悲叹道："我命休矣！"却听一阵金玉之声，长剑噌唥一声，带着回声扎在了搁架上。

柳大惊愕叫道："你……你……"公蛎睁开眼一看，竟然是珠儿一脚踢飞了长剑。

珠儿面无表情，双手抱胸，缓步走到酒牌前，一个个翻看。柳大拥着他的稻草娘子，如见鬼一般打量着珠儿，忽然命令道："回头！俯身！"珠儿冷冷地看向他。

柳大又惊又怒，从怀里拿出一张黄裱纸，托在手心。

黄裱纸哨地燃烧起来。

珠儿若无其事，并不受控制。柳大的脸骤然变色，飞快将燃烧火焰对准苏媚。

一直如同雕像的苏媚突然娇笑了一声，伸手按灭火焰，道："珠儿，原来你还会腿脚功夫？"

公蛎懵了，连柳大都愣住了。

苏媚扭着柳腰，款款来到柳大面前，打量着他怀里的女人，赞道："果然是个美人儿。只是血肉模糊还夹着稻草，同这张美人皮不太相符。"

那女人竟然做出又羞又怕的表情，将脸埋在柳大的怀里。柳大暴怒，手一会儿指向苏媚，一会儿指向珠儿，咬牙切齿道："不可能！你们怎么抵过我的招魂咒……"

苏媚吃吃笑道："你只知道招魂咒，可知道有还魂咒么？"

柳大一愣，道："什么还魂咒？"

苏媚道："哦，我只是听人这么一说。总之你的招魂咒对我无用就是了。"

柳大气急败坏道："我明明看到你的生魂从眉心导出！"

苏媚嫣然一笑，用手在眉间一抚。

她的眉心，出现一个小小的金色骷髅，不知是画上去的还是贴上去的，烁烁放光："你看到的是它吧？"

柳大忽然现出恐惧之色："你怎么会精魅术？"

苏媚天真道："精魅术？不知道，我不过是跟着一个云游的方士学了几招，刚好能够对付你罢了。"走过去挽住珠儿，道："走吧走吧，我累了。"见珠儿仍在凝视那些牌子，念叨："高月娥……是不是你娘？"从头上拔下簪子，朝着牌子狠狠扎下。

隐约听到破竹之声，一道微光散去，牌子背面的鬼画符慢慢模糊。

柳大惊叫道："不要！"一手揽着女人，一手扑过来抢。珠儿冷冷一瞥，飞快出脚，准准地端在他的腰上。柳大一声哀嚎，躺在了地上。

苏媚笑眯眯道："我最好跟人作对，你越说不要，我便偏要做。"将所有的牌子取下，拿着簪子乱戳一气，嘴里仍不忘夸奖珠儿："珠儿威武！早知道你有如此本事，我就不巴巴地跟来了。"

柳大捂着腰眼在地上呻吟。那女人心疼地帮他揉搓，阴毒地瞪着珠儿和苏媚，但她显然还未恢复完全，并不能起身打斗。

情况如此反转，公蛎看得极为过瘾，恨不得大声叫好。

嗵的一声，几盏灯分别爆出二尺来高的绿色光柱，把公蛎吓了一跳。光柱燃尽，灯光的绿色褪下，恢复了黄白色。

女人呻吟了一声，软绵绵地伏了柳大身上。柳大一骨碌爬起来，惊叫道："娘子，小月！"

女人的身体渐渐变化，腰部以下血肉褪尽，露出乱蓬蓬的稻草。她似乎拼劲了全力，终于说出话来："天命不可违……相公……我愿来生……与你白头到老……"

"老"字未出，她的面部萎缩，渐渐化为裹着稻草的白帛。

连苏媚都觉得，从未听过如此好听的声音，柔美而不造作，清脆而不生硬，不提容貌，便是这如珠如玉的声音，只怕也能打动人心。而公蛎，早已痴了，特别听到她语气中无尽的凄楚和悲怆，甚至心生后悔没能让她复生了。

柳大呆呆地坐在地上，紧紧抱着稻草人。苏媚有些不忍，低声道："他以后再也折腾不出什么动静了，珠儿，我们走吧。"

柳大的眉毛跳动了一下，沙哑着声音，一字一顿道："你们，谁也走不了！"轻轻吹了一声口哨。

门吱呀响了，柳二和已经化成柳三的胖头并排堵住了门口。

柳大将稻草人小心翼翼地放回床上，并掖好被角，仿佛它还活着一般。然后转过身，阴森森道："我还是太心软了些。早该让你们尝尝人皮术的厉害。"

公蛎从来没有如此高兴看到胖头，恨不得扑上去亲胖头一口，便爬上胖头的脚面，轻轻地缠住了他的脚踝。

胖头迟钝了移动了一下脚。柳大皱眉道："我说让你动了么？"他眼尖，一下子看见那条阴魂不散的花蛇，突然命令道："抓住他们。"

公蛎猝然不及，被胖头一下子扯了下来，用力地朝地上摔去。公蛎在半空中一个翻转，总算没有被摔死，但浑身骨头如同断了一般疼痛。而柳二，已经朝着苏媚扑了过去，珠儿一个箭步上去，挡在苏媚的前面。

但公蛎已经顾不上她们，见胖头竟然对自己下手，嗞嗞叫着，直起半个身子，将蛇信子一吞一吐，表达自己的愤怒。

胖头毫不畏惧，闪电一般，飞快抓住了他的脖子，手上用力，公蛎一下子便瘫软了。

胖头脸上带着惯常的傻笑，晃荡着手中的花蛇，等待柳大的下一个命令。

公蛎眼冒金星，模模糊糊看到苏媚和珠儿正同柳二打斗，挣出最后一口气，将脑袋化为人形，叫道："胖头！是我……"

公蛎的样子极其滑稽：细长的脖子攥在胖头手中，上面是一颗正常的人头，下面却是细长的蛇身。柳大显然被惊到了，愣了片刻突然明白过来，叫道："柳三，拧掉他的脑袋！"并用手做出拧的动作。

胖头面无表情，双手收紧。公蛎脸皮青紫，只觉得周围的一切都在旋转着飘远，窒息之前，勉强吐出几个字来："胖头……不记得我了？"

胖头的手松了一松，原本呆滞的脸，带出一点困惑。公蛎喘着气，艰难道："胖头……胖头……"

胖头抱住了脑袋。公蛎啪地落在地上，人头带着蛇身在地上翻滚。柳大阴冷一笑，挽起衣袖便要亲自上阵，恰在此时，哐里哐当一声巨响，搁架倒了。

原来柳二像疯了一般，完全是一种不要命的打法，胡乱挥舞，毫无章法，嘴里嘀嘀怪叫。珠儿拉着苏媚跳至搁架后面，他竟然将沉重的搁架一把掀翻，上面名贵的酒樽酒爵碎的碎，滚的滚，一片狼藉。

柳大见大势已去，绝望地喝道："住手吧！"

柳二停住了手。胖头却显出要哭的表情，嘴唇抖动，看看公蛎看看柳大，一脸的手足无措。

（九）

珠儿走到床前的青铜古镜前，左顾右盼一番，忽然拔下头上的桃木簪子，朝铜镜正中刺去。

柳大倏然变色，朝她扑了过去。公蛎心想，这丫头，都什么时候了还惦记着照镜子，恰巧见柳大经过自己身边，伸出尾巴缠住了柳大的脚。

柳大啪的一下，摔了个狗吃屎。

桃木簪子，生生地插了在铜镜中间。一团浓雾漫出，将簪子遮得严严实实。浓雾消散，镜子也渐渐暗淡，直至变成了一个破破烂烂的铜片。

公蛎松开柳大，站到珠儿身后，惊愕道："这是怎么回事？"

苏媚惊喜不已，抚掌道："气门！这里便是桑鬼阵的气门！珠儿，你怎么发觉的？"

柳大面如死灰，倒了一碗酒，掏出一张画了符的黄裱纸在酒里点燃。

苏媚、珠儿等人，就这么站着，冷眼看着柳大的举动。

柳大手抖动得厉害，撩起酒水，缓缓地洒在稻草人的身上。

一碗酒洒完，稻草人除了脸面墨汁撒开，五官模糊外，并无任何变化。

酒碗跌落在地上，摔得粉碎。柳大回头看着公蛎，忽然诡异一笑。

珠儿一个箭步上去，用力卡住柳大的脖子。

柳大奋力挣扎，干呕几下，吐出一颗红色的药丸，滚落地上腾起一股小火苗，瞬间燃尽。

珠儿背着手，冷冷地看着柳大。柳大目眦欲裂，道："……你这丫头，从哪里学的避邪术？"

珠儿一言不发。公蛎已经恢复人身，正捋着脖子顺气，见了珠儿这样，忽然觉得极其熟悉。

苏媚秀眉颦蹙，不可思议地看着珠儿，忽然上前，清脆地给了珠儿一个耳光。

珠儿后退了一步。公蛎暗自皱眉，心想女人真是善变，怎么好好的打起自己人来了。连柳大都有些莫名其妙。

苏媚带着哭腔，顿足叫道："你为何不早告诉我？我还好心好意，为了救珠儿进入这么个桑鬼阵里……"说着竟然扑上来在珠儿的胸前捶打，扭着身子，像个受了委屈的小女孩。

珠儿身体忽然伸展，瞬间高大了好多，任她捶打了一阵，忽然出手捉住她的粉拳，道："别闹了。"

珠儿今晚一直没出声，这一出声，公蛎顿时跳了起来："毕岸！毕公子……"像个哈巴狗儿一样激动地围着毕岸转了几圈。

柳大眼里最后的一点光亮也消失了，他失魂落魄地抱住了稻草人，将脸贴在它的脸颊上。

有毕岸在场，公蛎的底气足了些。

毕岸从怀里抽出一条绳子丢给公蛎。公蛎兴高采烈上去，将柳大连同他不肯撒手的稻草人一并捆了个结结实实，顺手拿出那个玲珑樽，恨恨地道："你这个阴险狡诈的东西，亏我还当你是我朋友呢。"

柳大一言不发，任由公蛎捆绑。

毕岸抱胸站在柳大面前，道："桑鬼阵已经破了。"他穿着珠儿的衣服，手脚露出长长的一段，非常不合身。苏媚委委屈屈地跟在他身后。

公蛎好奇道："桑鬼阵是什么？"话音未落，房间的家什渐渐褪色并发生变化。

檀木大桌变成了一个平平常常的杨木桌子，倒在地上的乌木搁架，变成了一个破旧的简易木板架，红漆雕花屏风成了一个磨损得看不清花纹的旧隔板，一个普通的桐木简易木床上堆着两个蓝底白花的粗布被褥。

公蛎叫道："我见过！我见过这样的！"

毕岸缓缓道："桑鬼阵，外可吸收精气，内可控制生魂，外人是进不来来。所以我只能假冒珠儿，从里面寻找破绽。"

苏媚哼哼道："我早就发现柳大家里布置着桑鬼阵，只是进不来，不知道他有什么用途。"

公蛎大声反驳道："谁说进不来？我上次放玲珑樽的时候就进来过呢。还亲眼看到这个房间一会儿奢华一会儿简陋，变来变去。"

毕岸看了他一眼，道："这个桑鬼阵，当时设计时，只防凡人和道行高的非人，所以我和苏姑娘都进不来。只是他没想到世上还有你这种道行如此低下的非人。"

苏媚扑哧一声笑了。公蛎脸上红一阵白一阵，悻悻地闭上了嘴——毕岸说的相当淡定自然，不带一点儿的讽刺。但在公蛎听来，还不如热嘲冷讽呢。

身后突然发出一声呻吟。回头一看，胖头和柳二不知何时倒在地上，口吐白沫。毕岸飞快走到胖头跟前，猛然朝他后脑推去。

一根似有似无的银针慢慢褪出，胖头的脸像是沸腾了一般，东突西跳了一阵，渐渐恢复原样。

苏媚见毕岸接着朝柳二走去，蛮横道："不许管他，柳大的弟弟，死了活该。"

毕岸不言，在他脑袋后摩挲好久，才褪出一根已经变成黑色的银针来。银针一出随即消失不见，柳二的体型、容貌如同被人捏在手心里的泥巴，不停地变换形状，并剧烈抽动，呕出一摊腥臭的黑色浓痰来。

柳二终于平静下来。公蛎上前一看，十三四岁年纪，长相还算清秀，身体似有残疾，身子浮肿得厉害。

公蛎惊悚道："好厉害的法术！这位是谁？"

毕岸道："张铁牛。"

俯在地上的张铁牛抬起头来，可怜巴巴地望着毕岸，有气无力地点了点头。他

如今极其虚弱，连话都说不出来。

公蛎瞠目道："张铁牛不是被淹死了吗？"

毕岸看向柳大。柳大痛痛快快道："没错，他就是张铁牛。"

公蛎道："张铁牛怎么会在你这里？"

柳大的情绪恢复了平静，漠然道："他得罪我了。"

公蛎嗤之以鼻："胡说，他一个十三四岁的娃儿，能得罪你什么？"

柳大脸色一寒，突然咬牙切齿道："七年前，他撞了我娘子，导致小月连同腹中的双胞胎儿死于非命，你说我该不该报仇？"

原来七年前，柳大同小月去城隍庙祈福，路遇张发家，便想讨碗水喝。当时张铁牛不过六七岁，正是顽劣的时候，见她腹部隆起，觉得好玩，趁着柳大不注意，一头撞在了小月的肚子上。

当时不觉如何，回到家中，小月便开始腹痛。

柳大眼睛干涩："一桶一桶的血，像小河一样流，整个床单都是湿的……不到天亮，小月的身子就凉了……"

柳大用下巴蹭蹭稻草人的脸，口气轻松的如同拉家常一般："从那天起，我便下定决心，一定要让张铁牛生不如死。"

柳大安排好小月的后事，开始伺机找张铁牛的麻烦。他原想将张铁牛拐骗后杀害，但张发夫妻照顾孩子十分用心，几次都没找到机会。

一转眼四年过去。柳大心中的仇恨不仅没能随时间流逝而淡化，反而更加愤懑不平。可巧张铁牛癫痫发作，在城东看病，柳大悄悄跟了去，骗张发说他有个长命锁，将打造的聚魂续命锁给了张铁牛一个。

张铁牛不过是个孩子。这话说着听起来有理，可是一尸三命的事儿，无论放在谁身上都会愤恨，只是柳大花费如此心思折磨张铁牛，栽赃张发夫妇，这份沉稳、凶残，却也少见。

毕岸道："这个是张铁牛，那么被你从鹰嘴潭推下水的那个，又是谁？"

柳大嘿嘿笑道："用了聚魂续命锁，张铁牛便成了我的傀儡。我本想叫他出来将他杀了，但想想，不能便宜了张发夫妇，谁叫他们失于管教。我便在城东找了个残疾的混混，叫张狗子，一天晚上，便将他们两个换了过来。"

怪不得张发说张铁牛性情大变，原来早就被掉包了。

柳大便将张铁牛留在了自己身边，利用易容银针，改变了他的容貌，化名柳二。

柳大道："每到夜深人静，我想起我没出世的两个孩子，还有我的小月，心中的痛便不打一处来。嘿嘿，那个混混，听说天天折磨张发夫妇，我听了心里好舒坦。"

公蛎道："既然这样，你干吗又杀了他？"

柳大漠然道："他不是张铁牛，迟早会露馅的。与其这样，不如趁着张发动了杀心，除掉他也栽赃了张发。我那晚利用银锁将他引至鹰嘴潭，本来想取回银锁的，谁知张发也在，我不放心小月一个人在家，便回来了。第二天晚上，等找到混混的尸体，银锁已经不见了。"

柳大看着稻草人胸前的银锁，眼神黯然了下去："这个银锁本来有两个，是给我未出生的孩子的。"

公蛎翻看着酒牌后面的名字，有认识的，有不认识的，忍不住道："这些被你拘了生魂的，同你无冤无仇，你为何害他们？"

柳大情绪激动道："我的小月和孩子们，同哪个有冤有仇，老天爷可曾看到她善良的份上，留她一条生路？老天对我不公，我为何要考虑对他人公不公平？"

公蛎觉得他不可理喻，却不知如何反驳。

毕岸冷冷道："趁娘子怀孕之际，在外勾三搭四。小月之死，真的同你没有关系？"苏媚将头扭向一边。

柳大的脸瞬时变成了猪肝色，嘴唇抖动起来。

公蛎真的搞不懂这些人类。

毕岸道："桑鬼阵，是何人给你布的？"

柳大没了刚才的冷酷和傲慢，抬起眼睛，断断续续讲了起来。

女人孕时血崩丧命，通常被认为是暴死而且不洁，不得停灵，不得埋入祖坟。但同时，产妇之血，在行巫之人看来，是最狠的一种煞，可聚阴气、伤阳魂。小月死后，柳大悲痛欲绝，不肯将她埋在荒郊野外，便将她的骨灰置入酒坛里放在床下，并利用这种煞气，在自家院落里设了桑鬼阵。

桑鬼阵是一种极为古老的阵法，专门用来守护亡魂。死亡不超过七日的，放入桑鬼阵中，可保灵魂不灭，也不进入六道轮回。古代常有想寻求长命不老的君主或者抱憾死去的将军，便会要求术士或后辈设立桑鬼阵，期待有朝一日重新复活，完成未竟大业。

柳大将小月安置好，扎了稻草人依附其魂魄。然后开始寻找生魂生灵，以补充桑鬼阵的气场。他找的第一个人，便是高氏高月娥。

高氏温柔贤惠，懦弱和善，当年同小月交好，曾提到自己生于除夕与大年初一交子之时。柳大那时便留了心，发现高氏罡火弱、命数阴，是做巫术人俑的最好材质。小月死后，柳大利用她来安慰自己之际，偷偷收集了她的头发和衣服做法，移走了她的三分生魂，然后给她下了迷情符。

迷情符同媚术相对，中了迷情符的女子，对下符施法之人会产生一种奇怪的迷恋，且如同上瘾一般无法摆脱。更为特别的是，迷情符会让被施者认为，是自己主动勾引他人，从而不仅不恨对方，反而心存愧悔。因此，被柳大奸污过的女子，无一报官，只有打落牙齿合泪吞，自己保守秘密，暗自忏悔。或有生疑的，也因为毫无证据，只能在之后的日子里自己警惕些罢了。

一道迷情符，功效因人而异，有时可断断续续保持三至五日之久。高氏因为生魂被拘，时而清醒，时而糊涂。清醒时便愧疚悔恨得恨不得死去，糊涂时便不由自主迎合柳大。可时间久了，高氏还是慢慢便意识到了此中有蹊跷，只是不明白是何原因，只当自己被鬼缠上了。

除了高氏，还有其他人，这些年间，只要是能够收集的生魂，柳大毫不手软全部纳入桑鬼阵。杨鼓本就懦弱，看到柳大同高氏苟合，也不敢作声，后被收了生魂之后，更如行尸走肉一般，除了面对珠儿时会唤起一些残存的血性，其他时候，同死人没什么分别，甚至比高氏还要听话，柳大让他做什么就做什么。

而那些被施了法的，名字就刻在墙面酒牌的背面，并画了符压着。

几年过去，高氏已经被自认为的"鬼压床"折磨得奄奄一息，毫无生气，而杨珠儿，却从一个小不点长成了性格泼辣的大姑娘。而此时，柳大不满足于小月是个稻草人，他想让小月恢复成一个有血有肉的真正女人。

柳大便打起了珠儿的主意。拘人生魂，越是脾气暴躁、气场强大的，越是抗拒力强，但一旦制服，带给亡魂的力量也越足。柳大决定穷己所学，放手一搏，以借助珠儿的朝气蓬勃和十几个暂存的生魂，让小月还魂复生。

高氏虽然被控，但心里明白，隐约觉察出柳大心怀不轨，便拼死保护珠儿，不仅从不让柳大靠近，对珠儿用过的东西也会细心收拾。柳大跟了好久，都难以收到珠儿足够的头发或者指甲用来作法，眼看离既定时间越来越近，只能走最下策：强掳。

光天化日，朗朗乾坤，便是柳大法术高强，也不敢明目张胆，又听公蛎说阿隼为洛阳县尉，专管治安一事，柳大更加心急，那晚若不是公蛎横插一杠子，只怕珠儿已经变成"柳四"或"柳五"了。

柳大在这边布置，那边公蛎还在苦思冥想栽赃之法，将收到的玲珑樽偷偷放入了桑鬼阵中。

柳大几经走访，终于找到珠儿的新住处。今日下午，借进货之际，将珠儿掳了来。苏媚跟着柳大已经多日，柳大早已警觉，却从不说破，今日见左右无人，便趁机将苏媚也一并掳来。

只是柳大不曾想到，毕岸也在密切关注他的动向，他掳来的珠儿，竟然是毕岸，那些精心施展的法术对毕岸根本不起作用。

公蛎听完，沮丧不已。原来这事件之中，只有自己是自作聪明，其他的，个个运筹帷幄，考虑周密。今晚若不是毕岸在，只怕公蛎要留在这里给桑鬼阵添砖加瓦了。

毕岸问道："你的巫术，跟谁学的？"

柳大傲然地看了他一眼，闭口不答。公蛎想起巫琇，道："你是否认识城东的薛神医？"

柳大的眼睛闪了一闪，却道："找他看过病，只是一般的病患关系，不熟悉。"

公蛎急道："鹰嘴岩里的鬼面藓，是怎么回事？"

柳大皱眉道："什么鬼面藓？我不知道。"

毕岸冷哼了一声，道："你杀张铁牛那晚，为何选择鹰嘴岩？"

柳大抬起眼睛，道："鹰嘴岩偏僻些，便于动手。"

两人对视，目光如炬。柳大败下阵来，低头道："我当年早些时候，曾跟着一人学过巫术。不过已经好久没见过他了，只知道他一个人神龙不见首尾，法术高强。桑鬼阵、摄魂术、索命符、易容神针等都是他教我的。"

公蛎急道："他长什么样子，有什么异于常人的癖好？"

柳大想了想，摇头道："他样子实在太过普通，丢进人群便难以找到，而且只在晚上出现，每次装扮虽然不同，但都稀松平常得很，实在没有任何可以描述的特征。"

公蛎不信，道："你同他相处一场，竟然连他姓名都不知道？"

柳大苦笑道："我问过一次，他不肯答。我当时对巫术之类非常感兴趣，只求学会，哪里理会教我的是谁？不过我看他的样子比我大上几岁，如今应该有四十多岁了。"

毕岸道："你同他最后一次见面是何时？"

柳大道："两年前一个晚上，他突然出现，说来看看我过得怎么样。看了下桑鬼阵，赞许我做得不错。之后便走了。"

不等公蛎追问，又补充道："我问了他去哪里，这些年住在哪里，他说去该去之地，住该住之处。"

这种故弄玄虚的回答，公蛎在青楼回答那些姑娘们也常用，好显示自己的高深莫测。

毕岸道："你当初如何同他相识的？"

柳大冥想了一会儿，困惑道："好奇怪，我真的一点都不记得了……"

公蛎疑惑道："不会吧？"以柳大的个性，如此重要的事情绝不可能忘记。

柳大眼里流露出少见的迷惘。他的样子不像在说谎。

毕岸不再追问，俯身从床下拉出那个圆肚的黑色小坛子，道："这个是尊夫人的骨灰吧。"

柳大忽然激动起来："不要动！求你……不要惊动小月……"

毕岸看着他，缓缓道："晚了。"启开漆封，露出玉如意的祥云手柄来。

公蛎一愣，手舞足蹈起来："回纥的宝贝！"转眼看了看柳大，愕然道："你也太胆大了，竟然偷进贡的宝贝，不要命了？"

柳大抱紧了稻草人，表情茫然，喃喃道："小月，是不是我错了……"

房门哗啦被打开，阿隼带着一帮黑衣人闯了进来。毕岸同阿隼略一点头，道"回纥宝物失窃案告破，回去严加审讯。"其中一个黑衣人上前抱了骨灰坛去清点，公蛎忙将自己拿的玲珑樽放上去。

两个黑衣人押了柳大出去。

柳大走至门口，忽然回头看着公蛎，惨然一笑，道："龙兄弟，我如今了无牵挂，只求速死。不过这几个月来同你兄弟一场，也算消除了些许遗憾。"

公蛎呆在了原地，鼻子竟然有些发酸。

门外人影憧憧，却悄无声息，而且连个灯笼也未挂，隐约可看到小径两侧的桑树已经被连根掘出。毕岸伸手在树根上摸了一把，放在鼻子下嗅，道："怎么样？"

一个黑衣人道："根系中都是黑血。已经全部挑断。"

阿隼低声道："好险。"

毕岸回头看着月光下的桑鬼阵，道："押入监牢，好生看管。回纥宝物被盗案办结，有关桑鬼阵，还有今晚的绑架案等，秘密审讯，隐而不发。"

阿隼道："明白。"

公蛎失魂落魄地跟在柳大身后，心里说不清什么滋味。行之门口，忽然间窜出一个人来，微光一闪，只听柳大一声低嚎，一把光亮的剪刀扎在他的肩上。

黑衣人一脚将来人踹倒在地上，低声喝道："大胆，竟敢杀人灭口，你是何人？"身后的黑衣人哗啦啦将其围住。

来人在地上蜷缩着，痛苦地翻滚，却咬着牙一声不发。

公蛎闻到一股熟悉的丁香味道，惊叫道："珠儿，是你吗？"

来人抬起了头。果然是珠儿，披头散发，表情癫狂，脸上泪痕斑斑。

公蛎连忙上前，见一众黑衣人虎视眈眈，躬身赔笑道："各位官爷，这位珠儿姑娘，是本案的受害者之一。"带头的黑衣人似乎知道公蛎同毕岸和阿隼的关系，勉强给了他一个面子，未对珠儿用强，但个个拔刀相向。

公蛎作了一圈揖，这才敢搀扶珠儿起来。珠儿尚未站稳，又冲着柳大扑去，被公蛎一把抱住，低声道："你不要命了？"

珠儿浑身脱力，瑟瑟发抖，忽然发出一声凄厉高亢的尖叫。

几户人家的灯亮了，有些房门打开一条缝，隐约探出半个脑袋来。带头的黑衣人厉声喝道："官府办案，不得围观！违令者以同案犯论处！"那些围观者的脑袋倏地缩了回去，唯独隔壁门口，一个松松垮垮的大个子，傻子一般慢吞吞移动着两脚，嘴里嘟嘟囔囔地说着什么。

月亮缩进了云团，天色瞬间变得蒙蒙一片，面对面的两人都无法看清表情，隐约看到杨鼓缩着肩膀的身影，像一张早已断了弦的破弓。

夜死一般寂静，一众人等都在聆听他的喃喃自语。

"珠儿，你娘她死了……死了……死了……"

珠儿身子一挺，奋力朝家门方向冲去，但只走了一步，便身子一软，昏了过去。

公蛎抱着珠儿，听到身后柳大一阵轻叹，暗光中也看不到他的表情，不知他是后悔难过还是单纯因为肩上的伤痛。

月亮出来了。杨鼓的脸上惨白一片，仍然交替移动着双脚，晃来晃去，重复了"死了、死了"的话。

一阵脚步声响，毕岸和阿隼走了出来。毕岸打量了一眼，马上明白过来怎么回事，走到柳大身前，一把拔下他肩头的剪子。

血喷涌而出，柳大发出一声呻吟。

毕岸冷冷道："死不了。珠儿手上力度不够，若是我，你早已没命了。"

远处的杨鼓迟钝地转过头，冲着毕岸嘿嘿傻笑："没命啦……没命啦……"

部分黑衣人带着柳大离开，剩余的随着毕岸等来到了杨鼓家。

高氏半躺在地上，眼睛微睁，一把长柄男用剪刀扎在她的胸口，大片的鲜血染红了衣襟和身下的地面。但她的脸上，分明带着一丝如释重负的微笑。

公蛎吃惊地后退了一步，道："杨鼓杀了她？"

毕岸道："自杀。"

阿隼俯身看了看，道："剪刀自下而上。"

杨鼓蹦蹦跳跳跟在后面，脑袋往前一伸一伸的，像一只滑稽的大马猴："没命啦……没命啦。"

他疯了。

公蛎紧紧抱着珠儿，看着她苍白的脸，不由一阵心疼。

（十）

柳大对偷盗回纥宝物一事供认不讳，因此案案情重大，柳大被押至大理寺会审，不日便被问斩，听风酒馆被查封。

回纥宝物被盗，作案者竟然是一个从无案底的小酒馆掌柜，这让知案情者大为惊讶，甚至有人猜测驿馆有内鬼。虽最后未查出什么端倪，但驿馆多人受其连累，或被革职或被流放，换了一批更加尽职尽责的守卫。

公蛎曾向阿隼打听过事情的经过。据说柳大常年供应驿馆酒水，三月前送酒时听几个回纥男子提到有一批上贡的酒具价值连城，他碰巧懂些回纥语，便留了心。

周边小国前来朝贡，并非一到洛阳便能面圣，常需要极为复杂的程序，如反复提交验证身份文牒，择吉日良时等，一来二去，需要数月之久，若是碰上武后不喜欢或者不重视的，甚至要在驿馆住上数年之久。今年因回纥境内多次发生沙匪抢夺大唐驼队之事，武后认为回纥保护不利，甚为生气，一直未肯约见回纥来使。这批使者在驿馆住得久了，驿长和驿卒便对他们的守卫松懈了些，柳大抓住这个空子，一日趁着送酒，竟然将他们上贡的宝物偷了去。

不巧的是，偏偏此时上面传来消息，本月底皇上和天后约见回纥来使，负责外事的节度使大怒，令大理寺限期破案，大理寺连同洛阳县衙忙成一片，全力搜寻线索。

柳大当日盗了宝贝，未能即时带走，而是转移至驿站后面的一棵大树树洞中。前些日易容装扮之后去取宝物时，被人称"神偷"的王六子跟踪，被摸去一个玲珑樽。

王六子偷了玲珑樽当晚，赌博输红了眼，便不顾风声正紧，辗转北市想找一家当铺，只求尽快出手，谁知刚好找到忘尘阁，被好死不死的公蛎竟然又送回了柳大的桑鬼阵。

而胖头跟踪王六子，一直跟到南市永泰坊。王六子经验丰富，发现被人跟踪，东兜西转很快甩了胖头。不过他却不知螳螂之后还有黄雀，官府早已对有偷盗案底之人布下天罗地网。行至赌坊附近，被躲在暗处的捕快一举拿下。胖头跟丢了目标，懊悔不已，此时宵禁时辰已到，也回不去了，索性在南市胡寺里躲了一晚。

第二天，胖头身无分文，只能走着回去。行至敦厚坊相邻的立行坊已经午后，正坐在树下歇息，意外发现柳大的身影。以胖头的个性，本想过去大声打招呼的，但见柳大专绕着偏僻小巷走，一时好奇便跟了去。

原来柳大找到了珠儿的住处，一打开门，二话不说便将珠儿迷晕，胖头正在疑惑，又看到苏媚跟了过来敲门，同样被柳大制服。

胖头对柳大印象甚好，不明白他这是为何，忍不住现身质问，结果被柳大一击打昏，醒来之后，已经在酒坛里了。

关于毕岸顶替珠儿，原来他当初选择接手钱家当铺，便是因为发现此处设有桑鬼阵，觉得地脉奇异，阴气逼人，想寻求破解之法。但柳大老奸巨猾，处处不留破绽。当杨珠儿以姻缘符为名求助忘尘阁，毕岸看似置身事外，实际暗中留心。那晚

柳大逼迫杨珠儿就范，公蛎化身原形撕咬柳大，毕岸也在，只是未曾现身。

回纥宝物丢失，毕岸已经查到柳大为驿站提供酒水供应，有所怀疑，但为了不打草惊蛇，连丢失宝物的消息都不曾发出，只派人保护珠儿，并每日严密监控柳大。

公蛎利用玲珑樽栽赃柳大，误打误撞进入桑鬼阵，冲了桑鬼阵的阴气。毕岸察觉到桑鬼阵发生异常变动之时，柳大自然更加警觉，也明白回纥宝物被盗已经被发现，唯恐夜长梦多，第二日便着手启动桑鬼阵人俑变换之术。

毕岸几次夜探桑鬼阵，断定柳大对珠儿决非仅为美色这么简单。因此，发觉柳大找到珠儿住处，可能有所行动，毕岸已经假冒珠儿在此等候了。只是没想到苏媚和胖头也在其后，一一被制，三人都被随后而来的柳二放入酒坛子带入桑鬼阵中。

公蛎曾经十分疑惑，柳大虽然惯常利用巫术行奸邪之事，但表面上看，一直遵纪守法，这次为何要破釜沉舟，行此大案呢？后来听阿隼讲，他们曾在柳大的房间内搜出一些假冒的身份文牒，顿时恍然大悟。柳大作法，密谋利用桑鬼阵恢复小月肉身，之后便会易容改姓远走他乡，以全新面貌重新开始，偷盗回纥宝物只是他仗着自己可全身而退，临时起意而已，不曾想折在毕岸手上。

毕岸道："人若是没了畏惧，便会丧心病狂，什么事都做得出来。"

公蛎对此话似懂非懂。或者自己畏手畏脚，反倒是好的了？

回纥宝物一案涉及国事，自然秘而不宣，只说柳大因贩卖假酒致人死亡，并私自圈禁人口。张发无罪释放，领了已经奄奄一息的张铁牛回去，一家子抱头痛哭，算是此案中唯一得以圆满的。但柳大被抓当晚，其邻居夫妇一人自杀、一人发疯，在坊间传的神乎其神。有说高氏不守妇道含羞自尽的，有说生活艰难想不开的。但最普遍的一个版本，便是这家的女儿大逆不道，活活将父母气成了这样。

珠儿对此从不解释，而且比公蛎等想象的坚强得多。她搬回了家里居住，葬了母亲高氏后，一边照顾杨鼓，一边独立经营裁缝铺子，生意比以前好了许多；且不再装扮怪异，举止乖张，每日里风风火火，手脚麻利，跟苏媚相比另有一种韵味。李婆婆畏惧她那张利嘴，反倒态度恭谦了许多，不再编排她的闲话。

公蛎每次看到珠儿，便想若是高氏活着，一家三口和和美美，该有多好，因而对于高氏自杀一事，尤其不能理解。毕岸沉默良久，道："弦绷得太紧，一下子松开，反而崩溃。"

公蛎最讨厌毕岸板着脸说一些他听不懂的话，想要接话都不知该怎么接。

经历柳大一事，公蛎同毕岸的关系缓和了许多，连阿隼也很少用那种剑的眼神来瞪公蛎了。或许如毕岸所说，公蛎虽然笨了些，胆小怕事，身无长物，还有些低俗猥琐，但总归是个好"人"。

公蛎对这个评价还是相当满意的。

但最让公蛎咋舌的，是这几个月来见识到的巫术。单是柳大那晚，便用了魔颜术、招魂术、索命符，还有未来得及施展的人俑转换术等，阿隼说，若是那晚没能及时破掉法门，可能再次目睹到土遁术。

招魂术和索命符较为常见，算是害人巫术里较为初级的，借助酒水符号及活人身上之物，以达到控制的目的。魔颜术，为易容巫术，将阴气修炼成银针模样，刺入被施术者后脑风府和哑门，可使人容颜大改，便是亲生父母面对面也认不出来。而人俑转换术和土遁术，要高级得多。人俑术又名复活术，将死亡之人魂魄聚于稻草人身上，需利用阵法集聚足够的阴气，同时找准用以置换的人俑，通过法门转换，恢复死亡之人的血肉。

公蛎曾问毕岸，若是人俑转换术成功，将会出现什么后果。毕岸答道，高氏魂魄散尽，只剩皮囊，将变得痴痴傻傻；而用作人俑主体的珠儿不日便会四肢僵硬，肌肉溃烂，骨骼经络渐渐稻草化，变成一具"稻草人"，听得公蛎不寒而栗。

关于桑鬼阵的布法，毕岸解释多次，公蛎总是不能理解。大致的意思是，柳大以屋为墓葬安置小月，所以这个所谓的桑鬼阵，就是一个坟墓。只是它以普通民居为表象，若是一般人偶尔闯进来，它就是一见普普通通的民居，毫无异处，而真正能够进入桑鬼阵的，却会发现这是一个装饰豪华的墓室。此阵巧便巧在，它同柳大的房间虽然重合，却不属于同一空间，一门进出，不同的人只能看到不同的场景。

难怪那些捕快去柳大家搜查一无所得。

据毕岸讲，巫术同道术有重合之处，却又背道而驰。公蛎似懂非懂，却懒得深究。相对这个，公蛎对柳大、苏媚等更感兴趣。柳大抱着稻草人娘子哭得像个孩子，转脸就找高氏发泄兽欲；他虽然万恶不赦，却同自己十分投缘；而苏媚看似温柔婉转，在毕岸面前小鸟依人，杀起王婆来却毫不手软；甚至对于毕岸，公蛎沮丧地发现，从背景身份到性格心情，自己对他一点也不了解——当初执意要来洛阳时，曾有同伴们告诫说，人类是最难琢磨的动物，果然没错。

唯一一个了解的，便是胖头。胖头发现自己和老大都没有受伤，顺便参与了一个重大案件的侦破，比捡到一个金饼子还要高兴，整日屁颠屁颠的，幻想自己能够成为

一个大英雄。至于当时他被施入易容阴针却仍能保持自己的意识，公蛎不以为然，阿隼却深以为赞，夸胖头志虑忠纯，心无杂念，意志坚定，公蛎听了很是不服气。

毕岸重新配了药物给公蛎，说是"人参延寿丸"，一点人参味儿也没有，倒是一股子又腥又臭的腐败味。不过也奇了，吃了这个，肚痛和头痛果然好了很多。

但是不管怎样，公蛎还是越来越懒散了，若不是饿得狠了，他能够连续几天几夜躺在床上一动不动。

过了十月初一，气温骤降。胖头不顾公蛎反对，强行将他搬到门前的太阳下坐着。

公蛎半闭着眼睛，感受着身体的细微变化。眼皮上的角膜和腹部的鳞片在渐渐变厚，再有七日，或者不过三五日，就该蜕皮了。

胖头殷勤地倒了一杯热茶，道："老大，你该动动了，总这么窝在床上，筋骨都散了。"说着捅捅公蛎的夹肢窝，小声道："快看快看！"

公蛎懒懒地睁开了眼："什么呀？"眼前灰蒙蒙的，什么也看不清。

这是蜕皮前的必然反应：眼盲。但鼻子和耳朵便格外灵敏些。

对面听风酒馆封条已撤，听胖头说似乎要开一家布庄，正在修葺，有一股浓重的木材和油漆味道。李婆婆带着少有的诌媚招呼道："姑娘再来啊，婆婆这里给您留着上好的云绿茶呢。"一群女眷浅笑低语走过来，远远的，公蛎已经听到衣裙飘飞带来的微微风声，嗅到一团团或热烈或淡雅的幽香。

胖头激动道："老大你看，好几个美人儿，都好美啊……"公蛎打起精神，听到胖头哈喇子流下嘴角又被吸进去的声音，准确地朝他脑袋敲了一记，喝道："你又咬手指甲！"

胖头也不躲闪，嘿嘿傻笑。公蛎的手忽然收住，腾地站了起来，用力之猛，竟然将身后的躺椅带翻在地。

——梦萦魂牵的丁香花味道，清洌淡雅，轻盈悠长，如同春日破晓的第一缕阳光，明亮而柔美，让人躁动的心一分分沉静下来。

胖头看着一群美人儿走远，喜滋滋道："漂亮吧？"

公蛎手脚僵硬，徒劳地朝香味飘散的方向望去，却只看到白茫茫一片："丁香花女孩儿……"

他的眼睛，已经呈现浑浊的烟雾蓝色。

图书在版编目(CIP)数据

噬魂珠/海的温度著.—上海:上海人民出版社,2014
(忘尘阁)
ISBN 978-7-208-12368-7

Ⅰ.①噬…　Ⅱ.①海…　Ⅲ.①长篇小说-中国-当代
Ⅳ.①I247.5

中国版本图书馆 CIP 数据核字(2014)第 126664 号

世纪文睿出品

出 品 人　邵　敏
责任编辑　邵　敏　方蔚楠
封面装帧　叶　珺

———————————

忘尘阁之一
噬魂珠
海的温度 著

———————————

世纪出版集团
上海人民出版社出版
(200001　上海福建中路 193 号　www.ewen.cc)
世纪出版集团发行中心发行
上海市北印刷(集团)有限公司印刷
开本 720×1000　1/16　印张 15　插页 2　字数 200,000
2014 年 7 月第 1 版　2014 年 7 月第 1 次印刷
ISBN 978-7-208-12368-7/I·1271
定价 28.00 元